U0097996

# Gaea

Gaea

# 太歲 卷二

TAI SUEI

星子teensy —— 著

葉明軒 —— 插畫

# 太歲 卷二

目錄

# 13 邪氣娃娃

這天夜裡，阿關提著兩袋滷味，到了玩具城後門斜對面的騎樓暗處，將其中一包滷味遞給蹲在角落的阿泰。兩人在角落吃起了滷味，遠遠監視著快樂玩具城的後門。

「眞慢，小李不知道在裡面蘑菇什麼？」阿泰吃著熱呼呼的豬腸，一面抱怨著玩具城的夜間保全人員。

由於近來接二連三的離奇命案，玩具城上上下下都惶恐不安，公司主管也順應下情，讓那些本來應當留守整夜的保全人員，提早在夜間兩點收工返家。

阿關和阿泰今晚的計畫，便是要趁著保全離去之後，潛入玩具城一探。

阿關向阿泰提起今日白天碰見的那對方姓兄妹，接著他吐了幾口白霧。這天入夜之後，寒流來襲，本來回暖的天氣一下子轉冷許多。他喝了口熱咖啡，看著設計新穎的玩具城大樓，若有所思地說：「要是翩翩在，早變成蝴蝶飛進去，就不必這麼麻煩了……」

「啥？」阿泰咦了一聲，說：「你在說那個仙女嗎？你在想她喔？」

「沒有啊……」

「哇塞！我們這位神明轉世備位太歲阿關終於轉大人了，戀愛了喔。」阿泰嘖嘖說。

「你在說什麼，我是就事論事，要是有翩翩在，要潛入裡頭調查眞的比較方便吶，這是事實！」阿關有些不好意思。

「少來。要是土地公在，不也一樣可以『咻』一聲鑽進去調查，你幹嘛不提土地公，要提仙女呢？」阿泰哈哈地笑說：「難怪我想介紹幾個妹妹給你認識，你都不要，阿關品味太高了，看不上凡人妹妹。」阿泰說到這裡，見阿關還愣愣望著夜空，便推了他幾把。「喂喂，眞的煞到人家囉，最近你望著天空發呆的次數越來越多啦，這樣不行吶！」

「我哪有發呆？你眞無聊！」阿關回過神，皺著眉頭說：「要是你剛剛說的話讓翩翩聽見了，她不斬掉你一隻手才怪。」

阿泰話匣子停不下來，一會兒說要傳授阿關幾招把妹絕活，一會兒又滔滔不絕地吹噓自己的風流情史。阿關不再接話，看著昏黃街燈，自己眞的時常會不經意地發呆嗎？是爲了什麼？

「喂——你這混蛋，才剛說完，你又靈魂出竅了嗎？」阿泰推了阿關幾把。「小李出來了啦！」

「喔！」阿關連忙打起精神，看著對街玩具城的保安鎖了後門，騎上機車走了，此時已接近凌晨三點。

兩人鬼鬼祟祟地走去，阿泰領著阿關來到玩具城後方一面牆邊，指指上頭那扇氣窗——這是阿泰這些天在大樓內部行動的成果之一，這小氣窗通往廁所，阿泰早將它的螺絲全卸下，爲的便是今晚這一刻。

此時阿關蹲下身來，讓阿泰踩上他的背。阿泰看看四周，將小氣窗卸了下來，他們便這樣鑽過窗戶、爬進廁所。跟著他們打開手電筒，一前一後地走出廁所，往地下室走去。

阿關揉揉太陽穴，他感到一陣陣邪氣從通往地下室的樓梯口向上湧起。

地下一樓分成幾間庫房，裡頭全是近期準備上架的玩具。阿關循著邪氣深入其中，經過了電玩、模型、積木等區域，並未感到有何異樣，但他一接近更後方擺放玩偶和芭比娃娃的區域時，立即感應到了強烈而濃厚的妖異邪氣。

玩偶區幅地寬闊，佔了好幾間庫房，一排一排的貨架上全都堆放著包有塑膠套的絨毛玩偶。

阿關吸了口氣，專注地打起精神，以防隨時可能發生的惡鬥。

兩人在玩偶區打探許久，這兒的玩偶身上都帶著邪氣，但卻沒有絲毫動靜，任阿關和阿泰試探性地摸玩它們，或是搥打幾拳。

兩人來到地下二樓，這裡和地下一樓一樣，分成好幾個不同區域，玩具大都是剛分類完畢，準備送往地下一樓。不同的是，阿關在這地下二樓的玩偶區，卻感應不到什麼邪氣。

到了地下三樓，這兒的玩具大都是準備退貨或銷毀的瑕疵品、過期商品，這個玩偶區裡的娃娃們同樣沒有邪氣。

「準備拿去賣的娃娃都帶著邪氣，剛送來或者是賣不掉的娃娃就沒有邪氣……」阿關摸著一隻沒有邪氣的娃娃，喃喃自語：「這是爲什麼？」

「好了，接下來該怎麼做？」阿泰說：「總不能放把火，把玩偶全燒了吧。」

阿關想了想，說：「我們回去問問六婆，有沒有辦法驅散這些玩偶身上的邪氣。我請老土豆向主營通報，看能不能請神仙協助。」

兩人在地下三樓逛了半天，絲毫沒有頭緒，正準備打道回府，卻突然聽見樓上傳來一陣腳步聲。

兩人對看一眼，連忙關上手電筒，摸黑往後頭退，緩緩退到角落，那裡擺著幾只塑膠大簍子，裡頭裝著滿滿的瑕疵玩偶。兩人躲到簍子後頭，屏氣凝神地望向樓梯口。

地下三樓此時一片漆黑，除了樓梯口隱約閃爍的淡淡青光外，什麼也看不到。

一個人影走出樓梯口，只見那人提了盞泛著青光的小油燈，油燈光芒微弱黯淡、忽明忽暗。

那人朝這兒走來，越走越近。阿關和阿泰一動也不敢動，大氣也不敢喘一聲。

那人走到一處緊貼著牆的貨架前，貨架上擺著的是一盒盒的模型車。那人蹲了下來，從貨架最底下一層抽出幾盒模型車，接著伸手探進那騰出空間的貨架底層摸了摸。

兩人都不敢相信自己的眼睛，那神祕人竟整個鑽了進去。

「哇……」阿泰忍不住低呼一聲，阿關連忙示意要他閉嘴。

那貨架深度不過四十公分左右，後頭抵著牆壁。除非牆壁上有洞，否則那人等於是平空消失。

「不要急，先看看再說……」阿關低聲叮囑著阿泰。

只見那貨架底層隱約閃爍著一陣陣的光芒，忽青忽紅，十分詭異。同時，阿關也感應到，本來並無特殊異樣的地下三樓此時邪氣暴漲，而這股奇異且強烈的邪氣，正是從那貨架瀰漫出來的。

兩人望著那奇異貨架，只見那兒發出一陣陣的異光，且伴隨著有如作法誦經般的低沉咒語聲。好幾次阿泰差點按捺不住，想要上前探視，都被阿關阻止，要他耐心等待。

足足過了半個鐘頭，那異光終於暗了下來，唸咒聲也戛然而止。

不一會兒，那人從貨架裡鑽了出來，右手裡提著那油燈，左手還握著一把不知道是什麼玩意的東西。油燈一晃，燈火瞬間稍亮了些，阿關才勉強看了個大概，那人手裡握著的，是一疊符。

那人拍了拍身子，將玩具車模型一盒盒疊了回去，才提著油燈走上樓梯。

兩人又耐心地等了半晌，聽見樓上傳來了幾聲極細的鎖門聲，阿泰知道這是玩具城後門關上的聲音，表示那人已經離開了玩具城。兩人這才大大透了口氣，站起身來，揉捏發麻僵硬的雙腿。

阿關來到貨架前，此時卻感應不出任何異樣氣息。他咦了幾聲，隨手抽出幾個盒子來，從縫隙裡看去，後頭是牆壁沒錯。

「底下。」兩人蹲了下來，開始將貨架最底層的盒裝模型車一一抽出。

「啊！這邊有點不一樣！」阿泰低呼了一聲，阿關湊過頭去看。

在貨架右手邊數來第十七盒到第十九盒的地方，搬空了盒裝模型車之後，往裡頭看到的不是貨架抵著的牆，而是一塊厚厚的麻布。那麻布和牆壁顏色十分接近，不仔細看很難看出異樣。

「軟的！牆壁上有個洞！」阿泰伸手摸了摸麻布，低呼一聲。

兩人對看一眼，阿關吸了口氣，掏出伏靈布袋，身先士卒，掀開麻布就鑽了進去。同時，他的腦袋瞬間嗡嗡作響，一陣濃濃的邪氣迎面撲來，原來這麻布除了掩飾牆上的洞外，還有阻隔邪氣的作用。

阿關在洞的另一邊站了起來，藉著手電筒的光環顧四周，這是一間四坪大小的房間。房間裡也有兩面貨架，上頭擺放著奇奇怪怪的小罈子，在房間另一角有張木桌，桌上堆放著各式各樣的法器。

「這是茶水間！」緊跟在後爬進來的阿泰，搔頭看了看四周，驚訝不已。

在地下倉庫一、二、三樓，除了那用作儲藏商品的大型庫房之外，還隔出許多小空房供員工擺放私人用品或休息、喝茶之用。這貨架正好抵在這間茶水間外頭。

地下三樓分隔成幾間庫房，大都放著等待退貨的玩具，過多的貨品讓整層樓顯得十分凌亂，誰都沒有發現寬廣的地下倉庫裡，少了一間陳舊的茶水間。

兩人回頭看看，本來應該是門的位置讓人用水泥和磚封了起來，只留下一個小洞，小洞連接著貨架，還用一塊麻布遮住。除非玩具城要清倉大掃除，否則這房間很難讓人發現。他倆看了看，水泥的痕跡挺新，顯然離封門的時間不會太遠。

兩人在木桌前翻了翻，檢視著那些從沒見過的法器。阿關摸著架子上一個個小罈子，每一罈都透出慘烈邪氣，裡頭似乎封印著極深的怨恨。

阿關心驚膽顫，要是所有罈子裡的鬼怪一起發作，兩人在這小小房間肯定死路一條。

阿泰感應不到邪氣，反而沒那麼害怕，正把玩著一只竹筍形狀的法器。那筍狀法器握柄部分刻了些奇怪的經文，器身材質有著鐘乳石一般的顏色，摸起來也有石質的粗糙感。

阿關看了看桌子下頭，擺著一張鼓，四十公分高，鼓皮暗黃黃的。阿關用腳踢了兩下，發出幾聲悶響。

「該走了，天快亮了！」兩人以手機拍下了這房間的照片，且取走了桌上幾張奇異符咒和架子上的兩只陶罈，準備帶回去和六婆好好研究。

他們從廁所氣窗爬出玩具城，此時已經接近清晨，看看四下無人，馬上趕回文新醫院。

□

「降頭！」六婆看了看阿泰手機拍的照片裡，那些作法器具和房中法壇擺設，又瞧了瞧兩人帶回來的符咒，很快做出了結論。

「降頭？」阿關呆呆望著六婆。

阿泰為了趕玩具城早上九點的班，正趴在桌上呼嚕大睡。

降頭源自於蠱術，蠱術專煉活蟲毒物，流傳到了外地，與當地奇門巫術結合，發展出一種更強大、更詭異絕倫的巫術——降頭。

六婆早年以茅山術替人抓鬼驅邪時，曾經幾次對上降頭，多半是苦主受了他人陷害被施以降頭，百般折磨下，只好求助於六婆。

「老太婆見識不多……我只認得出來其中一張符是用來招聚陰魂的，其他的我就看不出來了……」六婆一邊喃喃自語，捏著手上的降頭符咒。接著她又看看那兩只陶罈子，低呼一聲，連忙縮回手，唾罵著：「夭壽……眞是夭壽啊！裡面裝的全是陰魂啊，好陰、好邪……」

阿關嗯了一聲，他也感應得出這罈子裡有許多鬼魂，但和之前入魔的惡鬼、邪神卻有些不同，更接近一般的孤魂野鬼，但不知爲何卻又帶著強烈的怨念。

「眞是夭壽的巫術，這是有人抓了很多孤魂野鬼，關在罈子裡作法，讓他們受盡痛苦，產生怨恨，怨久了變成凶神惡煞……」六婆嘆了口氣說。

阿關這才明白，若說先前遇到的凶靈惡鬼，是受了太歲鼎崩壞溢出的惡念影響而變成邪魔，那眼前這兩只陶罈裡的靈魂，就是人工加工出來的邪魔。

「是什麼人要費這麼大的工夫，製造這麼多邪魔惡鬼，和這麼多帶著邪氣的玩偶？」阿關呢喃自語地思索著。

「哼！還有誰，我看就是順德宮那死老太婆！」

「阿姑？」阿關咦了聲，轉頭問身邊的醫官。「順德大帝不是已經被太歲爺收伏，押入大牢了嗎？」

醫官回答：「順德邪神的確被收伏了，當時那些沒有一併在山上受伏，而是分散各地的順德爪牙嘍囉們群龍無首，一些劣性重的可能便會伺機作亂。而那叫作阿姑的信徒，被一隻邪魔附身已久，竟變得半人半魔。那天她帶著一支邪化的官將首兵團追著我們猛打，讓城隍爺擊退，不知逃去哪兒了。近來我們才收到消息，那傢伙正蠢蠢欲動，千方百計想要替順德邪神報仇。」

「對啊！那死老太婆昨天竟然還偷襲我，好在土地公及時帶了救兵趕來救我。」六婆突然插口，氣呼呼地罵。

「什麼！阿姑偷襲妳！」阿關驚訝地問：「後來呢？」

「當然是邪不勝正，死老太婆打輸了，就帶著手下逃跑，神明也追趕上去，結果還是讓她跑了。死老太婆還眞會逃，跟鼠仔一樣。」六婆皺眉罵著。

「是哪裡來的神仙？天界不是人手吃緊嗎，還是新的仙女來了？」阿關啊了一聲，想起翩翩曾和他說，會有新的仙子來照顧他。

「大人，新的仙子還得再等些時候，等她手邊的任務完成後，才能來幫你。昨天那支援兵，原本在順德大廟附近一處山林裡，是一支半邪化的神將團，太歲爺臨走前特地趕去收伏了他們，驅散他們體內惡念，要他們在北部據點之間來回護衛巡守。」

「可是……先前沒聽說阿姑也會降頭。」阿關喃喃地說。

「現在群魔四起，作怪的傢伙太多了，也未必是那老廟祝幹的。」醫官攤了攤手說。

「現在玩具城員工一個接一個地橫死，這事情若是不趕快解決，還會死更多人，偏偏現在又沒有幫手，就怕敵人也是邪神之類的厲害傢伙，我一個人應付不來。醫官，你說的那支神兵團可以幫我打邪神嗎？」阿關有些不好意思地問。

醫官想了想，說：「那支神兵團昨兒個追著阿姑打，不知追去哪了。現在時局紛亂，大家各有各的事情要忙，這頭死了幾個人，那頭可能會死更多人，大家實在分不了身。我只是個小小醫官，除了治病醫傷，也幫不上什麼大忙。大人你是備位太歲，凡事也要量力而爲，千萬別衝過了頭。」

「嗯。」阿關點點頭，若有所思。他當然知道現在的自己若是碰上了厲害邪神，可難以抵敵，要是拖累了大家反而更糟。但現在這古怪命案在他的「轄區」內發生，人命一條一條地丟失，而他卻束手無策，那麼他又要拿什麼臉去面對翩翩、太歲，乃至於那即將到來的新仙子呢？

□

午後一點，是阿關和那對小兄妹約定好的時間，他準時來到河堤。

一夜沒睡，雖有太歲力護體，卻也讓阿關有了些許倦意。

小兄妹早已在河堤等著。阿關感到有些奇怪，小強顯得無精打采、氣色很差，臉上還帶著兩個大大的黑眼圈，且雙頰、額頭上微微泛著一片烏黑。

妹妹雯雯則仍抱著她那隻心愛的漢堡包。阿關一怔，他察覺到這大棕熊玩偶身上帶著的邪氣，和昨夜玩具城地下儲藏室那些玩偶們是同一種氣味。

阿關不禁擔憂，自那玩具城流進市面的邪氣玩偶數量，或許已經超出了他的想像，這令他感到背脊發涼。他無法想像那些流出市面的玩偶們開始作怪時，會是怎樣的局面。

「小強，你看起來不太舒服，是不是生病了？」阿關呼了口氣，關切地問小強。

「哥哥他生病很久了！」雯雯搶著說。

「咦？」阿關愣了愣，問：「怎麼會，上次見你還好好的……」

「爺爺會給我吃藥，剛吃完藥臉會變得黑黑的，過一會兒就好了……」小強摀著肚子，一邊吃著梅子餅，像是想把嘴裡的味道趕走。

「哥哥可憐，每天都要吃苦死人的藥！爺爺做的藥最苦了！」雯雯插口答。

「是什麼病？你們的爺爺是醫生？」阿關問。

「爺爺不是醫生……他……原本爺爺有帶我去看醫生，醫生說……說我只剩三個月可以活了……」小強苦笑。

「什麼！那是什麼病？」阿關啊了一聲，不可置信地問。

「爺爺說是癌症。」雯雯搶著答。

阿關無語半晌，看不出這才六歲大的孩子，竟是癌症末期病患。他一時之間不知該說些什麼，緩緩地打開帶來的炸雞包裝，招呼著小兄妹倆在河堤上吃了起來。

「你爺爺自己做藥給你吃？」儘管阿關將較大塊的炸雞都分給了小兄妹，但他買太多，還剩下好幾塊。

「我爺爺很厲害，我原本生病很難受，但是一吃爺爺的藥，就不會覺得難受了，而且比較有精神……」小強連連點頭。

「如果是我，死也不吃藥。」雯雯裝了鬼臉。

「不准亂講話，好端端的怎麼會死掉？」小強白了妹妹一眼。

阿關轉頭看了看那渾身瀰漫妖異邪氣的大棕熊玩偶，便問：「雯雯，這玩偶眞可愛，妳知道是在哪裡買的嗎？」

「是爺爺給我的。」雯雯笑著答，還擰了擰漢堡包柔軟的大耳朵。

「你們爺爺對你們眞好，爲什麼那些壞孩子要說你們爺爺是妖怪呢？」阿關隨口問著。

「因爲爺爺會變法術，那些小孩嫉妒我們有厲害的爺爺！」雯雯鼓著嘴答。

「妳不知道就不要多嘴啦！」小強推了推妹妹。

「變法術？」阿關呆了呆。

「對啊！爺爺他會變好多法術！」雯雯大聲說。

「妳忘了爺爺怎麼說的？」小強更大力推了妹妹一下。

這令雯雯有些生氣，反推了哥哥一把，說：「幹嘛啊你，阿關哥哥是我們的師父，他又不會像那些壞小孩一樣罵爺爺。」

「……」小強低著頭，不再說話，顯然在「師父」與爺爺之間感到有些掙扎。

「我相信你們的爺爺是個大好人，那些壞小孩沒有家教，不要理他們。」阿關說。

「對啊，那些壞孩子嫉妒我們爺爺會變好多法術……」雯雯連連點頭。

小強抬起頭，見到阿關望著自己，有些不知所措，猶豫了半晌，終於開口說：「我爺爺是個法師，常在家裡作法，有次被其他小孩從窗戶看見了，就說爺爺是老妖怪。」

「嗯，原來你們爺爺是個法師。」阿關默然半晌，覺得似乎出現了什麼關鍵。

□

「阿泰啊，你怎麼了？怎麼無精打采的？」文叔拿了瓶蘆筍汁遞給正在打瞌睡的阿泰。阿泰道了謝。他和阿關夜探玩具城，上午六點才小歇片刻，八點多又被醫官挖起來準備上班，睏到了極點。

「昨天晚上我跟朋友去海邊夜遊，一整夜沒睡覺……」阿泰打著哈欠答。

「你知不知道，昨天下了班還有誰來過地下室？」文叔尷尬地笑著問。

「嗯？」阿泰眼睛亮了亮。

「張主管逢人就問，有沒有人動過他的東西……」文叔摸摸頭，剛才他正被主管藉故訓了一頓，今天有不少人都被主管發過脾氣。

「動他東西？動他什麼東西？」阿泰心中不免緊張起來，但臉上卻不動聲色。

「我哪知道，唉……」文叔黝黑的臉看來異常消瘦。「他說有人動過他的東西，也沒說是什麼東西。你要小心，別讓他看到你在打瞌睡，不然他會把你罵慘。唉，我剛剛就被罵了，眞是的……一把年紀還被當孫子罵，唉……」

「張主管……」阿泰望著文叔沮喪離去的背影，心想，昨晚自己和阿關偷拿了幾樣密室裡的法器，今天張主管就說掉了東西，這其中有什麼關聯？

他一邊胡思亂想，一邊賣力打理著眼前貨品，將一箱箱準備退貨的瑕疵品搬上推車，進入載貨電梯，到達地下三樓。

剛到地下三樓，就看到張主管在樓梯口氣呼呼地踱著步。他一見到阿泰，馬上瞪大了眼，眼珠子骨碌碌地轉，像是極力想從阿泰身上找出有什麼可以讓他罵的地方，好好罵阿泰一頓。

阿泰掏著耳朵，故作大方地大步走去，搶先開了口：「張主管，聽說有人亂動你的東西？」

張主管先是一愣，跟著連連點頭，急急地問：「你知道是誰？」

阿泰裝作不經意地問：「是什麼東西呀？放在哪裡？說不定我有印象！」

張主管臉漲得通紅，好半晌才開口：「我自己找，我自己找！」

阿泰不死心地問：「到底是什麼東西？」

張主管有些火了，皺起眉頭斥責：「問這麼多幹嘛？快去工作，再過兩天就是週年慶促銷活動了，賣力點！」

阿泰聳聳肩，推著推車將瑕疵品一一歸類上架。接著他抽個空躲到廁所裡，撥了通手機給阿關。

「阿關，喂喂，阿關，我知道昨天那個作法的神祕人是誰了！」

阿關此時在河堤邊，裝模作樣地教小強和雯雯功夫，他自然不會什麼功夫，但在太歲力的加持下，體能及速度也比常人快上了許多倍，隨便擺弄幾招翩翩教他的防身動作，踢打兩下，看來倒也虎虎生風。

阿關聽電話那端的阿泰這麼說，連忙驚訝地問：「什麼！」

「我覺得是我們部門的主管。現在不方便講，晚一點見面再說……」阿泰壓低了聲音說。

「好，無論如何，你別輕舉妄動，別打草驚蛇……」阿關叮囑。

「我知道，我還怕被他發現咧！」掛上了電話，阿泰回想起張主管的身型，還眞有點像昨晚那瘦長的神祕人。

傍晚，阿關送小兄妹回家，那是棟兩層樓的透天小別墅，屋子外頭還有座小庭院。這倒出乎阿關意料之外，這可是有錢人家才住得起的房子，在這不起眼的巷弄中顯得格外突兀。

原本他以爲小強爺爺接小強出院，以自己的偏方替小強醫病，是因爲沒錢支付醫藥費的關係，現在看來並非如此。

「爺爺很晚才會回來，哥哥你要不要進來坐坐？」小強變得更加熱情。本來他心中對於外人總有一份恐懼，尤其不願意讓人知道他爺爺的事，但阿關一來表現得十分尊重他爺爺，另一方面，阿關在河堤上隨意唬弄出來的功夫，把小強唬得一愣一愣，對這個師父更崇拜了。

阿關喜出望外，這是探查神祕法師住處的大好機會。到底小強爺爺和玩具城那神祕人有何關聯？是同一人，還是另有其人？

小強拿出鑰匙旋開門，阿關發現院子裡停了輛三輪機車，覺得有些眼熟，卻想不起來在哪裡看過。

阿關將石火輪停在院子裡，跟著小強和雯雯進了屋子。

房子裡也是有錢人家的布置裝潢，該有的家具都有，且算得上是名貴。客廳燈火通明，天花板那盞水晶吊燈顯然所費不貲。

阿關卻感到異樣陰冷，不是溫度上的冷，是一種陰寒。這種感覺他不陌生，先前他在那鍛鍊符術的廢棄大樓裡，也感應過同樣的陰冷。

「平常你們的爺爺都什麼時候回來呢？」阿關有些擔心，要是他們的法師爺爺回來，該如何是好？但轉念一想，自己可沒得罪他，而且還替小強解圍了兩次，那法師爺爺應該會歡迎自己才對。

「都很晚、很晚，我睡著了才回來！」雯雯答。

「爺爺十二點之後才會回來，回來之後替我們燉點湯，還幫我把該吃的藥準備好，然後又會出去。」小強補充。

「那等於整天都不在家……」阿關點點頭，有些放心。

「爺爺是替我去找藥，他以前不會這樣，他以前每天都在家陪我們。」小強低下了頭，哀傷地說：「要不是我生了治不好的病，爺爺也不用這麼辛苦，每天跑出去找藥了。」

「你一定會好起來的！」阿關感到有些心疼，他這陣子不停對身邊的人說著類似的話，心中懷抱著類似的祈禱，先是被邪咒迷住的母親，跟著是翩翩，現在又碰上得了絕症的小強。

「我知道一家醫院，他們的醫生很厲害，明天我帶你去看！」阿關這麼說。

「不，我吃爺爺的藥就好了，爺爺他……他不喜歡醫生幫我看病……」小強有些尷尬，連連搖頭。

「呃，這樣啊。」阿關也是一怔。

突然一陣鈴聲，是桌邊鬧鐘發出的聲響，嚇了阿關一跳。

雯雯嚷了起來：「哥哥要吃藥了，哥哥要吃藥了！」

小強一臉不甘願地起身打開冰箱，拿出一包藥，上廚房倒了一杯水，然後回沙發坐好。他在桌上的小籃子裡，拿了幾包甘草梅餅。阿關認得這種梅子餅，是配中藥吃的，通常是因爲中藥苦口，便會湊著這種梅子餅吃，來減輕吃下苦藥的反胃感。

小強揭開藥包，裡頭包著的是黑黑的粉。

阿關聞到藥粉那股中藥清香，只覺得和先前順德宮裡那如糞如屍的符水比起來要好聞多了，忍不住說：「聞起來挺香的……」

雯雯哈哈笑著說：「可是吃起來好苦、好難吃，我偷吃過，結果吐了！」

小強僵著臉，慢慢剝開梅子餅的包裝，一連剝了四片梅子餅才停下動作。他先將一片梅子餅放進口裡嚼了嚼，跟著將那黑色藥粉一口吃下，小孩子嘴小，那一大包藥幾乎塞滿了小強的嘴。

小強喝了口水，阿關看得心疼，藥粉在小強口裡和上了水，成了泥狀，小強別過頭去，艱難地將藥泥慢慢嚥下，好幾次幾乎要吐了出來。口裡的藥嚥下一些後，騰出了些許空間，小強開始灌水，將口中剩下的藥稀釋吞下。接著吃下一片梅子餅、再喝水、再吃梅子餅、再喝水……

「爲什麼不分兩口吃呢？」阿關不解地問：「一次吃這麼大包不是很難受？」

小強轉過頭來，眼眶已經紅了，嘴唇上還掛著鼻涕。

「不行……藥會燒舌頭……」小強吐出了舌頭，舌頭變得通紅，腫了起來，他結結巴巴地說：「如果不一次吃下去，第二次吃的時候舌頭會很痛……」

「你眞勇敢……」阿關吐了口氣，拍拍小強的頭，說：「可以帶我去參觀你們的房間嗎？」

「可以啊！」小兄妹異口同聲答應。

上了二樓，兄妹倆一人一間大房間，裡頭整理得乾乾淨淨，雯雯房裡全都是娃娃，一房間的娃娃，竟有百來隻那麼多。

阿關深深吸了口氣，感到一陣暈眩，情況超出他的預料，雯雯房間竟和玩具城一樣，房間所有娃娃都帶著邪氣。不同的是，這些娃娃身上的邪氣更強烈，更加活躍。

阿關明顯感到這些娃娃竟像是活的一樣，且正對著闖入他們領域的自己發出敵意。

阿關腦袋一片混亂，強按著懷中蠢蠢欲動的伏靈布袋，他得先搞清楚事情的前因始末，總不能莫名其妙對著雯雯心愛的娃娃們大開殺戒。

他小心翼翼地參觀完雯雯的房間，接著來到小強房間。小強房間也有娃娃，但只有兩、三隻，身上同樣也帶著邪氣。

在阿關原先的推測中，雯雯手裡那叫作漢堡包的大熊玩偶，是他們的爺爺在快樂玩具城買的，但接連的發現，讓阿關逐漸否定了這個想法。

從小強的窗子往外看去，天已經完全黑了，在街燈的照映下，阿關又看到了院子裡那輛三輪機車。

阿關身子一震，他想起那三輪機車了，那是離開洞天那晚，他半夜睡不著出外蹓躂，在河堤附近遇到了流浪狗慘死的事件，疑凶正是騎著一輛三輪機車。

此時天色雖暗，但街燈正對著三輪機車，清楚映出車後貨架上有些斑駁不均的深褐色痕跡。

阿關一面和小兄妹翻著他們的相簿，一面留意四周動靜，同時在腦子裡整理著整個事件的來龍去脈。

玩具城裡有數不清的邪氣玩偶，並且死了好幾個員工。這小兄妹的家中也有著上百隻帶有同樣且更強烈邪氣的玩偶，而他們的爺爺是個法師，且有半夜出去虐殺流浪狗的習慣。

「師父，漢堡包剛剛跟我說話吶！」上完廁所的雯雯，一進小強房間，便這麼說。

阿關和小強都愣了愣，小強回答：「妳又作夢了，娃娃怎麼會說話！」

「我又沒睡覺，怎麼會作夢，剛剛漢堡包真的跟我說話啊，你都不相信我！難道你的娃娃都沒跟你說話嗎？」雯雯不服氣地說。

「沒有。漢堡包跟妳說什麼？」小強問。

「剛剛我跟他說，我的膝蓋破皮了，因爲小胖欺負我們。漢堡包就說要幫我報仇。」雯雯答。

「妳又說謊了！爲什麼要說謊？娃娃怎麼會說話，而且阿關哥哥已經教訓過小胖，幫我們報仇了……」小強有些生氣地斥責。

「我沒有說謊！漢堡包眞的這麼說！」雯雯更不服氣了。

阿關只覺得背脊發冷，雯雯懷中那隻七十公分高的大棕熊玩偶，大大的眼睛鮮活靈動、閃閃發亮，就算突然說話，也不奇怪。

「好了、好了，我已經教訓過小胖，雯雯妳跟漢堡包說，放了小胖一馬吧。」阿關呵呵笑著，試著打圓場。

雯雯聽完，竟眞的對著那大熊玩偶的耳朵，咕嘰咕嘰地說了起來，接著又將耳朵湊到大熊玩偶嘴邊，聽了好一會兒，才說：「漢堡包說不行，他說他一定要幫我報仇，他說他要殺死小胖……」

「……」阿關呆了呆，接不上話。

「妳……妳胡說八道什麼啊，怎麼可以說要殺人呢！」小強又驚又惱地斥責。

「不是我說的，是漢堡包說的。」雯雯一臉無辜。

「我的大狗狗也跟我說話，他說妳尿床！」小強一把抱起床邊那大狗玩偶，哼哼地說。

「我哪有尿床！」雯雯將耳朵湊到熊玩偶嘴旁聽了聽，又說：「漢堡包說你騙人，他說大狗根本沒有跟你說話。走，漢堡包，我們不要理他，他才愛說謊……」

「神經。」小強哼了一聲，似乎還想追上去和雯雯辯駁什麼，但他只是嘟著嘴，像是在生悶氣。

「哈哈……小強，別和妹妹計較。對了，外頭那兩個房間是你爺爺的房間嗎？」阿關笑了笑，問。

「對啊，一間是爺爺的睡房，一間是爺爺的書房。」小強點點頭說：「爺爺不讓我們進他的書房，他老是在裡面作法。小胖他們有時從窗戶看見，就會說爺爺是老妖怪……」

阿關嗯了一聲。只要能進去那書房，所有的謎題應該都能在裡頭找到解答。想歸想，他卻沒有適當的理由要求進去。

「哥哥要回家了，你們別吵架囉……」阿關正想道別，卻看到小強臉色煞白、愁眉苦臉，便問：「怎麼了？」

小強壓低聲音說：「阿關哥哥，其實我……其實我很害怕……」

「害怕？」阿關不解地問：「怕什麼？」

小強還沒回答，隔壁已傳來雯雯的說話聲，那是她和漢堡包在對話。

「雯雯變得好奇怪，她以前從來不會跟布偶講話。爺爺也變得好奇怪，他以前都不會躲在房間裡面作法，爺爺作法時，房間會發出奇怪的光和奇怪的聲音……都是、都是因為我……都是因為我生了病……嗚嗚……」小強講著講著，哭了起來。

阿關也擔心得很，要是這些玩偶抓起狂來，小兄妹必定難逃一劫，他能體會小強心裡的害怕。畢竟當他媽媽受了順德大帝蠱惑時，他也是怕得要死，身邊最親的人變得陰陽怪氣，那種恐懼難以形容，何況是才六歲的小強。

「你放心，哥哥把手機號碼留給你，有什麼事就打電話給我，我騎腳踏車騎得很快，一瞬間就會趕來幫你。」阿關看到小強床頭有台電話，便順手寫了張手機號碼。他必須離開，總不能一直待在這間屋子，直到小強的爺爺回來。

「你是男人，要勇敢。」阿關走到門口，回頭向小強道別。

「是，師父。」小強此時已經擦乾眼淚，點了點頭，緊緊握著手裡那張抄著電話號碼的紙條。

阿關回到了文新醫院。特別事務部裡，阿泰正和六婆討論著那作法的神祕人。阿關和阿泰互相交換得到的情報，三人討論了好一會兒，卻沒有具體的結論。

「目前只能歸納出幾個重點：一、阿泰的主管嫌疑重大；二、小兄妹的爺爺肯定有問題；三、阿泰主管和小兄妹的爺爺可能是同一人，或是是同夥。」阿關看著筆記本上寫下的重點。

「哎喲喂，寫這些有什麼用，人還不是繼續死，我一定要親自去裡頭看看，看看那個什麼密室裡到底有什麼怪東西。」六婆不耐煩地揮了揮手。

「阿嬤妳要去玩具城？不好啦……」阿泰連忙勸阻。

六婆說：「對啊，我不親自去看看，怎麼知道那些東西到底是怎樣，怎麼想辦法破他的邪咒呢？」

阿關、阿泰勸了她好久，他們擔心要是遇上了妖魔大戰，年邁的六婆終究體力不濟，難保一個萬一。

但六婆那幾十年倔強脾氣，一固執起來，誰也勸不動。

「好、好、好，明天晚上好不好，阿關昨天沒睡覺，我也累癱了，我們休息一天，明天一塊去……」阿泰終於讓步。

「對啊，養足了精神，明天好好行動。」阿關附和。

「好吧。」六婆想了想，這才點了點頭。

□

阿關回到小套房，洗了個暖呼呼的澡，躺在翩翩的床上召喚出歲月燭，拿在手上反覆把玩著。那燭火隨著燭台翻動而晃蕩搖曳，若是揮動的勢子大了些，燭火便會在空中拖曳出流光尾巴。

阿關翻了個身，趴著呆望床頭上那兩張在寒彩洞裡照的冰晶照片，一張是翩翩的獨照，一張是兩人的合照。冰晶裡的翩翩側著身子，只照著沒讓綠毒侵害的左半身，她淡淡地微笑，卻掩飾不了眼神裡的感傷。

*翩翩現在在做什麼？她的綠毒咒好了嗎？*——阿關想著想著，進入了夢鄉。

到了下半夜，一陣電話鈴聲吵醒了他。

是小強打來的。

「哥哥……對不起……你……在……睡覺嗎？」小強的聲音聽來極端恐懼。

「怎麼了？小強，發生了什麼事嗎？」阿關連忙問。

小強用極低的聲音說：「雯雯……雯雯變得好奇怪，她房間裡有怪聲音……好像還有小胖的哭聲，我好怕，嗚……嗚嗚……」

「爺爺呢？還沒回來嗎？」阿關追問。

「爺爺之前打電話來，說今天有事，不會回來……」小強嗚咽著說：「我好害怕……好像有一些東西……在虐待小胖，嗚嗚、嗚嗚……」

「我馬上過去，你躲在被窩裡，我到你家的時候，會打電話給你。」阿關跳下了床，對著電話補上一句：「我很快就到！」

掛上電話，阿關匆匆忙忙穿上外套，拍了拍外套口袋，確定伏靈布袋和白焰符都在，扛著石火輪衝下了樓。

深夜，街清人靜，石火輪的兩個輪子如同閃電光圈，在地上劃出一道銀亮螢火，飛快竄過幾條街，三分鐘不到，就騎上了河堤。

河堤上有個醉漢晃來晃去，一面抓著酒瓶仰頭喝著，恍惚見到河堤那頭有個影子衝來，還沒看清楚，只聽見一陣風聲，那影子已從他身邊竄過，捲起好大一陣風。醉漢嚇了一大跳，怪叫幾聲，轉身回頭看，什麼也沒看到。

「什麼怪風……什麼怪風……」醉漢喃喃怪叫。

那不是風，是騎著石火輪的阿關。

風聲戛然而止，阿關在小強家外停下，石火輪煞車是無聲無息的，反倒是突然停止的倏倏風聲顯得有些突兀。

阿關撥了通電話給小強，卻沒人接聽。

阿關著急得不得了，靈光一閃，掏了張符，吟唸咒語。

老土豆這次來得快，兩分鐘不到就出現了。

「阿關大人，你好幾天沒召俺了，不過俺最近也忙得很，要是白天叫俺，俺可能還沒空呢。」老土豆呵呵笑著。

「好了，別囉唆了，你能不能進去看看，裡頭發生了什麼事？」阿關急急地指著小強家。

「嗯？你要俺去偷看凡人的房間，俺不喜歡偷窺呀。」老土豆噫噫呀呀地說。

「你囉唆什麼？」阿關更急。「快去啊！」

「遵命！」老土豆見阿關惱火，趕緊化成一陣黃煙，鑽進了屋子裡。

「順便替我開門吶——」阿關低聲地喊。

老土豆潛入了屋內，替阿關打開了門。

阿關將石火輪停在院子裡，躡手躡腳地走了進去，老土豆在阿關前頭開路。

「大人，你是進來偷看女生睡覺嗎？僅此一次啊……」老土豆低聲地說。

「閉嘴……」阿關低聲地說，四周極黑，只聽見二樓傳出一陣陣奇怪的聲音。

四周的邪氣忽遠忽近，阿關正要上樓，突然間四周竄出幾個影子，身型只有小孩那麼大，那幾個小鬼影飛擁上來，抓住了阿關和老土豆。

阿關駭然，看那幾個小鬼個個眼睛發著青光，嘴裡的牙則是暗黑色的，每個看來都只有三、五歲，有些長相奇怪一點的，臉都變了形、五官都移位了。

「哎呀！是什麼妖魔鬼怪！」老土豆急得大喊。

小鬼們紛紛高聲喊著：「抓到了、抓到了，把他們抓去樓上給姊姊看！抓去樓上給姊姊看！」

阿關正要反抗，一聽他們這麼說，連忙喊著：「老土豆，先別反抗，讓他們抓上樓。」

「什麼？」老土豆哎呀一聲：「這些都是邪術養出來的小鬼，是哪個混蛋養的？」

其中一個小鬼大力敲了老土豆的腦袋，凶狠罵著：「什麼混蛋，不准你這樣說爺爺！」

阿關不再反抗，他發現這些小鬼們雖然力大，但並不難纏，他必須靜觀其變，先確定小強和雯雯的安危再說。

阿關強壓著口袋裡幾乎要暴衝而出的伏靈布袋，讓小鬼們抓上了樓，拖進雯雯的房間。房間裡泛著一片黯淡青光，雯雯站在床邊，臉色青慘，雙眼滾動著鬼魅青光。小強則瑟縮在牆角，發抖流著淚。

地上還有一個小孩子，是小胖。

小胖讓另幾隻小鬼壓在地上，尿了一地。他的衣服都給撕破了，渾身上下都是咬痕，血跡斑斑、奄奄一息。

阿關這才看了清楚，四周總共將近十隻小鬼，個個青頭青臉、穿著紅色肚兜，模樣大都只有四、五歲，多是女童。

更讓他驚訝的是，在這些小鬼後頭的玩偶們，此時個個面目猙獰，有的張大口露出一口森白利齒，有的搖著毛茸茸的手、有的晃動耳朵。

阿關一看那些玩偶嘴裡的利齒，就聯想到玩具城那些員工的命案。

「這兩個怪傢伙，就是方才和小強哥哥通電話的人，不知道來做什麼的……」一隻抓著阿關的小鬼用尖銳的聲音說。

小強身旁也站了隻小鬼，模樣不過才三歲左右，綁了個小辮子，這時開口了：「你們怎能這樣！他們既然是小強哥哥的朋友，你們怎能這樣對他們，你們怎能這樣對小強哥哥？」

臉色發青的雯雯突然開口說話：「哼！我們是替雯雯姊姊出氣！姊姊被欺負了，小狗們要替她討回公道，才找我們幫忙，我們當然要幫忙！」

小強身邊的小鬼扠著腰說：「但妳太過分了，妳怎麼能附上雯雯姊姊的身體？妳看你們把小強哥哥嚇成什麼樣？要是爺爺知道妳附上雯雯姊姊的身，不打死妳才怪！」

「哼！爺爺才不會生我們的氣，爺爺知道我替雯雯姊姊報仇，他會稱讚我的！」雯雯嘻嘻笑著說。

阿關從這些小鬼間的對話內容發現，這些小鬼們的位階似乎比後頭的玩偶們高了些，不但有發言權，也能指揮命令那些玩偶。

役使這玩偶殺人的元凶就是這票小鬼？

那隻叫作漢堡包的褐色大棕熊，此時坐在地上，兩隻圓滾滾的手伸出大爪抓著小胖的右手，一雙大眼睛骨碌碌地轉。低下頭去，漢堡包啃了小胖一口。不過啃得並不大力，只啃出一小片血痕，卻也讓小胖痛得哀叫了一聲。

「不要再咬他了，不要再咬他了，我原諒他了……」小強發著抖，幾近崩潰地說。

漢堡包一聽，放下小胖的手，轉頭看了看雯雯。

「幹嘛停下來，繼續咬，咬死這個欺負雯雯姊姊的壞孩子！」雯雯眼睛閃動青光，瞪了漢堡包一眼。

漢堡包咯咯一笑，低頭又要咬。

「老土豆，小女孩你對付，其他的我對付！」阿關叫了一聲，唸了咒語，右手泛出一陣黑霧，黑霧散了，手裡握著的是鬼哭劍。

只一瞬間，阿關刺倒了兩隻小鬼，所有玩偶尖聲叫起，在四周蹦跳起來。兩隻小鬼跳上了阿關的身，張口就咬。

阿關疼得啊啊怪叫，以前咬他的鬼怪，嘴裡大都是尖銳利齒，咬下去像讓錐子刺進肉。這些小鬼的牙卻不利，和一般人一樣，咬下去像被鉗子夾，痛是一樣痛，感受卻又有不同。

「哇靠！」阿關將兩隻抱著他咬的小鬼砍倒，又接連砍倒兩隻撲上來的小鬼。

小鬼們又驚又怒，那些玩偶們全都吼叫了起來。雯雯正要下達指令，老土豆早已掙脫了抓著他的小鬼，一躍上床，拐杖指在雯雯額頭上，黃光乍現，逼出了雯雯身上的小鬼。那是隻看來年齡較大的小鬼，模樣差不多六、七歲，她怪叫一聲，竄出了窗外。

老土豆雖然不強，但對付這些尋常小鬼是綽綽有餘了。

阿關接連幾劍，又刺倒兩、三隻小鬼，嚇得其他小鬼們一哄而散，紛紛躍出窗外。而剛才替兩人說話的三歲小鬼卻還守在小強身旁，害怕地看著土地公和阿關。

老土豆抱著雯雯跳下床，來到阿關身旁。

一見老土豆抱了雯雯，玩偶們個個發出奇怪的吼聲。漢堡包尤其生氣，對著老土豆怒吼連連，聲音像隻出生不久的幼犬，非常好玩，要不是那嘴利牙，很難讓人相信是隻會咬人的惡魔。

漢堡包吼叫，飛撲上來。阿關眼明腳快，一腳踹在漢堡包肚子上，將他踹得滾了老遠。

「停、停！他們是小強哥哥的朋友！」小強身旁那小鬼嚷嚷叫起。

玩偶們這才靜了下來，但仍然瞪著老土豆，漢堡包肥嘟嘟的身子在床上掙扎了一下，又蹦了起來，嘴裡嗷嗚嗷嗚地叫著，不知在說什麼，像隻受了委屈的小狗。

老土豆拐杖一揮，一陣黃光閃現，照向崩潰哭泣的小強，和低鳴哀號的小胖，讓這兩個可憐的小男孩先睡著，以免他們受到更大的驚嚇。

阿關直直舉著鬼哭劍，對著小強身旁那小鬼嚴厲地問：「你們到底是什麼鬼怪？你們有什麼目的？」

那小鬼後退兩步，有些害怕地問：「你們……又是誰？你們眞是小強哥哥的朋友嗎？」

阿關點了點頭。

「你發誓不會傷害小強哥哥和雯雯姊姊……」那小鬼怯怯地說。

「我當然不會傷害他們。」阿關收去了鬼哭劍。

「我們都是爺爺養的小鬼。」那小鬼猶豫了半晌，悠悠開了口：「我想……或許你們能夠阻止爺爺。」

# 14 一千條童魂

文新醫院兩位醫官接到了通報，連忙趕來替小胖治好身上的傷；老土豆則負責將熟睡的小胖送回家裡，小胖醒來時，只會覺得自己作了場噩夢，身上一點傷也不會留下。

小兄妹各自在自己的床上熟睡，玩偶們則守在兩人身邊。

那三歲小鬼領著阿關，進入爺爺的書房。房門上著鎖，小鬼朝門把吹了口氣，門就打開了。

書房裡一角垂掛著一盞紅色小燈籠，光線昏暗。阿關伸手摸了摸門旁牆邊的電燈開關，撥弄幾下，卻發現電燈開關已經失效。

小鬼說：「這房間除了那盞血燈籠，沒有其他的燈了。」

阿關看看四周，暗紅色的房間裡，堆放著許多稀奇古怪的雜物。他走近一面書架，見到上頭有一排白色的瓶子，瓶口都用紅線結著一圈繩結。

「這就是我們住的地方，我和其他幾位姊妹都是爺爺養的『古曼童』，這是降頭術裡對我們這些小鬼的稱呼。」小鬼幽幽地解釋著：「爺爺之前只用煮熟的雞肉餵我們，但現在，他都用自己的鮮血來餵養我們，這會增加古曼童的凶性。我不敢吃爺爺的血，因此我還能保持理智，但法力卻會漸漸轉弱，無法和其他古曼童作對，只能眼睜睜看著她們胡作非爲。」

「於是除了妳以外的古曼童，開始作怪，作法讓娃娃殺人？」阿關提出了心中的疑問。

「不，作法讓娃娃殺人的，是爺爺。」小鬼搖了搖頭。

小強的爺爺，是一名降頭師。

老降頭師年輕時，熟練各種降頭法術，甚至不顧傳授自己降頭術老師父的反對，擅自結合其他偏門法術，發展出更凶、更烈的獨門巫術，手段極其陰狠毒辣。

老降頭師當年作惡多端，專門幹些見不得人的勾當，例如替黑道或政客剷除競爭敵手，或是下降頭惡整金主仇人等等。

或許是報應，老降頭師直到四十幾歲才結婚生子，到頭來卻家破人亡，他的兒子、媳婦和老妻都遭到仇家殘酷虐殺。

老降頭師最後一次使用降頭術，是替老妻和兒子、媳婦報仇，報仇雪恨之後的老降頭師，獨自扶養兒子留下的一雙子女——小強和雯雯。

老降頭師金盆洗手，從此不再作法害人。他們搬到了這座城市，在這兒沒有人認得他們，一切重新開始。

他禍害一生，掙了不少錢，足夠讓他安然度過餘生，甚至讓小強和雯雯一輩子不必工作也能衣食無虞。

老降頭師一改過去的陰狠毒辣，個性漸轉和祥，全心全意地照顧孫子、孫女。老降頭師小時候的家庭貧窮而落魄，年幼時的他像條陰溝裡的野老鼠，狡詐奸巧、一肚子壞水，過著可悲又可憐的日子。年邁的老降頭師此時卻在年幼的孫子和孫女身上，看到了自己未能擁有的希望。

但老降頭師不知道，報應並沒有結束。小強在一次身體不適下，被醫院診斷出得了癌症，且已經進入末期。這讓老降頭師如遭雷擊，他無法接受，帶孫子換過大大小小的醫院，經過無數次診斷，結果依舊未變。

小強在醫院的治療下，不但沒有好轉，病況越漸惡化，身體也越漸虛弱。

在某個絕望的深夜，老降頭師搬出了床底下的古舊大皮箱，撕下了封條，撕毀了誓言。他打開皮箱，裡頭是跟了他一輩子的吃飯傢伙——各式各樣的降頭法器。

他重新綁上那條血染成的褐色頭巾，他想要靠自己苦練一生的降頭術，來和天抗衡。他要治好他的孫子，挽救他的希望。

但他失敗了。

他驚覺自己一輩子所修習的，全是如何奪人性命、害人全家、使人痛苦、驚駭嚇人的邪毒法術，哪裡有什麼可以治癌救命的邪毒巫術。

不知怎地，這幾個月凡間裡多了許多惡鬼邪神，老降頭師不知這些惡鬼打哪兒來的，只知道他們突然多了很多。

終於，有隻邪魔找上了門。那邪魔告訴老降頭師，他能夠治好小強的病。

當然，這是有代價的。

代價是老降頭師必須交出一千條人魂，且必須是十二歲以下的孩子的魂。

老降頭師起先難以接受，他固然是壞人，但要他一口氣殺害這麼多小孩奪取其魂魄，供邪魔驅使，卻是他想也不敢想的事。

但老降頭師最終還是答應了。

小強是老降頭師心中的弱點，邪魔洞悉了他的弱點，趁虛而入，在邪魔的蠱惑和協助下，老降頭師恢復了以往的狠毒，甚至有過之而無不及。

爲了這千條童命，老降頭師做足了準備，他自然不能一個個殺，一千條命，要殺到什麼時候。

在仔細的計畫下，他進入玩具城工作，準備著浩大的工程，一個屠殺千條童命的工程——

首先，老降頭師每日往返各大公墓墳場、陰氣重的深山郊外等地，蒐集孤魂野鬼。除了人魂，他也蒐集動物靈。他趁夜四處殺野貓、野狗，甚至偷闖入民間養雞場，殺戮整間雞場裡的雞，只爲了收取牠們的魂魄，加以利用。

接著他會施法將這些邪靈遊魂、雞貓野犬等動物靈，附在玩具城裡的玩偶體內，這些惡靈娃娃們平日沉睡著，一收到老降頭師的號令，便會聽命行事，替老降頭師辦事，包括殺人。

老降頭師每日煉製大量的殺人玩偶，只要在同一天，讓這些娃娃同時發難，便有機會在短時間內獲得新鮮的千條童命。

阿關聽到這裡，已經明白了大致上的經過，他氣憤地說：「難怪阿泰說神祕人是他們主管，那傢伙發現有人進入密室，拿了他的東西，氣得跳腳，卻又不敢明說。這老傢伙，一千條小孩的命，太狠了！哼哼……難怪玩具城接連死人，那些死者可能因爲發現了那間密室、發現他的祕密，才被他驅使娃娃殺害的。」阿關說到這裡，頓了頓，又問：「那麼，剛剛發生的事，又是怎麼一回事？」

「爺爺爲了這千條童命，除了煉製大量的邪魔娃娃之外，還另外修煉各式各樣的凶惡鬼怪，我們古曼童也只是其中之一而已。但這麼倉促煉鬼，加上目的又是殺人，那些煉出來的古曼童，有些凶性很大，爺爺又沒時間好好調教他們，因此他們並不是那麼乖巧聽話。」

小鬼解釋著：「雯雯姊姊時常抱著的那隻大熊玩偶，和她房間其他玩偶，本來是爺爺特別煉製給雯雯姊姊和小強哥哥的護身玩偶，目的是防止古曼童凶性太烈而反噬他們兄妹。但爺爺同樣沒時間好好管教那些玩偶，反而讓玩偶們和古曼童混得熟稔，而失去相剋的特性。」

「最近雯雯姊姊和小強哥哥時常被附近的小孩欺負，雯雯姊姊每天對著玩偶們訴苦，那些忠心耿耿的玩偶們心中氣憤，大熊娃娃便偷偷摸摸地溜進爺爺房間，擅自放出了我們，求我們替雯雯姊姊報仇，結果一發不可收拾，那些古曼童凶性太強、性格頑劣調皮，不但嚇壞了小強哥哥，還附上雯雯姊姊的身體對娃娃下達命令，這是爺爺絕不允許的……」小鬼說到這裡，嘆了口氣。

阿關點了點頭，總算明白了一切來龍去脈，他又問：「但是我有一點不明白，爲何妳會跟我說這麼多，妳應該是站在降頭師那邊的，不是嗎？」

小鬼搖頭半晌，又深深嘆了口氣說：「你覺得呢？爺爺的手段已經告訴你了，你以爲我們是他好心在街上收留的棄兒嗎？當然不是……」

阿關一驚，連忙問：「妳……妳難道是被那老降頭師殺死的？」

「這倒不是，我是夭折而死的，剛好讓爺爺抓了，他將我煉成古曼童，供他驅使，已經有十幾個年頭了。我做事機靈，所以在爺爺金盆洗手後，我是唯一被爺爺留在身邊繼續豢養的古曼童。我是看著小強哥哥和雯雯姊姊長大的，而其他古曼童都是爺爺復出後新收的小鬼，和兄妹倆根本不親，只是裝個樣子而已。」那小鬼這麼說。

「十幾個年頭，那妳的年紀快和我一樣大了。」阿關有些驚訝，他眼前的小鬼看來不過兩、三歲大，模樣比雯雯還小上許多，她坐在桌沿，兩隻小腳垂著搖晃，看來十分可愛。

小鬼苦笑了笑說：「如果再加上我生前的年紀，現在已經是二十二歲了。」

「那和阿泰一樣大……對了，妳有名字嗎？」阿關問。

「我只記得我在陽世的名字有個『玉』字，其他都記不得了……」那小鬼這麼回答。

「那以後叫妳小玉好了……」阿關伸手摸了摸那小鬼的小腦袋瓜，又突然想起這小鬼的實際年紀比他還大，便連忙縮回手，尷尬笑了笑。

「謝謝你。」小玉點了點頭，繼續說：「其實，我並不恨爺爺，畢竟在我夭折之後，爺爺供養了我這麼多年。但是在這件事上，我不認同爺爺的做法，我更不覺得，那個邪魔真的能救小強哥哥和雯雯姊姊的命，他只是抓準了爺爺的弱點，哄騙爺爺幫他幹這喪盡天良的壞事。」

小玉又說：「你是我見過最神奇的凡人，竟然還能夠驅使土地神，所以我認為，或許你能夠阻止爺爺……」

「妳希望我制止老降頭師？」

「以前，爺爺雖然害了不少人，做了不少壞事，但他害的人大都是黑道政客的敵手，通常也是黑道和政客，其中當然也有無辜的人，但和現在的千條童命比起來，那罪孽當然天差地遠。」小玉這麼說，跟著低下了頭，望著自己的小腳尖，補充說：「那壞邪魔爲了增強魔力，要索取千條童命。我當了這麼久的古曼童，又怎麼忍心見到上千個孩子比我更加不幸呢？」

「妳是個善良的小鬼，妳放心，我一定會阻止降頭師的。」阿關拍著胸脯保證。

「一定……」阿關看向窗外，漆黑的夜空黑雲密布，沒半點星光。他心想要是千童命慘案眞的發生，他也無顏再見翩翩和太歲爺了。

小玉又開口：「玩具城大軍已經完成，惡魔玩偶們隨時都可能發動攻擊，現在爺爺只是在等那邪魔下達指令。若我們想要阻止爺爺，就要拿走他一樣東西。」

「拿走他一樣東西？」阿關不解地問。

「應該說，至少要從爺爺的兩件法寶裡，拿走其中一件。」小玉點頭，跟著又說：「爺爺這次千童命計畫，有兩個關鍵：一是妥善操控數量龐大的惡靈玩偶軍團；二是迅速蒐集那些剛死不久，且數量龐大的童魂。」

「爺爺雖然道行深厚，但他畢竟是凡人，可無法同時控制成千上萬隻的惡靈玩偶。在邪魔的指點下，爺爺煉出了兩件法器，一件是石筍，一件是人皮鼓。」小玉這麼說，接著她開始解釋這兩件法器的功用。「石筍樣子像是一根筍子，用來號令惡靈玩偶用的，要是少了石筍，爺爺便必須一隻隻地分別下達命令，這會大大減低玩偶兵團的效率；人皮鼓的作用是蒐集童魂，當一隻玩偶殺了一人，玩偶裡的惡靈便會離開玩偶，他會抓著那人的魂魄，飛回人皮鼓裡。」

阿關點點頭，接著說：「也就是說，要是少了石筍，老降頭師就像戰場上失去了無線電，無法同時對大量玩偶下令；少了人皮鼓，即使玩偶殺了人，也難以蒐集童魂。只要兩者少了一樣，老降頭師就得暫緩千童命計畫。」

「就是這個意思。」小玉點點頭：「然而，爺爺將石筍隨身攜帶，很難偷得到，所以只能從人皮鼓下手，人皮鼓較大，沒辦法帶在身上，我只知道爺爺將它藏在一家玩具商場裡。那人皮鼓是爺爺他……用自己背上的皮做的，若我們偷了人皮鼓，他很難再做出一個，至少……又得耗上很長一段時間。」

「什麼！」阿關訝然，跟著他捏緊了拳頭。「一切都是那個邪魔惹的禍，我們先讓降頭師無法進行千童命計畫，接著想辦法宰了那邪魔，再把小強送去文新醫院好好治療。」

小玉顯得有些驚訝，怯怯地說：「邪魔法力高強，我不認為有對付他的辦法，只求讓爺爺放棄這千童命計畫就行了。」

「這幾天妳看好小強兄妹，別讓其他古曼童傷害他們。」阿關想了想，興奮地說：「我想起來了，這兩件法器我在玩具城地下密室裡有見過。明天晚上我就去把這些法器給毀了。」

「你也去過玩具城的法壇？」小玉驚訝地問：「我很好奇，你到底是什麼人？」

「我只是一個普通人。」阿關嘿嘿地笑了笑。

小玉點點頭，也不再追問。

□

隔日，阿關沒接到小強的電話，便請老土豆去探了探。小兄妹不在家裡，老土豆拍著瓶子問小玉，才知道老降頭師早上回來了一趟，將小兄妹接走了。

阿關雖然覺得有些不對勁，但心想這對小兄妹都是老降頭師的心頭肉，疼他們都來不及了，更不可能加害他們，便也不再擔心。

在文新醫院裡，阿關將整件事情的經過，一五一十地告訴阿泰和六婆，三人討論了一番。阿泰也跟著講起他在玩具城獲得的最新情報。

原來玩具城的週年慶促銷活動即將來臨，玩具城不但會有極低的折扣，還贊助了十幾間幼稚園的園遊會活動，會在當天送出數千隻玩偶。

阿關這才知道，老降頭師和那邪魔必定是看準了這個機會，一個能快速奪取千條童命的機會。

而這週年慶活動的第一天，就在明日週末。

三人討論的結果是，一定要在今晚夜探行動中，將石筍和人皮鼓找出來銷毀，若是找不到這兩樣法器，只好破壞所有的惡魔玩偶，絕對不能讓老降頭師的千童命計畫得逞。

入夜之後，準備萬全的三人來到了玩具城，從同樣的小氣窗潛入玩具城內部。

「奇怪呀，你說在這的啊，怎麼會沒有呢？」一個熟悉的聲音自地下室傳來。

在前頭引路的阿泰，回頭看了看六婆和阿關，低聲說：「樓下有人！」

聲音從地下三樓發出，三人躡手躡腳地走下樓，六婆一邊走，一邊碎碎地埋怨：「好陰，好陰！」

阿關更察覺到，本來沒什麼邪氣的地下二樓和地下三樓，此時也充滿了陣陣邪氣，似乎是老降頭師在這兩天內，日夜趕工施法的成果。

三人循著聲音走進地下三樓其中一間庫房，見到有個人影在某面貨架前摸來摸去，拿著手機，像是在通電話。

「他就是我們的主管……」阿泰認出了聲音。

「老降頭師？」阿關心想，要是老降頭師在這正好，可以抓住他，逼他供出邪魔藏身之地。

三人慢慢地朝張主管走近，那主管慌忙地翻找貨架，還不時地對電話咆哮：「我錢已經給你們了，爲什麼要我！」

阿關和阿泰互看了眼，只覺得奇怪，不曉得這傢伙到底在找什麼？

「管他那麼多？動手抓這壞蛋呀。」六婆不耐地嚷嚷。

「什麼人？」主管聽到了後頭有人講話，嚇得手上的手機都掉了下來。

阿關和阿泰見那張主管已經發現了自己等人，只好硬著頭皮衝上去，二話不說打了張主管一頓。

「幹！畜生，眞殘忍，小孩子你也殺！」阿泰一邊打、一邊罵著。

「我……我……我沒殺小孩啊！」張主管怪叫著：「錢我已經給你了，你還想怎樣？」

「什麼錢？你哪有給我錢！」阿泰咦了一聲。

張主管跪地求饒：「我知道錯了！錢我已經給你了，不要打了，照片快還我吧！」

「什麼照片！」阿泰愣了愣。「你在說什麼？」

「不是他！」阿關停下手，他在這張主管身上感應不到任何邪氣，他推了阿泰一把：「我們搞錯人了，這主管叫什麼名字？」

「我只知道大家叫他張主管……」阿泰抓抓頭說。

「張主管？不對，老降頭師不姓張呀！」阿關有些慌張地說。

張主管掙扎地站了起來，用手裡的手電筒朝阿泰臉上一照，憤怒地叫嚷起來：「是你啊！孫國泰！原來是你在勒索我！」

「我靠！誰勒索你！」阿泰也怪叫。

「他不是降頭師啊，小強和雯雯都姓方，降頭師姓方才對。」阿關拉了拉阿泰。

「是誰指使你們的？」張主管怪吼著，突然愣了愣，將手電筒的燈光移向阿關和阿泰的背後，驚呼：「是你！」

阿關和阿泰一怔，連忙回頭，只見在他們身後不遠處的角落，站了個人。

「老方！是你！」張主管大喝。

「文叔！」阿泰更驚。

暗處那人提著個燈籠，慢慢走了過來，原來是平日和藹的文叔。阿泰這才想起，在玩具城裡，年輕的員工都叫他文叔，階級大一點的就叫他老方。

老方，本名方留文，就是方志強和方智雯的爺爺。

離老方最近的六婆，突然哎呀一聲，倒了下去，是幾隻玩偶抓住了她的腳。張主管也怪叫一聲，背後讓好多隻玩偶爬滿了身，登時竟嚇得暈了過去。

「小強還有救！你不需要這樣！」阿關情急之下，這麼喊著。

「停！」老方揚起手，下令要四周娃娃別動，他眼睛亮了亮，緩緩地說：「昨天到我家裡的，就是你……」

那些玩偶一見老方下令，都乖乖地停下動作。阿泰奔搶上前，要救六婆，才剛走兩步，就讓幾隻玩偶擋住，玩偶們對他張牙舞爪，像一群飢餓的野狗。

在昏暗的燈籠光芒下，阿關見到老方後頭跟著的，竟是小強和雯雯。

「小強！」阿關驚訝喊著。

「爺爺說你是壞人……」雯雯向後退了退，縮到了小強背後，卻又忍不住頻頻探頭出來，望著阿關。

小強本來低著頭，看了看阿關，又低下頭。

阿泰氣憤怪叫：「死囝仔胡說什麼，你爺爺亂殺人，他還想殺死很多小孩子！他是大壞蛋、他是老妖怪！」

「我爺爺不是老妖怪！」小強氣憤地大叫，恨恨地瞪著阿泰。方留文沒說什麼，嘴裡動了動，身後青光一閃，兩隻古曼童現了身，其中一隻正是昨天附在雯雯身上的古曼童。

兩隻古曼童拿了條紅繩子，捆綁起六婆。六婆讓許多玩偶抓著手腳，動都動不了，也無法伸手拿符，只能死命地抓著手裡那只籃子，裡頭裝的都是她的驅魔法寶。

小鬼們不明就裡，見六婆死不放籃子，乾脆將籃子連同六婆身子都捆在一起。

「你們想幹嘛！」阿泰怒吼一聲，衝了上去，卻讓一隻古曼童兩手抓住，摔在地上，他藏在大衣裡的雷火雞蛋，全擠了個碎，蛋汁染了全身。阿泰破口大罵，卻被一隻古曼童一把掐住脖子。那古曼童回頭看看方留文，彷彿準備方留文一下令，就立時扼死阿泰。

阿關右手微微抬起，召出鬼哭劍，瞪著方留文說：「老降頭師，你的處境我都知道了，我想要幫助小強，我知道怎樣救小強！」

「你說。」

「我知道一家醫院……」阿關還沒說完，方留文冷笑一聲，高聲說：「我有我的辦法，不需要你多事，我根本不信那些醫生，他們一點本事也沒有！」

阿關大叫：「邪魔才沒本事！他是騙你的，他根本不會幫你治好小強的病，他是在利用你！」

一陣陰風吹了吹，後頭響起一陣奇異聲音，那密室前的貨架微微抖動起來，一盒盒模型車之間的縫隙發出淡淡微光。

「大王！」方留文這才惶恐了起來：「大王，我絕對相信您！我這就把他們收伏，任由大王您處置！」

阿關一腳踢開兩隻玩偶，哼哼地說：「你收伏不了我！」

方留文雙眼青光乍現，蹲了下來，掐住六婆的脖子，這個舉動讓小兄妹嚇了一跳。

「我不管你是何方神聖，你敢反抗，我就殺了這老太婆……」方留文冷冷地望著阿關。

雯雯被爺爺凶惡的神情嚇得哭了起來，小強拉了拉方留文的衣角。「爺爺，這位哥哥……他幫過我好幾次……」

「他就是你說的那個哥哥？」方留文轉頭，看了看小強。

小強點了點頭。

方留文不語半晌，仍瞪著阿關。「小子，你聽不見我說的話？你反抗，我就殺了老太婆……」

阿關只好收起了鬼哭劍，一手按著口袋裡的伏靈布袋。伏靈布袋似乎較以往更能夠體察主人的心思，不再任意竄出了。

小鬼們也上前以紅繩子捆住阿關，連昏了的張主管也一併捆了起來。

四人被帶入了地下三樓最深處的一間庫房。

方留文看著坐在地上的阿關，冷冷地說：「小子，你幫助過我孫子，我不親手殺你，我把你交給大王，讓大王來處置你。如果大王願意放你一馬，我也不會為難你……」他說完，就走出了這間庫房。

雯雯呆呆望著關上的庫房大門，嚇得不停發抖，嗚咽地擦著眼淚。小強則從庫房裡堆放的幾箱飲料中，拿出一瓶，插上了吸管，來到阿關身邊，將那飲料湊近阿關的嘴，偷偷餵他喝。「阿關哥哥，對不起……爺爺他……」

阿關感激地喝著飲料，阿泰在一旁怪叫：「小鬼，我也要喝！我好渴！」小強卻瞪了他一眼，不理他。

阿泰嘿嘿笑著說：「對不起，小弟弟，我說錯話了，你爺爺是大好人。他殺了玩具城好多叔叔、阿姨是大好人，他準備殺一千個小孩治你的病也是大好人！」

小強哼了一聲，氣憤地將那瓶飲料砸在阿泰臉上。

「阿關哥哥……師父……」小強回過頭來，哭喪著臉望向阿關，問：「他說的是眞的嗎？」

「我可以回答你，但是不知道你會不會相信……」阿關苦笑著說。

小強紅了眼眶，嗚咽抽起鼻子。「其實……昨天晚上我只睡了一下就醒來了，我聽見你跟小女鬼說話……我……我不相信爺爺會這樣……這樣壞，要殺很多小孩來救我……會不會……是你們搞錯了……」

原來小強已經是癌症末期，癌細胞已經蔓延全身。他每天喝的都是方留文特製的降術靈藥。靈藥沒辦法治癒癌症，但能短期內讓小強維持著和常人一般的體力和精神，這讓小強看來與一般小孩無異。同時，這靈藥也具有防護其他咒術的力量，所以老土豆的催眠咒對小強只有短暫的效力。

阿關還沒回答，方留文又走了進來，手裡捧了尊石像。

那石像泛著黑氣，抖了兩下，一個漆黑的大妖怪現出身來。那大妖怪頭上長了兩支牛角，卻有一張馬臉，全身黑毛，有三公尺高，腦袋幾乎要頂著了庫房天花板。

「哇！」雯雯嚇得哭叫起來，奔去抱住了方留文的腿。

方留文本來冷峻的臉，馬上換了個神情，溫柔拍著雯雯的頭說：「雯雯，別怕、別怕……他是大王，是偉大的大王，大王明天就會治好哥哥的病，哥哥就不必再吃藥了……」

那牛角鬼哼了兩口氣，手扠著腰說：「小方，你去準備一下，明天可不要出差錯。一千條童命，一條都不能少。」

「爺爺！我不要你這樣，我不要你為了救我殺其他小孩！」小強也抱住了方留文的腿，哭叫著：「爺爺……爺爺這樣做就變成壞人了……我不要別人說你是壞人……」

方留文眼神渙散，他默默抱起小強，又牽起雯雯，將小兄妹帶到庫房一角的椅子旁，將小強放在椅子上。

方留文摸著小強的臉，愣愣地說：「小強……爺爺只有你們，爺爺只剩下你們了……為了救你的命，爺爺可以做任何事，可以做任何事……」

小強繼續哭著：「但是……但是爺爺不能做壞事，這樣就變成壞人了……」

「只要能救你，要我做壞人，我就做壞人……」方留文緩緩站了起來，滿臉盡是疲憊。

他為了施法，幾個月來沒睡過覺，他對自己也施了降頭術，好讓自己獲得源源不絕的體力。

「反正……我本來就是壞人……」

一隻年紀較大的古曼童，正狠狠踢打著阿關。這小鬼正是昨夜附在雯雯身子上那古曼童，讓阿關給打跑了，此時尖聲叫著毆打阿關，報昨夜之仇。

牛角鬼緩緩地說：「小方，你先去山上準備，清晨再來見我。孩子我替你看著，石筍和人皮鼓我替你保管。」

「是……大王……」方留文連忙跪下。

阿泰突然大叫：「喂！文叔，你上當了，你把法寶交給這匹牛角馬，他就可以自己施法，哪裡會理你和他的約定！」

阿泰還沒講完，一隻古曼童便劈里啪啦地賞了他好幾個耳光，打得他七葷八素。

方留文也沒說什麼，站了起來，便要離開。

阿關讓眼前的古曼童打得火冒三丈，突然想起了什麼，大聲叫著：「老降頭師，你養的小鬼真不聽話，昨天竟然附上雯雯的身作威作福！」

正打得過癮的古曼童聽阿關這麼說，嚇了一大跳。方留文停下腳步，回頭望著那古曼童，那小鬼趕忙連連搖頭。

小強此時卻開了口：「是眞的，爺爺，雯雯昨天眼睛發綠光，還有好多小鬼圍著我們！」

「過來……」方留文眼睛一瞪。那古曼童瞪了阿關幾眼之後，不甘心地跟在方留文身後。方留文掐著那古曼童的後頸走出庫房，重重關上房門。

只聽見那古曼童發出了聲聲哀鳴，直到沒了聲音。

牛角鬼一見方留文出去了，便大步走到阿關眼前，蹲了下來，上下打量著阿關。

「我聽說……這陣子有個少年，被人稱作備位太歲，是天上太歲爺的繼承人。」牛角鬼一手抓著阿關的頭，一邊說著：「大家都說，要是能抓到備位太歲，就能和正神談條件，換得天大好處。我不是邪神，不過，嘿嘿，我對這備位太歲倒也挺有興趣呢。」

牛角鬼呵呵笑著，嘴角的口水都要流了出來：「是不是你呢？會法術的少年……」

小強衝了過來，搥打著牛角鬼，憤怒罵著，「放開阿關哥哥，你這大惡魔！」

牛角鬼不痛不癢，卻也覺得心煩，一手推開了小強，小強卻又撲了上來。牛角鬼一怒，抓住了小強，掐著他的下巴，伸出了舌頭，在他臉上舔著：「小鬼，要不是我還需要你爺爺幫我做事，我就把你吃了！嗯嗯，真香，肚子真餓！現在不能吃你，就先舔一舔、讓我舔一舔，小鬼的肉應該挺好吃……」

阿關向阿泰使了個眼色，又看看六婆，六婆嘴裡被塞了布，也望著他。其他古曼童都隨著方留文出去了，庫房裡只剩下這隻牛角鬼。

阿關唸了咒，鬼哭劍竄出手心，趁那牛角鬼玩弄小強時，慢慢割開繩子，突然跳了起來。

牛角鬼猛然嚇了一大跳，連忙扔下小強，張開大手，要來抓阿關。

阿關掏出白焰符，朝牛角鬼射去，牛角鬼閃開那記白焰，重蹄踩踏，奔衝上前來賞了阿關好幾記拳頭。阿關被打得頭昏腦脹，口袋裡的伏靈布袋突然一震，飛竄而出。

黑色巨拳轟然伸出，一拳打在牛角鬼臉上，牛角鬼尖聲狂嗥，和伏靈布袋搏鬥起來。

阿關趕緊砍斷了阿泰和六婆的繩子。阿泰一個筋斗翻起，抽出大衣口袋中的紅線雙截棍，揮了兩下：「這狗屁妖怪不怎麼樣嘛！連布袋手都打不過，狗掀門簾，全憑一張嘴！」

阿關看那牛角鬼的確不怎麼樣，此時挨了大黑手好幾記巨拳，連連哀號著。蒼白鬼爪倏地竄出，一把抓住了牛角鬼一支牛角，喀吱一聲，將牛角扳斷了。

六婆吐出了嘴裡的布，滿腔怒火，氣得就要炸開。

「神兵急急如律令！」六婆掏出籃子裡的符，唸了咒語，射出一陣紅光，牛角鬼讓紅光燙得叫了起來。阿關也拿著鬼哭劍衝上前接戰。

牛角鬼見阿關這方人多勢眾，不敢戀戰，躲開了伏靈布袋和阿關的攻擊，飛身撞開庫門，奔逃出去。

阿關等人追到了門外，牛角鬼已不見蹤影。取而代之的，是一隻隻的惡靈玩偶，紛紛從貨架上跳下、從廢棄簍子裡爬出，全往這庫房大門集中。

玩偶娃娃們手上的絨毛開始脫落，還長出紅黑色的肉瘤來，嘴巴也冒出利齒，眼睛變得血紅。

「殺了他們！殺了他們！」牛角鬼的聲音在遠處響起，同時伴隨著陣陣尖銳的符令聲，那是石筍發出的號令。

霎時間，數百隻惡靈玩偶全發狂吼叫起來，朝著阿關等人擁了上來。

# 15 玩具城大亂鬥

「啊嚓！呀喝！」阿泰大叫著，揮舞著雙截棍開路，阿關也揮揚著鬼哭劍左右劈砍。惡靈娃娃們小而刁鑽，數量又多，有些埋伏在貨架中，偏偏貨架上還躺著更多尚未施法的娃娃，在黑暗中，究竟哪個是惡靈娃娃，哪個只是一般娃娃，根本分不清楚。

阿泰拿出六婆傳授給他的驅魔咒，有模有樣地唸起咒，放出一陣紅光，燙得那些娃娃怪叫連連。

阿關身上也帶足了白焰符，一面揮動鬼哭劍之餘，也不停朝四周發放白焰，一道道白光炸在各個角落，玩偶們的吼叫聲此起彼落。

「阿嬤！阿嬤！妳在哪邊？」阿泰一邊叫著，一邊揮打著撲上身的玩偶。

「阿泰！你顧好你自己！」六婆帶著小兄妹，被玩偶們逼到了角落，只得掀開籃子，拋出一堆白紙。

白紙落地，一陣抖動，高大的紙人紛紛站起。紙人力大，胳臂一張，在六婆和小兄妹身前圍成銅牆鐵壁。

六婆一聲令下，那些紙人便開出了一條路，保護著六婆和小兄妹前進。

這頭，阿關一陣亂打，只覺得四周昏暗，行動不便。他靈機一動，吟唸咒語，暗室突然明亮了些，原來阿關召出了歲月燭。

歲月燭的光芒雖亮卻不刺眼，阿關看見阿泰正倒在地上，死命地抵抗著幾隻想要撲上他身的大玩偶。

阿關放出幾道白焰，打退了圍攻阿泰的玩偶們，上前拉起阿泰，兩人彼此掩護，又與領著紙人隊的六婆會合。

「先想辦法讓囝仔逃出去！」六婆一手拉著小強和雯雯，雯雯一路上嚇得嚎啕大哭。

「哈哈哈，你們逃不出去啦！」只見那牛角鬼正站在遠遠的貨架上，手裡拿著的正是能操縱惡魔玩偶的石筍。

他揮動著石筍，只見石筍亮了亮，遠處幾面貨架上的玩偶也動了起來，紛紛跳下地加入戰局。

阿關將歲月燭遞給小強，要他端著幫助照明，一邊安慰著大哭中的雯雯：「你們不要怕，不會有事的。」

阿關說完，提著鬼哭劍，搶在前頭開路，他扔出伏靈布袋，鬼手暴竄而出，將擋在前頭的玩偶都撕了個碎。阿泰也接連放出紅光驅魔咒掩護阿關，六婆則指揮著紙人大隊穩穩推進，偶爾也放出驅魔咒退敵。

在幾十隻紙人的護衛下，一行人逐漸往樓梯口逼近。

牛角鬼哈哈一笑，揚起一只東西，那是阿關和阿泰在密室中見到的陶罈，裡頭盡是些惡靈鬼怪。

「試試小方的玩意兒。」牛角鬼怪笑一聲，拋起陶罈，任它落在地上砸了個粉碎，霎時妖異綠光乍現，一隻大鬼在光芒中現形，身上全都是人臉。

「這是什麼玩意兒？」阿泰嚇得大叫。

「百面鬼，殺了他們！」牛角鬼哈哈大笑。

那百面鬼走了過來，將一隻紙人抓起。百面鬼全身是臉，手上也有張臉，抓著紙人那隻手上的臉，張嘴一口口啃起了紙人。

阿關朝著百面鬼射出一道白焰，打焦了百面鬼身上幾張臉，但其他臉仍在，一百多張嘴齊聲怪叫。

百面鬼朝阿關奔衝撲來，一巴掌摺來。阿關機靈閃開，順勢揮動鬼哭劍，在百面鬼的胳臂上劃出一道長長口子，手臂上幾張鬼臉讓鬼哭劍劃過，冒出了陣陣黑煙，痛得尖聲慘嗥。百面鬼身上其他鬼臉也跟著哀號起來，百來張臉一起哭叫，當眞是鬼哭神號。

「幹，阿關，他比你的鬼哭劍還會哭！」阿泰遠遠見了，嘖嘖稱奇。

牛角鬼見那百面鬼無法擒下阿關等人，顯得有些不耐煩，便又將三個陶罈砸在地上，炸出陣陣黃綠光芒。

在陣陣綠色煙霧中，又走出三隻百面鬼，且體型更大了些。

阿關一見又有三隻百面鬼圍了上來，暗叫不妙。

伏靈布袋竄了上去，袋口一震，一條好長的東西從布袋裡頭竄出，纏住了兩隻百面鬼。

阿關一驚，布袋裡竄出的新玩意，竟是一堆狼頭，狼頭一個接著一個，串成一條如同大蟒一般的條狀物。那都是在黑潭岸邊讓鬼手抓進袋子裡的狼精，現在也成了伏靈布袋的鬼手夥伴。

百面鬼身上的鬼臉張大了口，啃噬起狼頭，狼頭們也不甘示弱，咬著百面鬼的身子。

大黑巨手握拳轟出，新娘鬼爪閃動紅影亂抓，蒼白鬼爪左右開弓，伏靈布袋凌空大戰三隻百面鬼。

阿關在一旁游擊，逮著了好機會，一把符高高揚起，對準了一隻百面鬼後背，喃喃唸咒，不停發出白焰。一道道白焰將那百面鬼的後背炸得一片焦黑，搖搖晃晃地倒下地。

大黑巨手那粗壯臂膀給百面鬼啃得稀稀爛爛，卻絲毫沒有退意，猛一揮拳頭，砸在另一隻百面鬼腦門上，竟硬生生將這百面鬼的腦袋給砸進身體裡。

新娘鬼爪和蒼白鬼爪也沒閒著，立刻合力將這百面鬼抓進布袋。

最後一隻百面鬼，則在幾隻鬼手合力攻擊下，給扯了個四分五裂。

「哼！」牛角鬼鼻子噴出了臭氣，他似乎對於伏靈布袋有些畏懼，他頭上一支角就是給蒼白鬼手掰斷的。

眼見伏靈布袋就要往自個兒這方向竄來，牛角鬼趕緊躍下貨架，閃身進了樓梯口，逃跑前還推倒幾個貨架阻路。

紙人們在惡魔娃娃的猛攻之下，一隻隻倒下，大夥兒好不容易殺到了樓梯口，退入樓梯間。

身後的惡魔玩偶又追了上來，阿泰趕緊將樓梯間的門關上，還上了鎖。那些惡魔娃娃們在門的另一邊怪吼怪叫，卻不得其門而入。

樓梯間燈光昏暗，上頭有細碎的沙沙聲。

阿關一行人都心驚膽跳，知道樓上還有更多玩偶，尤其地下一樓是即將上架的商品，沾染邪氣的玩偶更是地下三樓的數十倍之多。

六婆將籃子裡所有紙人全施術立起，數了數，也不過剩下十四隻。

阿關和阿泰領著八隻紙人在前頭開路，剩下六隻負責殿後，將六婆和小兄妹守在中間，一行人魚貫向上前進。

地下二樓儲藏室的鐵門此時是關著的，卻聽見裡頭也發出一陣陣細碎的聲音。阿關知道，地下二樓的娃娃們在石筍的效力下也甦醒了，此時大概等著打殺。他指了指樓上，示意大家繼續往上頭走。

還沒爬上地下一樓的鐵門，突然一陣沙沙聲由遠而近，走在前頭的紙人像是踩進了行軍蟻大陣，瞬間給一群小傢伙爬滿全身，紛紛倒了下來。

「是芭比娃娃！好多芭比娃娃！」阿泰怪吼起來。

大夥兒看了清楚，數以千計的芭比娃娃，閃動著亮紅眼睛，嘴角還淌著血，自地下一樓狂擁下來。

芭比娃娃瞬間爬上了前頭紙人們的身上，撕著、啃著、抓著、咬著，又有兩隻紙人倒下，很快地被芭比娃娃大軍淹沒。

「媽呀！上不去啦，往後退啊！」阿泰怪叫揮手，將手中那把符全部拋出，霎時紅光大盛，映得樓梯間紅殷殷一片，也總算稍微阻住了芭比娃娃軍團。

大夥兒攻不上地下一樓，退回地下二樓的入口鐵門處，眼見那芭比娃娃軍團又殺了下來，只好打開鐵門，轉進地下二樓。

阿泰在門旁按著電燈開關，地下二樓霎時大放光明，只見到一群一群的惡靈玩偶正激動亂竄著，像發了瘋一般，有些推著貨架、有些原地打轉、有些互相撕咬。娃娃們見阿關等人闖進地下二樓，全都嗥叫起來，像是群蜂找著了目標，大舉進攻。

「衝啊——」阿泰吆喝著兩名紙人，抬起靠近門邊的大貨架，向前衝撞開路。

紙人力大，抬著貨架像頭猛牛似的，在滿坑滿谷的惡魔娃娃中撞開了一條路。

「前頭還有另一條路可以通往一樓！」阿泰怪叫著，拍打著幾隻爬上身的惡靈玩偶。

阿關殿後，發出一道道白焰咒，抵擋著身後追來的玩偶大軍。

另一條通往樓上的樓梯口離眾人還有些距離，在大批惡靈玩偶團團包圍之下，前往通道之路更顯得漫長。

而身後自地下一樓擁下來的惡魔玩偶們更是不計其數，包括那駭人的芭比娃娃大軍。

其他的惡魔玩偶們，或用口咬、或用指抓，有熊、有狗、有老虎、有獅子，全都一臉猙獰，滿口血齒。一隻隻前仆後繼，打落一隻後頭還有更多。

紙人此時只剩五、六隻，六婆的籃子已經空了，她恨恨地丟下籃子，握住僅剩下的一把符，喃喃地唸著：「要是小虎們在就好了！」

阿泰一聽，也說：「對啊，要是阿火在，哪怕這些娃娃，這些娃娃一點也不強，但是實在太多了！」

阿關點頭表示贊同，這些娃娃比老人院一戰裡的小妖人還弱上許多，用白焰咒打他們都嫌浪費，但數量太多，像行軍蟻一般，死了一隻後頭還有成千上百隻，怎麼打都打不完。

老人院那戰，還有虎爺作爲支柱，這時一行人勢單力薄，符咒遲早要用盡。想起了那些可愛又驍勇善戰的虎爺們，不知他們現在怎麼了，那老樹精、那蝦蟆精、那狐狸精、那小猴子……

他們現在在幹嘛？

翩翩現在在幹嘛？

「不行了！不行了！先進來躲躲！」阿泰支撐不住，吆喝著眾人躲進一間庫房，將房門關了起來，紙人推來兩只貨架抵住房門。

這間庫房裡也有些惡魔玩偶，但爲數不多，一下子就被殺光了。

阿關看看伏靈布袋，方才跟百面鬼惡鬥，雖然殺了幾隻百面鬼和無數隻惡魔玩偶，但布袋手們也因此傷痕累累。

小強和雯雯呆在一旁，他們早就哭乾了眼淚，被一陣陣的激鬥嚇得傻了。阿泰扶著六婆坐下，六婆上氣不接下氣，背靠著牆，說不出話來。

大夥兒喘了半晌，這才看了清楚，這庫房裡還有許多貨架，貨架上都擺滿了玩偶。

「別緊張……這些娃娃上頭都沒邪氣！」阿關喊著，原來這些娃娃是玩具城爲了因應明日的週年慶活動，今天才運來的新玩偶，方留文並沒機會對其施法。

□

「幹！叫妳給我接王醫生！我知道他在！」阿泰快要抓狂，他拿著手機打回文新醫院求救，「王醫生」便是其中一位天界醫官。接電話的小姐卻只是個新進員工，也不知道醫院裡何時多了個特別事務部，又因為此時是深夜，那年輕護士脾氣也硬得很，聽阿泰口氣不好，死也不肯接給王醫官，推說他下班了。

「妳新來的妳……我咧……」阿泰沒說完，那護士便掛上了電話。

阿泰氣得快爆炸，三字經、五字經全都迸出口，讓六婆敲了腦袋一下，斥責著：「你不會好好跟她說嗎！」

六婆搶過電話，又撥去文新醫院，好言好氣地向那護士道歉，那護士只當是和阿泰同一掛來搗亂的，硬是不接給醫官。

六婆也發了火，聲音越來越大，阿泰忍不住又搶回電話，對著話筒就是一陣三字經，護士掛上了便再打去罵。

敲門聲越來越大，五、六隻殘破紙人，死命地抵著擋住庫門的貨架。阿關也用力頂住那貨架，背後傳來一陣陣敲門震動，讓他感到疼痛，似乎外頭的惡魔娃娃也抬起了貨架猛烈撞擊著庫門。

阿關四處看著，心想這樣下去不是辦法，他看見了天花板上那些通氣孔。

「阿泰、阿泰！你別罵了，你知道這通氣孔通往哪裡嗎？」阿關拉過了阿泰，指著天花板上一處通氣孔。

「不知道⋯⋯從這裡可以逃出去嗎？」阿泰聳聳肩。

「試看看，說不定可以。」阿關踩上貨架，推了推那通氣孔的鋁架，突然哇了一聲，摔落下地。

大夥兒嚇了一跳，全往那通氣孔看去，只見通氣孔中竟伸出一顆熊頭。

「漢堡包！」雯雯大叫。

漢堡包從通氣孔跳了下來，抱住了奔來的雯雯呵呵笑著，發出「嗷嗚嗷嗚」的叫聲，接著，更多的玩偶從那通氣孔跳進了這庫房裡。

「糟糕！他們搶先一步，從通氣孔殺來了！」阿泰怪叫著，拿著雙截棍就要去打抱住雯雯的漢堡包。

「別怕！」一陣陰風吹過，吹倒了阿泰，而那落下的人影，正是方留文豢養的古曼童小玉。

「小玉！」阿關驚叫。

小玉滿臉歉意地說：「對不起，我早該想到，昨夜有些姊妹逃了出去，她們一定會去通報爺爺。我特地帶著這些玩偶趕來救你們。」

「這些玩偶都是爺爺專門煉製用來保護小強哥哥和雯雯姊姊的專屬親衛隊，不受石筍控制，只對他們兄妹倆忠心耿耿。」

「那好，我們從通氣孔逃出去！」阿關指著那通氣孔。

「不行，通氣孔那頭已經堵死了。我帶著這些娃娃來的時候，也遭到惡魔娃娃們追殺，所以才逃進了通氣孔，後頭追殺的玩偶們，很快就會從通氣孔殺下來了。」小玉搖搖頭，指著那庫門說：「我們只能從那裡殺出去。」

阿泰怪叫：「小鬼妳瘋啦，外面全都是惡魔玩偶，不可能殺得出去！」

「外頭有玩偶，我們也有玩偶！」小玉扠著腰說。

阿關看看這批親衛隊，不過百來隻，最大的就是那隻漢堡包，比起外頭有些成人大小的熊玩偶，體型還小了些。

「我做爺爺鷹爪這麼多年，這操鬼術我早會了！我還帶了兩罈魂來呢。」小玉拿出兩罐陶罈，指了指身後那片貨架，說：「玩偶兵團是吧，我也能做！」

只聽小玉呼喝一聲，那些雯雯親衛隊們七手八腳地跑到後頭那些新進玩偶旁，挑揀著體型較大、看來比較凶猛的玩偶，一隻隻地往前扔來。

小玉打開陶罈，口裡唸唸有詞，只見陶罈裡竄出密密麻麻的魂魄光點，光點飛在空中，像一隻隻蝌蚪，游呀游的，一隻隻游入了娃娃身子裡。

娃娃們動了起來。

裝在盒裡的士兵娃娃，拔出了化爲利刃的刀，刺破紙盒，大步踏出。

一隻隻熊玩偶在漢堡包面前排列成隊，還一手扠著腰，向右看齊，調整隊形。

小強的大狗娃娃召集了一群大大小小的獅子、老虎、哈士奇等娃娃，圍成一圈，等著小玉的號令。

一個小女孩模樣的人形娃娃，提著一籃紅布條分發給其他娃娃，娃娃們紛紛將布條綁在頭上，藉此區分敵我。

漢堡包和那些熊玩偶們，由於頭大、手又圓圓的，嗷嗚嗷嗚地弄了半天也綁不上去，最後是雯雯替他們將紅布條綁在耳朵上。

庫房裡的玩偶衛隊越聚越多，門外剽悍嘶吼和轟隆隆的撞擊聲也越漸激烈響亮。庫房大門每一次的猛力撞擊，都將抵著門的紙人震得雙腳騰浮空中，甫落下地，又趕緊上前奮力抵上貨架，擋住大門。

終於，連著數下劇烈撞擊，庫門終於被撞開了，外頭數不清的惡魔玩偶們，扔下當作衝城槌的貨架，尖聲笑著，土石流般地擁進了庫房。

然而，最先闖進庫房的那批惡靈娃娃卻突然急煞停住衝勢，反倒被後頭擁入的娃娃們撞得東倒西歪。

他們怎麼也想不到，在庫房深處迎接他們的，並非寥寥數人，而是另一支玩偶大軍——一支成千上百、殺氣騰騰的紅布條玩偶軍團。

紅布條軍團以百來隻雯雯親衛隊作爲主力，雯雯親衛隊是方留文特別煉製用來守護兄妹倆的，力量可比尋常惡魔玩偶強悍許多。

領著大軍的則是阿關和阿泰，兩人早已做好準備。阿關一手拿著鬼哭劍，一手握了大把白焰符；阿泰則是揮動著雙截棍，擺了個漂亮架式。

小兄妹站在推貨用的推車上，小強還在庫房裡撿了些棒球，說要用來丟魔鬼；六婆在另一台推車上，由幾隻玩偶推著，小玉則在軍團中央上空指揮玩偶大軍。

擁進庫房裡的惡魔玩偶被這陣仗嚇了一大跳，但仗著後頭惡魔玩偶大軍的剽悍氣勢，發出了凶惡的示威吼叫：「呀啊啊——」

紅布條玩偶不甘示弱，紛紛咧開嘴巴，伸長了頸子吶喊大吼：「嗚啊啊啊——」這陣叫聲將惡魔玩偶的吼叫給蓋了過去。

庫房外的惡魔玩偶大軍聽了，也發出了更尖銳響亮的嘶鳴聲：「啊啊啊啊——」

紅布條這方的漢堡包吸足了口氣，領著紅布條軍團凶猛回吼：「吼嗚吼嗚——吼吼吼吼吼吼！」

一時之間，兩方軍團的吼叫聲此起彼落，誰也不願輸了氣勢。小強和雯雯都摀起了耳朵，巨大的叫聲讓他們耳朵生疼。

「別叫了，衝啊——」阿泰招手大喊，阿關握緊了鬼哭劍，空中的小玉一聲令下，紅布條大軍緩緩開動，個個高聲怒吼，有些是「嗚啊嗚啊」，有些是「嘎嘎嘎嘎」，音調滑稽，卻又如同誓死的宣言。

阿關奔在最前頭，揚手唸咒，右手十來張白焰符頓時炸放耀眼光芒，一道道銀白色火流星轟隆隆地朝著庫門方向射去。

一陣陣亮白爆炸，將擋在門前的惡魔娃娃們炸得魂飛魄散，庫房外的惡魔娃娃則還搞不清庫房裡的狀況，噫呀叫著推擠彼此，只想趕快衝進去。

「衝啊——」

更多白焰炸出庫房外，紅布條大軍像是開閘的水庫洩了洪，衝散了圍在庫房外頭的惡魔娃娃，阿關、阿泰領著親衛隊中體型較大的玩偶在前頭衝鋒。

兩方軍團在庫房外頭展開猛烈廝殺，各自精銳紛紛出戰。紅布條狗熊單挑惡魔軍團河馬，紅布條獅子對上惡魔軍團大象，紅布條三、五隻體型不一的北極熊大戰惡魔軍團幾十隻潑猴，紅布條幾十隻鴨寶寶遊鬥惡魔軍團人形娃娃，紅布條哈士奇部隊大戰惡魔軍團老虎娃娃們，紅布條一隊軍刀官兵挑上了拿著刀叉的惡魔軍團芭比娃娃大隊。

漢堡包「嗷嗚嗷嗚」地吼叫，衝在前頭，或用頭撞、或揮拳打、或張口咬，撂倒一隻隻比他體型更大的熊型玩偶，揪著他們往遠處亂擲。

「前面那個轉角可以通往另一條樓梯！」阿泰指著一個方向怪叫。

小玉在空中指揮著紅布條大軍守護著六婆和小兄妹，慢慢往那頭推進。

四歲大的雯雯張大嘴扯破了喉嚨，替自己這方的玩偶加油吶喊，小強則不斷對著惡魔軍團扔出帶在身邊的棒球。

阿關手中的鬼哭劍殺紅了眼，劍上的鬼臉張大了嘴，吞吐著陣陣黑霧，響起聲聲哀鳴，在紅布條軍團協力衝殺之下，一行人漸漸往那出口逼近。

他們跨過了一排傾倒的貨架，離出口尚有五十公尺遠。

在此起彼落的吼叫聲中，一陣窸窸窣窣的聲音越來越響，大批拿著尖銳刀叉的芭比娃娃像螞蟻般擁了過來。

紅布條軍團幾聲炮響，一隊手持軍刀的士兵娃娃衝出陣來接戰，與芭比娃娃砍成一片。

彎過一處轉角，離出口四十公尺。

左邊一群惡魔軍團山豬娃娃衝了過來，山豬娃娃模樣奇特，大中小號的豬娃娃疊在一起，大號的豬娃娃背上趴著中號豬娃娃，中號豬娃娃背上又趴著小號豬娃娃。

紅布條那群北極熊不甘示弱，大北極熊抓了中北極熊上背，中北極熊又抓了小北極熊上背，小北極熊嘴裡還咬了隻小小北極熊。

轟隆隆一陣衝撞，有些山豬娃娃的利牙刺穿了北極熊娃娃的身子，有些北極熊一掌打爛了山豬娃娃的頭。

「啊呀——醫官啊！你終於來聽電話啦！你一定要把那天殺的死護士炒魷魚啊！」阿泰像溺水的人抓住了浮木一般，連珠炮似地求救。

原來在阿泰一通通奪命連環叩下，醫官察覺有異，親自來接聽電話。

「我們被困在玩具城裡，大家都快掛了，快來救……」阿泰還沒講完，手機讓惡魔軍團一隻大河馬玩偶撞下了地，還踩了稀爛。

「我靠！」阿泰火冒三丈，揮著雙截棍哇哇叫著，將那大河馬打得開花。

距離出口三十公尺。

左右兩邊貨架一群惡魔軍團黑貓娃娃跳了下來，紅布條軍團裡立時衝出一批小狗娃娃上前接戰，黑貓娃娃行動敏捷，數量足足是小狗娃娃的三倍多；小狗娃娃體型則大了些，由小強那隻大狗娃娃領軍，一時之間殘肢斷耳飛滿了天，貓嚎狗吠震耳欲聾，激戰了好一會兒，終於打退了這批黑貓部隊。

距離出口二十公尺。

惡魔軍團百來隻黑熊娃娃結成了陣勢在前頭擋著，黑壓壓一片好不嚇人。

紅布條軍團這頭則是由漢堡包帶領著一批褐色熊玩偶，肩並著肩，吼叫著往前衝去。

棕熊大戰黑熊，一百幾十隻熊打成一片，黑熊們體型小了些，但數量較多，好幾隻聚在一起圍攻一隻棕熊。

漢堡包嗷嗚吼叫，奮勇大戰，圓圓的大掌化伸銳利爪子，扒倒一隻隻黑熊，他的臉頰、屁股都讓惡魔娃娃咬得傷痕累累。

雯雯大力拍著掌，沙啞地替漢堡包加油助威，隨後尖叫了起來。

一隻大一號的黑熊從背後抱住了漢堡包，漢堡包低頭一咬，咬得那黑熊鬆開了手，跟著一轉身反過來抱住了黑熊的腰，向上一舉，仰身往後頭摔，摔得那黑熊眼冒金星，接著兩熊一陣扭打。漢堡包力氣大上許多，將那隻黑熊高高舉起，快速轉著圈，像陀螺一樣，還打飛好幾隻附近的黑熊；這時漢堡包鬆開手，黑熊便像是斷了線的風箏，直直飛撞到貨架上，再也起不來了。

離樓梯口五公尺處。

兩隻百面鬼帶著幾隻價值上萬元、比人還高的超大型黃金熊玩偶殺了上來。又是一陣慘烈廝殺，惡魔玩偶在這兩隻百面鬼和巨大金熊的帶頭下，將紅布條玩偶們團團包圍住。

小強的大狗娃娃撲了上去，撲著了其中一隻大金熊亂咬；阿泰則抱倒另一隻大金熊，用綁著紅繩的雙截棍捅他的大肚子。

漢堡包也對上一隻金熊玩偶，金熊玩偶力氣頗大，將漢堡包舉了起來，作勢要往地下摔。漢堡包這時倒顯得靈巧，咬住了金熊大手迫使他鬆手，接著又在他身上爬了起來，爬到金熊腦袋上，探頭往下咬住金熊的大鼻子。只聽大金熊怪叫一聲，鼻子整個給咬掉了。

漢堡包還抱著那大金熊頸子不放，噗的一聲吐出了口中鼻子，對著天花板嗷嗚嗷嗚喊叫起來，像是打了勝仗一般。

一聲叫喊，小玉凌空飛下，雙手插進那大金熊肚裡，只見她兩眼冒起青光，露出了凶惡的表情，一陣衝殺，殺倒好多隻惡魔玩偶。小玉沒有食用方留文餵她的血，長期挨餓，早已疲憊不堪，但在這急迫時刻，也顧不了那麼多，只能耗盡全力來戰。

阿關則是在伏靈布袋的掩護下，持著鬼哭劍，加上最後幾張白焰符，奮力殺倒那兩隻百面鬼，殺開一條血路。

紅布條軍團沿著樓梯向上，終於來到通往一樓的鐵門處。

「這邊出去就是一樓，我們逃出來了！」阿泰哈哈笑著，推開這扇通往一樓賣場大廳的門。

外頭也是一片明亮，所有的燈早已開了。

牛角鬼在賣場中央飛飄，笑嘻嘻地把玩手上那只石筍。

「啊！那混蛋在那邊！」

「打死他！」

阿關和阿泰見了囂張的牛角鬼，恨恨地衝上去。小玉指揮著玩偶軍團跟在後頭，同時也關上鐵門擋住樓下殺上來的玩偶們。

眼見阿關、阿泰就要殺來，牛角鬼卻一點也不慌張，只是搖了搖石筍。

四周專櫃抖動起來，大批玩偶又從四周擁了出來，貨架上、玻璃櫃裡，通往樓上的幾條樓梯也殺下了不計其數的玩偶。

「天吶！還有這麼多！」

「又是哪裡來的玩偶？」阿關等人見了四面八方擁出來的惡魔玩偶，全嚇得傻了。

阿關和阿泰互看一眼，想起了什麼，同時大喊：「三樓的娃娃區！」

原來這些玩偶是三樓已經上架的玩偶，數量也相當龐大。

「先逃出去再說，往大門衝。」阿關揮動著鬼哭劍殺在前頭開路，小玉指揮下令，紅布條軍團在樓下就已戰死了五分之四，此時只剩下兩百來隻，圍成了一個圈死守著六婆和小兄妹。

惡魔玩偶軍團像是巨浪般淹了上來，紅布條軍團鼓足了最後的力氣誓死奮戰。

「啊啊！」雯雯尖聲哭了起來，在她的親衛隊裡，幾隻和她較親近的玩偶都戰死了，有些讓百面鬼給吃了，有些被惡魔娃娃分屍了。

漢堡包在推車前頭讓一群惡魔玩偶揪住痛毆，突然嗷嗚一聲，被一隻大熊玩偶咬斷了手。

剩一隻手的漢堡包，卻仍嗷嗚嗷嗚地叫著，狠狠咬著一隻惡魔軍團的大猴子玩偶不放，還揮動獨手，將一隻隻逼近身邊的惡魔玩偶都打得鼻青臉腫。

阿關扔出伏靈布袋，奮力砍殺，好不容易殺退了一批惡魔熊玩偶，但後頭又緊接殺來一批潑猴玩偶。阿關讓這批速度較快的潑猴玩偶咬得全身傷痕累累，左肩傷勢頗重，舉都舉不起來。

另一邊，惡魔玩偶一隻隻撲了上去，壓在漢堡包身上。

漢堡包猶自凶狠地吼叫，他的耳朵給咬下一隻，胖嘟嘟的臉給咬掉了好幾塊，接著另一隻耳朵也給咬去了一半。

幾隻芭比娃娃撲了上去，持著尖銳利刃，多半是速食店裡的刀叉，一下一下地刺著漢堡包的胖肚子。

「呀呀！」雯雯終於忍不住，跳下了車，滿臉鼻涕眼淚地衝上去要救漢堡包，小強搶上去一把拉住了雯雯。

雯雯親衛隊們發出了悲憤的嗥叫，眼睛發出紅光，一陣奮力血戰，搶回了奄奄一息的漢堡包。

漢堡包虛弱地癱在雯雯懷裡，動了動嘴巴，卻「嗷嗚」不出聲。雯雯摸著他仍然柔軟的毛，大滴大滴的眼淚滴在他身上。

紅布條軍團圍成的圈圈在惡魔玩偶軍團毫不停歇的猛攻之下，漸漸地縮小。紅布條玩偶們一一死去，剩下來的也大都全身是傷，有的手斷腳斷，有的鼻子、眼睛都給咬掉了。

儘管如此，沒有一隻雯雯親衛隊成員脫逃，或是露出怯意，一隻粉紅小熊玩偶受了重傷，腦袋給摘落一半，知道自己快死了，往後靠一靠，用背上沾了血的毛蹭了蹭雯雯的腿。

雯雯大哭著，伸手摸了他幾把，想要將他抓回懷裡，粉紅小熊已經嘎嘎叫著，衝進了惡魔玩偶軍團中。

幾陣衝撞，惡魔玩偶軍團終於衝散了紅布條軍團圍成的圓形圈圈陣勢。混亂中，阿關守在小推車前，殺退一隻隻逼近小兄妹和六婆的惡魔玩偶，他的符早已用完，伏靈布袋也在陣陣激戰下顯得疲累，已無之前威力了。

「你們逃不掉啦。」牛角鬼揮動石筍，在幾只玻璃櫃間來回跳躍，哈哈大笑：「我本只想以童魂來煉自己的魔力，想不到讓我逮到了備位太歲。哈哈哈哈！樂死我了、樂死我了！」

「臭妖怪，你想得美——俺來也！」一陣黃風吹起，老土豆從地下鑽出，急急喊著：「阿關大人，老土豆來遲啦！」

大夥兒見到老土豆從地底冒出，都愣了愣。

牛角鬼瞪大了眼睛，指著老土豆喝問：「你是哪位？」

老土豆高揚著手杖，指著牛角鬼喊：「我是土地神，是救兵。」

「哈哈哈哈哈哈哈！」牛角鬼笑得跌下了櫃子，爬了起來，還捧著肚子大笑：「好厲害的救兵，我好害怕喲！」

「……」阿泰愣然，抱著頭哀號：「我好不容易打通電話求救，結果只來了你這個老傢伙！」

「阿泰，怎能對土地公無禮！」六婆怒斥。

老土豆哈哈一笑：「不只有俺吶！救兵立刻來也——」

還沒說完，幾聲霹靂巨響，一樓的鐵捲門全給打得稀爛，闖進來的是一個個上身赤裸的花臉漢子，個個手持奇異法器。

「哇，是八家將！」阿泰叫啞了嗓子。

黑臉城隍最後才飛了進來，雙手一揮，擊碎了大批惡魔玩偶。城隍一縱身，跳到阿關面前，抱拳行禮，「備位太歲大人，小將來遲了！」

牛角鬼這才真正感到害怕。

城隍在先前的順德大廟一戰中擊退了官將首後，仍然藏身在那竹林裡。

老土豆將這件事向太歲報告，太歲便在阿關和翩翩起身前往洞天時，抽空去見城隍這支家將團。城隍並未完全邪化，見了七曜大神親臨，儘管態度仍然凶惡，卻也不敢造次。太歲花了好大心力，這才將整支家將團身體裡的惡念驅盡。於是城隍便帶著這支家將團，成了正神北部的一支生力軍。

幾天前，家將團再次大戰阿姑的官將首，並且一路追擊著阿姑，從北部追到中部，再追回北部。此時接到了據點二緊急通報，會合老土豆，一起趕來救援受困的備位太歲。

惡魔玩偶哪裡是有著正式神職的家將團們的對手，讓神將們殺得四處亂竄。

有了這批強援，阿關等人終於鬆了口氣。

阿泰看著碎裂一地的玻璃、東倒西歪的貨架和櫃子，啞然失笑：「要是明天同事來上班，看到這裡變成這樣，不知道會怎樣？幹，我不管了，老子不幹了。」

老土豆帶著六婆和阿泰以及小兄妹倆，挑了個較乾淨的地方坐下休息。

牛角鬼已不知去向，阿關便領著城隍和家將團一路殺下地下室。

殺了許久，一直到了地下三樓，所有的玩偶都清得差不多了，還是不見那牛角鬼。阿關推倒了密室前的貨架，鑽進了那密室，裡頭凌亂不堪，法器散落一地，但是上裝有百面鬼的陶罈卻一個也不剩，想必都讓牛角鬼帶走了。

一想到讓那牛角鬼給逃了，阿關便氣得牙癢癢，這才發覺自己全身上下痛得不得了，尤其是受傷不輕的左手臂。

接著他們在庫房裡救出那昏了過去的張主管。

原來這張主管有了婚外情，讓人偷拍下照片用以威脅。他說掉了的東西，就是那些照片。張主管和方留文的千童魂事件，本來是八竿子打不著，無端捲入，卻又全身而退，也算不幸中的大幸——這些都是許久以後，阿泰偶然碰上了以前的同事才聽來的，那時張主管已經離職了。

救出了張主管，阿關和家將團們往一樓走，竟聽見一聲尖叫，是雯雯的叫聲，接著又是一陣騷動。阿關急忙衝上一樓，往六婆等人休息的地方奔去。

「牛角鬼把小鬼抓走了！」

「小強哥哥被邪魔抓走了！」小玉和阿泰跑了過來，對著阿關大叫。

原來這牛角鬼一見情況不妙，便躲了起來，在阿關和家將團從一樓往下殺時，趁機竄出，打傷了老土豆，抓著小強就往外頭飛，守在一旁的兩位家將趕來救援卻已來不及，讓牛角鬼給跑了。

「啊！太可惡了——」阿關氣得大吼，顧不得身上的傷，就要衝出去找牛角鬼算帳。

「大人，你別衝動，你身上傷勢不輕，還是先退回據點二，再做打算！」城隍攔住阿關。

阿關恨恨地捶打牆壁出氣。

本來華麗的玩具城，此時像是廢墟一般，一片狼籍。

偌大的一樓空間，眾人都默默不語，只聽見老土豆一聲聲地喊疼。

# 16 新生

文新醫院裡一片吵雜，阿泰怒火沖天地去找昨夜那值班護士算帳。此時那值班護士已經下班，其他醫護人員只當阿泰是一般病人家屬，根本不理會他的抱怨。

六婆年邁，早已體力透支，躺在病床上吊著點滴，沉沉地睡著。

特別事務部裡，雯雯抱著奄奄一息的漢堡包放聲大哭，一邊叫著爺爺、一邊喊著哥哥，緊抱著漢堡包不放。特別事務部裡的老爺爺們都起得早，圍成一圈安慰雯雯，但起不了一點作用。

其餘所剩無幾的親衛隊娃娃們，也都零零散散地倒在地上，動也不動了。方留文在這些玩偶身子裡注入了動物靈魂，經過昨夜大戰，那些受了重傷的玩偶們體內的動物靈魂大都漸漸魂飛魄散。

阿關望著兩隻耳朵都給咬掉、身上東缺一塊、西缺一塊的漢堡包，也不禁有些感傷，他找來了醫官和小玉低聲商量。

「漢堡包體內原本住著的是隻剛出生的小流浪狗魂魄，把雯雯當作主人，非常忠心。」小玉這麼說。

「沒辦法救嗎？」阿關問。

「這犬靈現在全憑一口氣支撐著，隨時都會魂飛魄散，要我醫那犬靈不難，但他破爛的身子卻無法醫治了。小女孩要的是會動會說話的布偶，不是一隻犬靈……」醫官搖了搖頭。

阿關點點頭，知道漢堡包的肉身只是絨毛玩偶，即便醫官能醫犬靈，也無法醫治布偶。

「沒辦法換個布偶嗎？」阿關問。

「這邪門法術非得讓老降頭師自個兒來才行，我可不會這邪法……」醫官苦笑說。

「這法術我倒會。」小玉這麼說：「昨夜一戰，我便用了這操鬼術，但是……要是換了個長相不一樣的新玩偶，對雯雯來說，意義也大不相同……」

醫官點頭補充說：「那犬靈應該撐不過一盞茶的時間了……若沒有適當身子，只能看著他死去了。」

「啊！」阿關眼睛一亮，興奮地說：「醫官，你先醫那犬靈，玩偶我來想辦法。」

醫官有些愕然，卻還是照著阿關的吩咐，走到了雯雯身邊，摸摸她的頭，再摸摸漢堡包的頭，對她說：「小妹妹，別哭了，我是醫生，我幫妳救……漢堡包，好不好？」

雯雯這才停止了哭泣，瞪大了眼睛望著醫官。

「雯雯乖，讓醫生幫漢堡包治病，不然漢堡包就要死掉了……」醫官伸出雙手。

雯雯一聽漢堡包還能救，哪還猶豫，趕緊將破破爛爛、一動也不動的棕熊玩偶高高舉起，遞給醫官。

阿關飛快奔跑下樓，找到在醫院抽菸的阿泰。

「啊，累死我了……那些神仙醫生的藥倒挺有效，你看，幾乎快好了耶。」阿泰捲起袖子，手上、腳上的咬傷已經結成了痂，也不痛了。而阿關的左手臂傷得較重，仍裹著繃帶，醫官說，至少要三天才會痊癒。

「先別說這些，你的小麥可呢？送給你看上的小姐沒有？」阿關氣喘吁吁地說。

「別說了，人家早就有男朋友了……」阿泰哼了一聲，長長呼出一口煙。

「太好了！」阿關欣喜地大力拍手。

「……你算不算兄弟！」阿泰愣然，作勢揮拳要往阿關臉上招呼。

「那小麥可現在在哪？」阿關急急地問。

「我放在樓上啊，我的櫃子裡……」阿泰往阿關臉上吐了口煙。

阿關拉著阿泰，又蹦又跳地跑回樓上，先讓爺爺們帶著雯雯下樓蹓躂，接著他在櫃子裡找到了那隻與漢堡包同樣款式的大棕熊玩偶——小麥可。

「幹！」一旁的阿泰白了阿關幾眼：「虧你想得出來……」

兩人嬉鬧著將小麥可送到手術室裡，交給準備施術的醫官和小玉。

只見躺在手術床上的漢堡包身上飄浮著數張靈符，緩緩飛旋著，鎮守著漢堡包的魂魄。

「犬靈幾乎要死了。」醫官說。

「盡力試試吧。」小玉從阿關手中接過小麥可，擺在漢堡包腦袋另一邊，兩隻棕熊玩偶腦袋頂著腦袋，擺著同樣的姿勢……

接著小玉專注施術，過了大半晌，這才停止唸咒，愣愣地望著小麥可。

「成功了嗎？」阿關滿心期待地趕去，只見漢堡包此時雙眼黯淡，再無之前那活靈活現的樣子；他又看了看小麥可，小麥可同樣一動也不動。

「我不知道。」小玉抱起小麥可，搖了搖、嗅了嗅，對阿關說：「或許犬靈太虛弱了，還需要些時間休息，也可能……他已虛弱到熬不過施法換身的過程，在途中就已……更可能，是我這操鬼術畢竟還練不到家……」

「沒關係，大家都盡力了。」阿關點點頭，從小玉手中接回了小麥可，望著它的大眼睛。又圓又大。

但已無昔日光采。

「漢堡包——」

雯雯隨著老爺爺回到特別事務部時，見到她心愛的漢堡包竟恢復原狀，斷了的耳朵又回來了，破損的皮肉都長出來了，此時乖乖地坐在一張椅子上，不禁歡喜地大叫起來，急急奔跑過去。

雯雯一把抱住了漢堡包，搖了搖，接著像是感到有些不對勁，轉過頭問醫官：「他怎麼不說話……」

「嗯……」醫官苦笑，搔了搔頭，不知該如何回答，轉頭望著阿關。

阿關嗯了幾聲，好半晌才開口：「漢堡包剛剛才康復，可能在睡覺喔，他受傷很嚴重，要休息好幾天。」

雯雯仔細地翻著漢堡包全身上下，本來欣喜的神色一下子轉變成失望，她指著懷裡棕熊的頸子說：「漢堡包的蝴蝶結是紫色的，不是綠色的……這不是他……」

「你騙人……」雯雯吸吸鼻子，抽噎幾聲，張大了嘴巴，卻沒哭出聲來，而是呀的一聲大叫，她感到脖子一陣搔癢。

「哇！」老爺爺們更是一陣騷動，怪叫喊著：「你們瞧，那玩具會動呀。」

「嗷嗷——」漢堡包動了動鼻子，又動了動手腳，再眨了眨眼睛，臉上那股鮮活氣息又回來了。

「哈，原來成功啦！」阿關和醫官、小玉等驚喜地互望一眼，雯雯則高興地跳了起來，大聲地對著漢堡包的耳朵，嘰哩咕嚕講起這兩天她所經歷到的一切。講著講著又哭了，她大部分的娃娃都在玩具城一戰裡犧牲了。

「嗷嗚——」漢堡包也不停地低呼，好似在應和著雯雯的哀傷。

□

「該想想接下來要怎麼做了。」阿關低聲對身旁的小玉說。

他們來到醫院頂樓，小玉開口：「要是爺爺知道自己計畫失敗了，小強哥哥又被那邪魔抓走，一定會暴跳如雷的……」

阿關望著從醫院頂樓看出去的城市景觀，心情頗為低落。「不知那頭臭牛角馬抓走小強想做什麼……哼，本來老土豆帶著城隍趕來，我們都已經勝了，都怪我太粗心，中了那妖怪的回馬槍，真是令人洩氣……」

「大人，你先別自責了，你累了一晚，要不要先去休息，我來想辦法好了……」小玉還不知道阿關的身分，但她看土地神、城隍、醫官等神仙都稱阿關作「大人」，知道這凡人來頭不小，便也跟著叫阿關作「大人」。

「我怎麼睡得著，小強現在在那牛角馬的手上，是生是死都不知道……」阿關搖頭苦笑。

「如今唯一的辦法，就是我回去找爺爺，向他把整個事情的經過說個明白。」小玉這麼說。

「妳幫著我們一起破壞他的計畫，再回去找他，太危險了吧。」阿關搖搖頭。

「現在只有爺爺能找得到那奸巧的邪魔，爺爺沒有你想像中的簡單，他雖然對邪魔言聽計從，但絕對也做好了萬全準備，才敢和邪魔合作。再說，我帶著親衛隊救援你們的過程，雯雯都看在眼裡，有雯雯作證，爺爺不會對我怎麼樣的……」小玉胸有成竹地說。

「妳要帶雯雯回家？」阿關問。

「你們總不能一直把雯雯關在醫院裡吧，她遲早要回家的……」小玉點點頭。

阿關想想也是，他們並沒有權力要雯雯待在醫院，那等於是綁架。

「大人，你放心，就算爺爺要對我不利，也絕對不會對雯雯不利的。」

阿關沒有別的辦法了，想要救出小強，就要找出邪魔，而現在只有老降頭師知道邪魔的藏身處。

「如果妳查出了那頭牛角馬躲在哪裡，立刻通知我，我們這邊現在有充足的兵力，隨時都能殺去宰他。」阿關恨恨地說，凌晨一戰之後，城隍家將團已停止追擊阿姑，暫時留守文新醫院，供阿關調度。

到了傍晚，阿關將雯雯送回那離家不遠的河堤處，讓雯雯抱著漢堡包獨自走回家。阿關則與老土豆暗中跟著雯雯，目送她回家。

經過昨天的事件後，雯雯似乎對爺爺有些害怕，她在家門前杵了好久，在懷裡的漢堡包催促下，才打開門回到家中。

接下來幾天，白天阿關便和城隍四處掃蕩城市裡那些受了惡念侵襲的惡鬼。阿關體內的太歲之力日益增長，明顯能感受到城市裡四處流動的惡念。

早先聽翩翩說，先前兩次太歲鼎損壞，溢出來的惡念落到了人世，十年之後，就造成了嚴重的浩劫。十年相當漫長，但這次太歲鼎整個炸裂，落下的惡念是前兩次的無數倍，其嚴重性、急迫性自然不可同日而語。

在某些郊區山上深處，阿關甚至可以見到一些從未見過的奇花異草，從花瓣到根莖葉全都是黑紫色的。

阿關十分驚訝，伸手拔去那些瀰漫著惡念的花草，扔在地上踩了個碎，那花草莖上還長著噁心的果實，讓阿關一踩，竟噴出一團黑霧。

阿關駭然地伸手撥開朝他噴來的黑霧，無意間還抓了一把在手裡。

「這……這是什麼……」阿關愣了愣，看著手裡那團黑色煙霧，訝然說著，他似乎能感受到這霧氣結結實實地在手上流動。

「大人，那即是惡念。」城隍似乎對阿關握著煙霧的手有些忌諱，他解釋：「惡念對於太歲爺和大人你而言，是有形有體的東西。但除了太歲爺和備位大人你，咱們是看不到惡念的，只能隱約感到附近有些不尋常的異樣氣氛而已。」

「若是大人你已經能夠抓得到惡念，這代表你已經具備了操縱太歲鼎的資格了。」城隍這麼回答：「所有的神仙當中，只有太歲爺能夠替大夥兒驅除身上的惡念，如果大人你也擁有了這種能力，那麼對我方戰情可是大有幫助。」

「驅除惡念？」阿關不解。

「是的，不瞞你說，那時我已幾乎要成了邪神，無法控制自己的怒氣和殺慾，而我的手下家將團幾乎都已經邪化了，幸好當時土地公通報了太歲爺。太歲爺見我們邪化不久，還有得救，便費了好大的力氣，驅除咱們體內的惡念。讓咱們懸崖勒馬，不至於變成邪神。」城隍這麼說，還露出慚愧的神情。

「既然太歲爺能夠驅除惡念，爲什麼還會陸續有神仙變成邪神呢？」阿關問。

「大人你有所不知，每位神仙對惡念的抵抗力大不相同，有些神仙今日還好端端的，明日卻突然邪化了，很難避免。加上驅除惡念這能力只有太歲爺有，太歲爺一邊要四處征討邪神，又要四處救治那些邪化神仙，實在分身乏術。就像在破了洞的船上，企圖將漏進來的水用手掬出一樣，獨力難回天吶。」城隍說到這兒，頓了頓，望著阿關。「也正因爲如此，若大人你也和太歲爺一樣，有能夠驅除惡念的能力，對於當前時局可是大有幫助呀。」

「原來如此，我會好好練習……」阿關心想沒錯，若是自己也具備驅除惡念的能力，不但能為己方陣營盡一份心力，更重要的是，這能夠即時避免身邊好友們邪化。

經過這些時日與夥伴們並肩作戰，阿關難以想像，要是有天醫官、老土豆、虎爺，甚至是阿泰、六婆等突然翻臉成了壞人、做起壞事，變成敵人時，那是多麼令人不堪、令人難過的事。

他漸漸能夠體會，正神們屢次征討那些過往戰友時，情況是多麼悲壯慘烈。

□

這天黃昏，阿關約了老土豆在河堤上交換情報。

老土豆一現身，就是一副上氣不接下氣的模樣，嚷嚷著：「大人吶，你可要小心呀，剛剛俺又見到了那老姑婆！」

「阿姑？」阿關十分驚訝，阿姑先前在城隍連日追擊下，逃出這城市，躲到外地去。

「是啊，她又回來了，真是陰魂不散！」老土豆揮動著手杖，氣呼呼地說：「今日俺四處蒐集情報，竟發現她帶了幾個小妖偷偷地跟蹤俺，那老妖婆一見俺發現了她，就喊著小妖要來逮俺，要不是俺跑得快，就栽在她手上啦，真是好險！」

「這可不妙，我擔心阿姑會找我媽媽的麻煩……」阿關皺了皺眉。

不久之前，月娥出院後，便返回家中。而阿關爲了平日行動方便，佯稱和阿泰的網路事業日漸興旺，搬到市區自組工作室，每月匯生活費給月娥，要月娥不用再爲生活操心、好好在家靜養。

儘管衝著備位太歲的面子，留守據點二的四名天將時常會去阿關老家附近巡邏，老土豆每天也會定時探視，但阿關卻不放心，若是阿姑捲土復仇，很可能第一個去找月娥的麻煩。

「大人你先別擔心，這幾天俺勤快一點，每天多上你母親那巡幾次，等到新的仙子來到時，你可以從白石寶塔裡調派幾隻精怪或下壇將軍駐守在你母親家裡，這就萬無一失了。」阿關點了點頭，心想要是有幾隻剽悍虎爺保護媽媽，那就安全多了。

「對了，小玉有沒有消息？」阿關這麼問，這是他掛記心上的另一件事，雯雯自從返家之後，再也沒有新的消息。

老土豆早晚巡視，只知道雯雯過著和以往同樣的生活，而老降頭師則依舊晚出早歸，竟像是什麼事也沒發生一樣。

「已經第四天了，小玉臨走前，說三天之內就會給我們消息的……」阿關不安地踱步。

「老降頭師現在應該不在家，我們直接去他家！」

老土豆愣了愣，連連搖手說：「要是老降頭師在屋裡布下陷阱，那該如何是好啊？」

「布陷阱又怎樣？我們有城隍和家將團，你們在外頭布下天羅地網，我有太歲力護體，要是連區區一個凡人降頭師都怕，那以後也別跟邪神打了。」阿關氣呼呼地說。

「大人說得也是，我這就去準備。」老土豆用手杖點了點地，踏進地上土色光圈。

深夜，阿關和阿泰準備妥當，帶齊了傢伙，在方留文那豪華住宅前會合。

自從玩具城事件結束後，阿泰又恢復每天寫符的日子，在阿關的建議下，六婆同意減少阿泰每日符籙數量，免得眞的把手寫壞了。

有了上次玩具城的經驗，這次兩人身上足足帶了六大疊白焰符和六大疊驅魔符咒，全都是阿泰這些日子以來的心血成果。

城隍和老土豆早已動身視察了地形，指示家將團分別埋伏在老降頭師房子方圓百公尺內，城隍則親自帶著家將當中的春、夏、秋、冬四季神，守在一處較高的公寓樓頂，居高臨下監視著老降頭師的房子。

老土豆潛入地底，豎起耳朵聽著，隨時準備殺進屋子裡救援。

這次六婆沒有上陣，大家故意隱瞞這次行動，阿泰不放心再讓年邁的奶奶上場廝殺，便只說晚上和阿關出去唱歌、逛街，放鬆一下。

「走吧！」阿關看了看錶，抖擻起精神，心想要是讓翩翩知道自己大費周章，擺這陣仗，只爲了對付一個凡人老頭，肯定又要被取笑了。

老土豆一口氣吹開了門鎖，阿關和阿泰躡手躡腳地闖入屋內，屋裡一片漆黑，阿關召出歲月燭，凝視燭火，那燭火變小了點，跟著又更小了點。

這是阿關這些天晚上在床上輾轉翻覆時，研究出的心得——歲月燭的火苗能夠隨著自己的心意變大或者變小。

兩人走上二樓，雯雯的房門是鎖上的。

阿關端著那微弱燭光確認方位，摸著了老降頭師那間名爲書房，實爲作法室的房間。老土豆打開門，引著兩人進入書房，裡面依然是一片暗沉紅色。

「小玉、小玉……」阿關壓低了聲音輕輕叫喚，等了好一會兒都沒有動靜。

「會不會在雯雯房間，跟小麥可一起陪雯雯睡覺？」阿泰低聲說。

「不，我感覺得出來，她在這裡，我感應得到她的氣息……」阿關糾正阿泰：「還有，你的小麥可已經改名叫漢堡包了。」

「什麼漢堡包子饅頭，爛名字，在我心目中，它永遠是小麥可。」阿泰抗議。

「喂喂！大人、大人……」老土豆輕喊幾聲，指著櫃子上一只白色瓷罈。「在這兒、在這兒！」

阿關走近那瓷罈，伸手摸了摸，果然有古曼童小玉的氣息，但不知爲何氣息微弱。

阿關搖了搖瓷罈，裡頭裝著的都是液體，他將瓷罈放在地上，打開罈蓋。

一陣青光從罈口冒出，青光裡慢慢顯出了個人影。

「哇！」阿泰驚叫一聲，阿關也嚇了好大一跳，站在他們眼前的，是個全身赤裸的妙齡女子。

雖說見了赤裸妙齡女子，但阿關和阿泰卻一點也不覺得興奮。這女子兩眼淌血，全身皮膚呈現一種詭異的粉紅色，且都沾著血污。

「妳……妳是小玉？」阿關好不容易發出聲音，那女鬼不等阿關說完，一把掐住了阿關脖子。

接著是一陣騷動，老土豆要上前幫忙，卻讓那女鬼一腳踢開。

阿關抓著女鬼掐他脖子的手，使勁扳開，呢喃說著：「是小玉沒錯，我感應得出來，但怎麼會變成這樣？」

此時這女鬼雖凶，但似乎還不成氣候，力量比起那百面鬼遜色許多。

阿泰抓了張符，放出一道驅魔咒。女鬼讓紅光一震，彈得飛遠，哼了兩聲，又撲上來。阿泰又抽出兩張符，還沒來得及放驅魔咒，已讓飛竄撲來的女鬼將他胳臂抓出幾道好大的口子。

阿關連忙上前架住那女鬼脖子，只見到女鬼腦後有團黑霧，似乎嵌在腦後。

阿關覺得那黑霧有點像是惡念，又不太像，此時只感覺到她全身上下都流動著一股邪氣。他漸漸覺得那些邪氣是能夠用手抓得住的，同時更有種奇異慾望，令他想要將那東西揪出來。

於是他一手勒著女鬼脖子，一手按著女鬼後腦。女鬼不停掙扎，口鼻都冒出了黑氣，阿關突然覺得按著女鬼的掌上有股黏勁，往後一拉，竟拉出好大一團青綠色的霧氣。

「惡念？邪氣？」阿關看著女鬼身子裡溢出的黑氣青霧在書房裡流竄著，有些還讓阿泰吸了進去。

「別呼吸！」阿關對著阿泰喊叫。

「怎麼了？房間裡有毒氣嗎？」阿泰嚇得連忙捏住鼻子。

阿關不知該如何是好，一邊勒著女鬼，一邊召出鬼哭劍，朝著四散的黑霧青雲亂砍，霧氣一碰上鬼哭劍，竟讓鬼哭劍上頭的鬼臉大口吃了進去。阿關想起了翩翩說過，鬼哭劍上頭的鬼臉以惡念為食。

一刀接著一刀，房裡瀰漫的青霧，都讓鬼哭劍吸了進去。阿關仍勒著那女鬼的脖子，但女鬼似乎沒了力，癱軟著身子。

「大人，我、我……」女鬼咳了幾聲，本來血紅的眼漸漸褪成黑褐色。

「小玉，眞的是妳！」阿關一驚，放開了手。小玉癱倒在地，用手遮住自己裸著的身子。

「眞折煞俺了……」土地公捂著眼睛，拐杖一揮，挑起書房內窗上一張簾子，蓋在小玉身上。

「啥？妳是小玉？看不出來！」阿泰嚷嚷著：「原本不是個綁辮子的小鬼嗎，怎麼變成辣妹了？」

「小玉實際年齡，跟你一樣大……」阿關替小玉回答。

瑟縮在牆角的小玉模樣清秀，痛苦地咳了幾聲，氣若游絲地說：「大人，多虧了你……我差點……差點就成了惡鬼……」

阿關正想開口問明情況，突然書房窗外閃過一片黑影，阿關駭然，好強的邪氣從四面八方席捲而來。

「小子，我小看你了……」方留文的聲音不知從何處傳來。「看看你的頭頂。」

書房內所有人同時抬頭，一張紅網從天而降，罩住了書房裡的兩人一神一鬼。那網子像活的一樣，從網子繩結上不斷冒出新的紅繩，紅繩四處竄捆，緊緊捆住了阿關等人。

「哇呀！好痛！」阿泰忍不住大叫，網子不斷緊縮，蚯蚓般扭動的紅繩子纏住了他的手和腳，一圈一圈地不斷捆上他全身。

「爺爺……爺爺……」這時書房門外傳來了幾聲敲門聲，是雯雯的聲音，似乎是被房內的嘈雜聲吵醒了。

「雯雯乖，快回去睡覺，爺爺在作法，哥哥很快就會回來了。」方留文的聲音又傳了出來。

「幹！死老猴你躲在哪裡……有種就給我出來……哎喲……唔……咳咳……」阿泰還沒叫完，紅繩子竟往他嘴裡鑽，塞滿了他的口，就要塞進喉嚨裡。

阿關也不好過，他的身子讓紅繩拉成奇怪的姿勢，骨頭都快斷了。

突然他身子一震，口袋附近的紅繩一根根斷了，阿關整個人上下震動，唰的一聲，蒼白鬼手終於衝出密密麻麻的紅繩，接著是那大黑巨手。

兩隻鬼手拉住了捆著阿關的紅繩兩邊，使勁一扯，扯出了個大洞。新娘鬼手也竄了出來，用銳利的指甲割斷一條條紅繩。

阿關這才掙脫而出，一邊劇烈咳嗽，一邊用鬼哭劍替其他人割斷繩子。

好不容易救出了阿泰、土地公及小玉。

這時，書房窗戶突然爆裂，一隻怪手破窗而入，一把抓住阿關，將他整個人拉出窗外。

伏靈布袋一陣抖動，追了上去。

直到被拖出窗外老遠，阿關這才搞清楚，抓著他的，是一隻模樣奇特的大鳥，大鳥的兩翼上伸出一對長滿黑毛的長手。

那長手將阿關往天上輕拋，大鳥換成以兩隻爪子將阿關牢牢抓住，轉向另一邊疾飛。

坐在大鳥背上的，正是老降頭師方留文。方留文冷冷開口，對讓那大鳥抓著的阿關說：

「你這小子，竟敢和我作對……」

而伏靈布袋早在阿關被抓出窗外瞬間，就已緊追在後，新娘鬼手抓住了大鳥的尾巴；怪鳥翼上的兩隻巨手不停揮動著，和蒼白鬼手及大黑鬼手在空中交戰。

飛追在更後頭的是城隍和家將團，家將團在巷弄裡奔著，跳過一條條馬路、矮房，緊跟在後。

老土豆和阿泰也衝出房子追著，阿泰揹著虛弱的小玉狂奔，只覺得小玉幾乎沒有重量，冰涼涼的。土地公神色慌張，越跑越快，要是備位太歲出了什麼差錯，那可就完蛋了。

「大邪魔將小強哥哥關在一處山洞裡，對爺爺說，只要他捉到阿關大人，就願意施展法力替小強哥哥治病。」小玉伏在阿泰背上，述說著這些天來所發生的事。

阿泰和老土豆這才知道，方留文因爲千童命計畫失敗而懊惱無措，但他仍深信牛角鬼能夠治好小強的病，因此接受了牛角鬼提出的要求，設計誘捕阿關。

「我冒死苦諫，卻被爺爺當作叛徒，他把我浸在施過法術的血瓶子裡，要把我煉成極凶惡鬼，攻擊你們。」

「爲什麼那隻牛角馬要抓阿關？」阿泰問。

「這是因爲呀，自從順德邪神受伏那事傳揚開來之後，有越來越多的邪神惡鬼都知道備位太歲大人這號人物啦。那些邪神惡鬼們私底下都謠傳著，說要是捉到了備位太歲大人，就等於掌握重要人質，有利自己勢力的發展。更有些異想天開的邪神，認爲吃了備位太歲大人，就能夠獲得大人體內的太歲之力，進而操縱惡念，成爲鼎足一方的大邪神呀！」老土豆解釋。

天上那大怪鳥飛得極快，漸漸甩開後頭的追兵。阿關回頭看著離他越來越遠的城隍，心中羞惱慚愧，他以爲自己的調度已經萬無一失，卻仍然中了方留文的陷阱。

伏靈布袋因爲那新娘鬼手抓著怪鳥的尾巴，因此並沒讓大怪鳥甩脫，蒼白鬼手和大黑巨手則左右夾攻，那大黑巨手一拳攢在大鳥身上，打得大怪鳥嚎叫兩聲，往下掉落了幾公尺，又勉力飛起。

方留文大喝幾聲，發出幾道奇異咒法，幫助大鳥怪手抵禦那左右攻來的布袋鬼手。兩方四隻大手在空中纏鬥了好半晌，那蒼白鬼手逮了個空，扣住了大鳥怪手的手掌，將自巨鳥右翼伸出的怪手食指連著拇指硬生生地撕裂，疼得大鳥發出了尖銳啼嗚嘶吼。

阿關掏出一把白焰符，卻不敢對那大怪鳥施放白焰。那大鳥越飛越高，這時底下的街道幾乎小到快看不清的地步，有幾十層樓那麼高，要是打死了怪鳥墜落下去，即便有太歲力護體，肯定也要摔成一灘爛泥。

阿關閉上眼睛，試圖召喚石火輪，但他被大鳥抓在高空中快速疾飛，狂風在耳際轟隆作響，根本無法靜心召喚石火輪。況且就算召來了石火輪，又該如何接住空中的他？石火輪再快，也不會飛。

正當他驚慌無措時，只聽見大鳥連連慘叫，翼上兩隻長毛怪手讓伏靈布袋幾隻鬼手一陣猛攻，負傷極重，疲軟垂下隨著翅膀擺動。

方留文一人難敵三隻鬼手，狼狽地從包袱裡拿出幾只瓷瓶，揭開蓋子，好幾隻古曼童從瓶口飛竄而出，圍住了伏靈布袋。

伏靈布袋又是一震，那一串狼頭也衝出了布袋，像蟒蛇一般捲繞纏捆上怪鳥身子，貼在怪鳥身子上的幾十張狼口，不停凶惡啃咬著大怪鳥的身軀。

而本來一直抓著大鳥尾巴的新娘鬼手，此時才騰出空來，也跟著加入戰局，三隻布袋手大戰五、六隻古曼童。

大鳥嘎嘎怪叫，讓捆著牠的狼頭串咬得漸漸不支，越飛越低，此時已經來到山區，掠過幾棵大樹。

讓怪鳥抓著的阿關，被迎面而來的樹葉打得全身刺痛難當。

終於，大鳥撞在一棵樹上，摔落了地，砸起一片塵埃。

方留文在撞樹之前就跳下了大鳥，讓兩隻古曼童接個正著，將他安然放在地上；阿關則是在怪鳥撞樹的前一刻，被幾隻鬼手抓住手腳揪離大鳥身子，才沒和大鳥一同撞上大樹。

才剛站定腳步，方留文又打開幾只瓷瓶，召出幾隻古曼童，連同在怪鳥身上召出的小鬼，一共有十二隻。

相較於那晚凌虐小胖的小鬼們，這批古曼童的凶性更為強大，個個眼冒綠光，一張嘴滿是染血利齒，動作也靈活得多。

被布袋鬼手護衛下地的阿關也召出了鬼哭劍，凝神應戰。幾隻古曼童圍了上來，阿關橫掃一劍，將那迎面撲來的古曼童砍成兩截。

方留文驚訝不已，連忙掏出符咒，朝阿關比劃唸咒，發出了一個紫色光圈，打在阿關身上。頓時阿關只覺得渾身奇癢無比，他連連後退，撞在一棵樹身上，一邊揮劍抵禦古曼童的進逼，一邊扭動後背摩擦樹皮止癢。

「死老猴用什麼怪招！」阿關的身子奇癢難受，忍不住破口大罵：「小強被那臭牛角馬抓走了，你不去救你孫子，反而對我死纏爛打，你沒搞錯吧！」

方留文一聽，登時火冒三丈，又抽出一張符，這次發出一個青色光圈，打在阿關身上。

阿關只覺得一股寒意瞬間侵襲全身，凍得他一句話也說不出來，僵硬地跪倒在地；緊接著，他卻感到另外還有一股暖呼呼的熱氣從他胸膛瀰漫散開——是他體內的太歲力。

「還不上！」方留文大喝，兩隻古曼童衝了上來，伸手朝阿關抓去，卻沒料到本給凍得渾身僵硬的阿關突然又靈活起來，一劍斬去那搶在前頭的古曼童右手。

阿關在太歲力護身下，身上那又冰又癢的降頭術減輕許多，他見自己寡不敵眾，便轉身往林子裡跑，伏靈布袋緊跟在後掩護著他。

「這小子到底是什麼人？」方留文驚怒至極，難以置信連中他兩記降頭術的阿關，竟然還能活蹦亂跳。

方留文從包袱裡拿出一個黃色的瓷瓶，揭開蓋子，在一陣黃煙之後，蹦出了一隻兩公尺高的大怪人。那大怪人全身暗黃，有四隻手。

方留文那副年老身軀此時竟矯健無比，一跳躍得好高，踩跨上大怪人後背，騎坐在大怪人肩上，呼喝下令，率領著古曼童追擊阿關。

阿關奔出了山林，前頭攔著一條道路，路的另一邊圍著圍欄，後頭是好大一片空地，空地上雜草叢生，中央還有幾間廢棄工廠。

阿關穿過馬路，翻過圍欄，在空地上狂奔，往廢工廠跑去。

四周的雜草有膝蓋那麼高，抬頭望去，天上有些星星，還有一輪明月，冷風一陣一陣地吹。

阿關突然意識到前方瀰漫起一陣彩霧，不知從哪冒來的。那彩霧越漸濃密，從霧中走出了幾個人影，都是些裸身、花臉、拿著法器的精瘦漢子。

「家將團終於來了！」阿關高興地大叫：「我在這邊，快來幫忙，臭降頭師追上來了！」

阿關朝著前方那陣頭喊了好幾聲，卻沒得到城隍的回應。他又向前奔了一陣，仔細一看，這些花臉傢伙的模樣和家將團似乎又有些不同，他們的嘴邊都掛了長長的獠牙。

彩霧閃爍起異光，裡頭飄出一頂紅色花轎。

「哇！」阿關駭然，眼前這陣頭並不是家將團。

是阿姑的官將首。

阿姑揭開轎簾，冷冷看著阿關，面目猙獰地說：「猴死囝仔……天堂有路你不走，膽敢跑來送死，我可等了好久，今晚不殺了你，我不甘心呀！」

阿姑一聲怪喝，官將首們紛紛尖叫起來，踩踏著妖異彩霧、伴著颼颼冷風，朝著阿關瘋狂飛奔殺來。

「哇啊——」阿關怎麼也沒想到會在這裡撞上阿姑。前後都是追兵，他急中生智，見那官將首陣頭來勢洶洶，比方留文那批古曼童還兇，索性轉頭往方留文跑去，卻揚聲大喊：「來得好，跟我一起上！殺呀——」

領著鬼怪追擊阿關的方留文大吃一驚，可不知前頭那怪異陣頭是從哪蹦出來的。他見阿關舉著劍往自己這兒衝來，那路陣頭緊跟在後，一個個凶神惡煞的模樣，只當是阿關率領救兵反攻，便一聲令下，驅使著古曼童們上前應戰。

兩方人馬不分青紅皂白地一陣亂殺，古曼童大戰官將首，阿關則是抓著伏靈布袋胡亂游擊。

方留文坐在黃色大鬼背上，指著阿姑轎子吼叫：「你們到底什麼來頭？」

阿姑尖聲怪笑：「你又是何方神聖？你來攪什麼局？」

方留文喊：「我只要抓那少年，不想和妳糾纏，妳快滾吧！」

阿姑回話：「我也不想和你糾纏，我也要那小子，你滾吧！」

「什麼玩意兒！」方留文連忙又打開四只瓶子，蹦出四隻和他座下一模一樣的黃色大鬼，他一邊唸咒，一邊下令：「金屍鬼聽命，給我殺了那些花臉！」

原來那黃瓶子裡頭竄出來的，是叫作「金屍鬼」的降術惡靈。金屍鬼全身暗黃，有四隻手，兩眼深深凹陷，像是沒有眼珠子一般。

金屍鬼受了號令，凶惡地衝殺迎戰。

三隻官將首圍住阿關，高高舉起法器就要往他頭頂上砸。阿關正準備硬接，不料身後幾隻古曼童撲了上來，卻不是撲向他，而是撲倒這幾隻邪將首。方留文要活捉這備位太歲，好獻給牛角鬼換取健康的小強，豈能讓邪將首砸死阿關。

阿關被困在陣中，進退不得，伏靈布袋在空中掩護，唰的一聲，又竄出一隻新鬼手，將一名逼近的官將首打得連連後退。

「哇哇！」阿關大叫著，原來那隻布袋新手，是在玩具城一戰裡抓進袋中的百面鬼的手。只見百面鬼的手上也長滿鬼臉，齊聲嚎叫，不停胡揮亂掃，似乎還不習慣這種打鬥方式。

然而官將首是邪化神將，力量自然比尋常鬼怪來得強大。一名官將首揮動刑具，將一隻金屍鬼攔腰打成兩截，屍水噴濺。

「好凶惡！」方留文驚愕之餘，接連打開身上帶著的瓷瓶，從青色瓶子中蹦出來的是百面鬼，從褐色瓶子跳出來的是「棺材鬼」。

那棺材鬼全身赤裸，身材瘦瘦長長，黑褐色的怪線捆滿全身，身上還貼了幾張不明的符咒，一對爪子大得駭人。

方留文一聲令下，十來隻百面鬼和棺材鬼也殺上去助陣。

伏靈布袋也沒閒著，蒼白鬼手一爪抓爆一隻古曼童，另一邊大黑巨手打退一隻官將首。

激戰半晌，遠處又傳來一陣威猛狂嘯。

惡鬼邪將們正酣鬥著，紛紛朝那狂嘯聲處看去，只見在廢棄工廠的另一方，又有一路陣頭剽悍殺來。

「這次錯不了啦！」阿關哇哇大叫：「我在這邊啊！」

城隍帶著家將團終於趕來。城隍一雙怒眼瞪得又圓又大，見了阿姑像是見著了仇人，大喝一聲，家將團的奔勢更加猛烈，衝進了兩方鬼怪邪將陣裡，左打降頭鬼眾、右打邪官將首，三路人馬打成了一團。

空地雜草隨著強風狂舞，在皎潔月光照映下，遼闊空地上的三方激戰，看來像是一齣激昂華麗的歌舞大戲。

不遠處又是黃煙一起，趕來的是老土豆。

老土豆揮動拐杖，吆喝著奔來助陣，衝到了阿關身邊，嚷嚷著：「大人，你沒事吧！」

「阿泰呢？小玉呢？」阿關急急地問。

「本來咱們一起追著你跑，但那大鳥飛太快啦，抓著你離咱們越來越遠，猴孫阿泰跑太慢了，加上那女鬼小玉身子虛弱，俺便叫他們回據點二，俺自個兒遁地來追。」老土豆將木杖一橫，守在阿關身前，說：「大人，趁著他們混戰一團，俺先帶你逃跑！」

「這是扳回一城的大好機會，現在戰局對我們有利啊！」阿關見三方兵馬雖然都得同時應付兩方，誰也佔不了便宜，但整體而言，終究還是己方戰力略大、勝算較高，有機會一次殲滅阿姑和方留文。

「但是……這裡極不安全啊，這裡是千壽邪神的勢力範圍吶！」老土豆叫著。

阿關愣了愣。千壽公是三大邪神之一，阿關讓大怪鳥抓著飛了好遠，竟飛到千壽公的勢力範圍裡。

突然，阿姑大喊一聲，官將首退出了惡鬥圈。阿姑見阿關的身手比之前厲害許多，加上與方留文放出的大批鬼怪一陣廝殺，官將首大都負了傷，想要擊敗城隍家將團絕無希望，只好咬牙切齒、恨恨地收兵。

「我……我認輸了！」方留文座下的金屍鬼讓家將團裡的范、謝將軍前後圍住，一陣亂打，被砍得七零八落。方留文滾倒在地，下跪求饒。

家將團們見方留文是凡人，本來已對他處處手下留情，集中力氣對付鬼怪，此時見他跪地求饒，便也不攻擊他。

阿關走上前，一把揪起了方留文，大聲逼問：「你這死老頭，你不救你孫子，我來幫你救，快說牛角馬在哪！」

方留文嗚咽兩聲，慢慢開口：「好、好……我帶你去，大王、大王他就在附近的山上……」

「你快點帶路！」阿關把方留文拎起，推了他一把。方留文這才歪著頭，茫然往前走去。

甘、柳兩將軍領在前頭，范、謝兩將軍跟在後頭，四名家將圍著方留文，城隍領著其餘家將，和老土豆一同隨著阿關，跟在方留文身後，往他供出的那山區走去。

一路上方留文神色陰晴不定，時而默默不語，伸手指路；時而又回頭對阿關解釋自己所做一切，都是爲了小強和雯雯。

他在自己身上施下的降頭術，雖然讓他獲得源源不絕的體力、日夜操勞也不會累，但是同時降頭術對他身心的副作用也一一浮現——此時方留文眼眶深陷、雙眼無神，嘴角不自主地抽動，看來像個無助的失智老人。

阿關搖了搖頭，盡量讓自己別對眼前看似可憐的老人產生任何同情。畢竟方留文早年爲惡、近日虐殺動物不說，且還是奪去玩具城數名無辜員工性命的殺人凶手，若非阿關破壞了千童命計畫，否則更有無數孩童要枉死在這老降頭師邪術底下了。

經過幾十分鐘的山路，四周大樹越來越稀疏，前頭有一小片空地，更遠處的坡地上，隱約看得出有個山洞。

「大王……他就在裡頭……」方留文面無表情地指著那山壁洞穴。

「大人，小將這就去將那卑鄙的牛角鬼揪出來。」城隍自告奮勇。

「大家一起殺進去，比較保險……」阿關有些猶豫。

「要是牛角鬼在洞裡動了手腳，用妖術布下陷阱，就挺麻煩了。」老土豆插嘴。

「那這樣好了，我帶幾位家將和老土豆一起進去，城隍在外頭守著，有什麼事就互相照應……」阿關提議。他想小強還受困在洞裡，到時城隍和牛角鬼衝突起來，小強可要嚇破了膽。無論如何，自己得親自進去，至少讓小強見了自己，也安心些。

「不妥。」城隍卻不放心讓阿關獨自領軍打頭陣，他親自帶著春夏秋冬四季神與范謝將軍共六名家將，與阿關一同押方留文入山洞，並吩咐其餘家將在外留守，以免牛角鬼在洞口動手腳。

大夥兒走進山洞，阿關召出歲月燭，才看出這山洞不但挺深，還有好幾條四通八達的岔路。

# 17 不要做壞人

「哼，這牛角鬼在千壽邪神的地盤裡，倒還找了這麼個好地方藏身！」老土豆哼哼地說：「俺好久沒和綠豆聯絡了，要不然早把這牛角鬼給揪出來……」

「綠豆？那是什麼？」阿關問。

「大人，土地神可不只一位喲，目前整個北部，加上俺，一共有四位土地神。負責巡視千壽邪神地盤的兩個老不死，名字叫作『綠豆』和『紅豆』，哈哈、哈哈！」

老土豆似乎對自己將另兩位同僚稱作「老不死」感到十分得意，說完還笑個不停。

「本來土地神比現在更多，但自從太歲鼎崩壞後，有些土地神邪化了，有些讓邪神殺了，咱們每天都要跑好多地方去蒐集情報，忙得不得了啊！」老土豆話匣子一開，就停不了，離題說起昨天他在蒐集情報時，看到的些許趣聞。

阿關不得不打斷他的話，叫他等大夥兒先收伏了牛角鬼、救出小強之後，再說那些廢話。

「這裡我從來沒進來過……大王他只讓我在洞口聽他下令……」方留文在阿關問路時，漠然地回答，表示自己也不知道究竟要往哪條通道走，才能找到牛角鬼。

阿關呆了呆，生氣地說：「那可惡的妖怪挾持你的孫子，你竟然還這樣效忠他，你癡呆了嗎？」

方留文靜默了老半晌，這才開口：「大王說，他能治好小強的病……」

「要不是你！大王早已治好小強了——」說到這裡，方留文突然激動起來。他緊握拳頭，怒瞪阿關，聲音顫抖地說：「要是……我的乖孫有什麼三長兩短，我拚了命也要你這臭小子付出代價啊……」

阿關讓方留文那凶惡眼神嚇得退了兩步。

城隍一聲怒吼：「自私自利的凡人啊，你爲了救治你的孫子，不惜犧牲這麼多條人命，還大言不慚，執迷不悟！」

方留文這才住口，但眼神仍流露出深深的恨意。

阿關吁了口氣，心中對方留文那最後一絲不忍也蕩然無存。

古今無數惡人在做壞事的時候，都是如此，惡人或許都有一個或數個爲惡的藉口，認爲不管自己做了什麼事，都是有理由的、都是迫不得已的、都是別人負他的。但他們對於自己的行爲造成許多無辜的人痛苦哭泣，甚至失去了寶貴的生命，卻輕輕地帶過。

又走了幾分鐘，阿關一行人離洞口已有一大段距離。洞裡四通八達，黑褐褐的岩壁像是沒有盡頭，邪氣似水般地流動，充滿了其中。阿關感應不出牛角鬼確實的位置，或許他根本不在這兒？

阿關一想至此，感到陣陣不安，要是方留文要詐，將大夥兒騙進洞來，再要什麼手段，那可十分麻煩。他喊著方留文：「你大王到底在不在這裡？」

方留文也不回答，兩隻眼睛此時卻閃動著異光，方才的無神似乎是裝出來的。

阿關不知該說什麼，他可沒有對老頭子逼供的經驗。城隍倒是按捺不住，一把揪起了方留文的衣領，怒斥：「你這凡人，是不是在耍花樣啊！你平時難道都沒有任何通報你主子的方法嗎？」

「有。」方留文面無表情。

「什麼？你怎麼不早說！」城隍一怒，手裡的勁道更大了。「快把那牛角鬼給我叫出來！」

「好。」方留文臉漲得通紅，臉上卻閃過一絲笑意。

「小心……」阿關正覺得有些不對，想要開口提醒城隍，卻已經遲了。方留文的右手不知道怎地，竟炸了開來，炸出一片血霧，好幾條蛇一般的東西從方留文右手斷處竄出，往城隍臉上飛去。城隍大喝一聲，一把抓住那幾條蛇，將方留文往石壁上擲去。

這時方留文卻突然矯健得像隻猴子，在空中打了個轉，伏在石壁上，高聲唸起咒語。

「好狡猾的老傢伙！」城隍勃然大怒，正想要追去。

「小心！」阿關大駭，邪氣排山倒海而來。

城隍頭上黑影一晃，一個身穿黑甲的大將提著大斧跳下，一斧劈向城隍。城隍急忙閃身，卻仍閃避不及，肩頭挨了重重一斧，血濺漫天。

「邪神？」城隍揮動大刀，勉力與這黑甲邪神大戰起來。

「這兒有邪神？」老土豆和阿關正驚訝不已，家將們則一擁而上，將那黑甲邪神團團圍住。阿關見那黑甲邪神後腦上貼了張符，模樣甚是奇怪。黑甲神呼喝一聲，大手往腦上一摸，撕下了那張符。阿關感到陣陣邪氣湧出，這才明白，那符是用來隱藏邪氣的，作用竟和翩翩的隱靈咒大同小異。

此時，四處洞穴紛紛響起嘶嚎，大批大批的鬼怪朝著阿關這條洞穴殺來。有百面鬼、金屍鬼、棺材鬼、古曼童……還有很多沒見過的鬼怪，有些舉著武器，有些張開血口，前仆後繼地衝來。

顯然這些鬼怪在剛剛方留文唸咒之前，都被施下了隱藏邪氣的法術，以致於阿關及眾神仙們並沒有感應到鬼怪們的邪氣。

阿關掏出白焰符，發出一道道白焰，射向那些鬼怪，卻只炸倒了幾隻。他覺得奇怪，白焰咒的威力大不如前，這情形在玩具城一戰時，就有些許跡象了。

「難道阿泰寫得不夠好？」阿關又掏出一把符，這些符都是阿泰這些日子寫出來的，雖寫了上千張，但威力比起先前翩翩寫的卻弱上許多。

黑甲神揮動大斧力戰城隍，家將們則奮力抵擋四面八方湧現的邪鬼。

城隍暴喝一聲，大刀一揮，斬落那黑甲邪神的腦袋，轉頭四顧，方留文已經不知逃上哪去，他大聲呼喝：「退出洞外！」

四季神在前頭開路，范、謝將軍保護著阿關殿後，土地公與城隍居中指揮，循著原路試圖衝出洞外。

這些鬼怪不是家將們的對手，也傷不了拿著鬼哭劍且有城隍和伏靈布袋護衛的阿關，紛紛敗退逃開。

一行人終於接近洞口，卻吃了一驚，外頭也響著陣陣打鬥聲。

「啊呀！判官、什役！」城隍驚吼著，洞口倒著兩名家將的殘骸，頭都給砍掉了，但從身上的服飾和拿著的武器可以看出，是家將裡的什役和武判官。

出了洞外，牛角鬼就意氣風發地站在外頭坡地上，身邊還有大批鬼怪，和洞裡那些不同，似乎更巨大、更強大些。

地上有成堆的鬼怪殘骸，同時，也夾雜著家將的屍身。

本來守在外頭的七位家將，此時什役、文武差及文武判官都已經戰死，只剩下較強悍的甘、柳兩位將軍還在和一群惡鬼死戰。

更讓阿關驚訝的是，圍攻甘、柳將軍的，除了數十隻惡鬼外，還有兩個將軍打扮的大漢，又是兩隻邪神！

牛角鬼身後的惡鬼們，一見到阿關等人出了洞口，紛紛衝殺上來。

「替兄弟報仇——」城隍一聲暴喝，雙眼像是要噴出火來，也不管自己肩頭傷勢，舉起大刀領著范謝將軍和四季神殺了上去。

兩邊大殺一陣，阿關拿著鬼哭劍亂砍，洞外這批鬼怪們要比洞裡強上許多，不僅力氣更大，速度也快上許多，讓阿關身上多出了許多新的傷痕。

在那牛角鬼腳邊，還側躺著一個被繩子捆綁的小男孩，正是小強。

阿關砍倒了身旁兩隻惡鬼，就要殺向牛角鬼去救小強。小強嘴裡被塞了布，說不出話來，雙眼紅腫。

洞裡又是一陣騷動，原來是方留文帶著自個兒的妖兵鬼將們殺出來助陣。

「大王、大王！我完成了您的指示，將這少年抓來了！我完成了您的指示……您可以、可以醫治我孫子了！」方留文右臂上的幾條怪蛇還猶自擺動著，躍到了牛角鬼面前，興奮地說。

牛角鬼呵呵笑著，伸手摸了摸方留文右臂上的怪蛇，似乎很驚訝：「咦，這是什麼玩意兒？是你的祕密武器？我怎麼都沒看過？」

「大王……這是蛇鬼降，那少年身負奇異的能力，還有神兵保護他，我自知打不過他，將降頭下在自己身上，才能對付得了他啊！」方留文恭恭敬敬地說。

「好好！有你的，等我稟告大王，讓你做我的副將！」牛角鬼得意地哈哈大笑。

「原來如此，牛角鬼！」老土豆揚起木杖，指著牛角鬼大叫：「原來你投靠了千壽邪神！」

牛角鬼雙手扠腰，鼻孔噴出陣陣臭氣：「你們破壞我的大計，還四處要抓我，我投靠千壽大王，大王可看重我了。哈哈哈，今天要是讓我抓到了這備位太歲……千壽大王肯定大大地讚賞我，讓我和幾位其他重將平起平坐，說不定我的地位還高過他們，哈哈哈！」

「那也得要你抓得了我！」阿關又砍倒一隻百面鬼，伏靈布袋在他頭頂上方騰空飛旋，五隻鬼手掩護著阿關殺敵。

「大王，我不求什麼……我、我只求您治好小強的病，那就夠了……夠了……」方留文心疼地抱起小強，取出小強口中的布。

「爺爺……你叫大妖怪住手，叫他不要再打阿關哥哥了！大妖怪才是壞人，他時常欺負我，也不給我飯吃！」小強搖著方留文的手，突然驚駭地怪叫：「爺爺，你的手怎麼會變成這樣？」

方留文愣了愣，說：「傻孩子，大王……大王是大恩人……爺爺的法力不夠，只懂得害人，卻不會救人……大王能夠治你的病……」

阿關大叫：「才怪，那頭牛角馬只會吹牛，根本不會治病，上次他打不過我，挾著尾巴哭著逃跑，又不甘心，繞回去偷搶你孫子，卑鄙下流！」

牛角鬼聽了阿關的話，氣得七竅生煙，卻又不敢親自上去捉拿阿關。他知道鬼哭劍的厲害，也打不過家將，只能讓手下去圍攻，想來個以多勝少。

方留文抱著小強，拉了拉牛角鬼的手，愁苦地說：「大王、大王……要是您方便，能不能現在就治好小強的病？他身上的降藥效力已經退得差不多了，現在身上又沒帶著藥，若不趁早醫治，恐怕……」

「我才不要臭妖怪替我治病，他是大惡魔，他是馬屁精！」小強憤怒大叫。

牛角鬼哼了一聲，挺著大鼻朝小強噴了股臭氣，臭得小強眼淚直流，說不出話來。

方留文驚慌地連忙賠著不是：「大王！小孩子不懂事，您別和他計較，我已經按照您的吩咐，抓來了少年，我完成了您的吩咐……您……您……」

牛角鬼滿臉不耐煩地說：「你急什麼急，等我抓了備位太歲，去向千壽大王邀功，到時候好處少不了你一份！」

方留文急急求著：「大王，我不奢求您給我什麼好處……我只求您治好我孫子的病……救他一命……是您……您答應我的……」

牛角鬼本只是個油嘴滑舌的山中精怪，沒什麼本事，哪裡會替人治病，他在偶然中撞見了這個上山尋求救治孫子祕法的老降頭師，見這降頭師懂得不少邪門異術，倒能幫上自己不少忙。

牛角鬼騙了這一心只想救孫子的老降頭師。

往昔的方留文不是個容易上當的人，但金盆洗手加上年歲漸長，心機已淡了許多，小強突如其來的絕症讓他慌了手腳，在牛角鬼舌燦蓮花的言語攻勢下，方留文便也像個尋常的無助老人般毫無抵抗能力。

「你眞囉唆呀，等我抓了備位太歲，我就帶你去向千壽大王邀功。千壽大王法力無邊，他一定能治好你孫子的病啊！」牛角鬼揮揮手，不耐地說。

他本對身懷強大降頭法術的方留文多少有幾分賞識之心，但他投靠了千壽公，有了強大靠山和直屬邪神將，對這凡人老頭便也不如之前那樣重視了，此時見對方纏夾不清，便更不客氣起來。

方留文望了小強一眼，只見小強不住地咳嗽、臉色發青，那是降藥效力退盡的跡象。這些天他都計畫著如何誘捕阿關，並無心力再製新藥，他聽信牛角大王應允會以法力替小強護體，沒想到卻不是這麼一回事。

他急急地說：「大王！您、您……先前說的可不是這樣，您說您會以法力替小強續命，再一鼓作氣治好他的絕症……那時您並沒有提到什麼千壽大王呀。現在小強撐不了那麼久啦，就算讓我再找材料藥草，也得花上好幾天吶！大王、大王……求求您……」

方留文還沒說完，阿關在伏靈布袋的掩護下，已衝到了牛角鬼跟前。

「哇！」牛角鬼往後跳了一大步，身旁幾隻惡鬼撲來救援，其中一隻讓蒼白鬼手一把扒掉腦袋。

方留文驚慌地將小強放在牛角鬼腳邊，揮動著右臂斷處那幾隻蛇鬼，迎戰伏靈布袋鬼手，保護他的大王。

阿關又砍倒一隻有雙頭的惡鬼，卻讓方留文的蛇鬼打到腰，痛得倒在地上打滾。

牛角鬼見阿關倒下，連忙開口：「下手輕點，別打死他，打殘他就行了……對了，打斷他的手，讓他沒辦法拿劍、讓他沒辦法拿劍，哈哈，打斷他的手！」

小強奮力掙扎起身，扯著牛角鬼的尾巴，大吼著：「你這妖怪，快叫他們住手，不要打阿關哥哥！」

「小強，別惹他！」阿關倒在地上，看到小強竟去攻擊那牛角鬼，趕緊大喊：「離他遠一點，小強！」

牛角鬼伸手推著小強，一臉嫌惡，小強卻死命扯著牛角鬼的尾巴不放。

「馬屁精、死妖怪！」小強張大了口，朝牛角鬼的尾巴用力咬下。

「滾——」牛角鬼尾巴吃痛，發起怒來，伸手一揮，將小強一把打上空中。

附近幾隻智能低下的鬼怪，見牛角鬼動手打了小強，竟認定小強也是敵人，凶狠撲了上去，揪著小強張口就咬。

「啊！」阿關著急大叫，想掙扎起來救小強，卻讓一隻鬼怪咬住肩，又讓另一隻惡鬼抓住了雙腿。

「呀呀啊啊——」方留文自然也是駭然大驚，鬼吼鬼叫地衝向那些鬼怪，揮動蛇鬼降，打退那些鬼怪，搶回奄奄一息的小強。

「小強！」阿關一劍刺倒那隻咬他肩的鬼怪，又斬去抓著他雙腿的惡鬼一雙手，在伏靈布袋掩護下，殺到了方留文身邊，駭然錯愕地望著小強。

小強的身子讓鬼怪們咬得傷痕累累，右臉有一處變形凹陷的大坑，是牛角鬼那一擊造成的——牛角鬼雖然打不過邪神、打不過家將，但小強只是一個六歲大的凡人孩子。

「啊、啊……」方留文張大了眼睛，不知所措，竟沙啞哭了起來：「孫啊……我的乖孫啊……」

「城隍、城隍！老土豆、老土豆！」阿關奮力惡戰四周圍擁上來的鬼怪，一面大叫著：「快來幫忙，把小強送回文新醫院！」

本已負傷的城隍，此時正費力迎戰一隻拿著兩柄大鎚的白甲邪神。范謝將軍前後守護著城隍，在山壁邊勉強力戰那白甲邪神和數不清的鬼怪。城隍聽了阿關喊叫，好幾次想分身來救，卻怎樣也無法突圍。

老土豆四處亂竄，在土裡鑽著，趁機冒出頭來偷襲惡鬼，此時聽到阿關的叫喚，急急往阿關那兒竄去，卻恰好被幾隻惡鬼從土裡揪出，一陣痛打。

「都是你害的、全是你害的！」方留文猛然嚎叫起來，左手抱著小強，右手揮動蛇鬼，憤怒攻擊阿關。

阿關接連躲開方留文的攻擊，他見方留文雙眼通紅，已經失去理智，也不知該說些什麼，只能揮著鬼哭劍一邊與惡鬼死戰，一邊躲避方留文的攻擊。

「要不是你，小強……小強已經好了……」方留文流著淚，嘶啞地嚎著：「你這混蛋小子，到底從哪裡來的？你爲何要跟我作對？」

阿關讓蛇鬼劃過了手臂幾下，痛得不得了，也怒極大罵：「是、是、是！你疼孫子，別人就不疼孫子？你爲了救自己的孫子，就要害死其他人的孫子，任何人知道了，都要來跟你作對！」

「小強病了，你會傷心，別人的孩子死了，別人就不傷心？你爲了讓自己不傷心，卻要讓別人傷心，讓很多很多的人傷心！」阿關邊罵，邊閃過方留文幾記蛇鬼攻擊，逮了個空隙便往前跨了一大步，一劍砍下方留文斷臂處一條蛇鬼。

方留文怪叫一聲，跌倒在地，右手斷處本來有四條蛇鬼，此時讓阿關砍掉一隻，那條剩著半截蛇鬼斷處還噴著黑煙不停扭動。

「被你害死的同事，他們的家人就不傷心？全天下就只有你會傷心？就只有你的親人才是人？別人的親人都不是人？」阿關衝上前，又砍下方留文右臂上兩條蛇鬼。跟著一劍指著他的額頭：「你這不懂得將心比心的臭老頭子，要不是因爲小強，我眞想一腳踢爆你的頭！」

阿關喘著氣、瞪著方留文，還想講些什麼，又被擁上來的幾隻惡鬼撲倒在地，死命抵抗著。

方留文這才回過神來，霎時老淚縱橫，答不上話，愣愣地看著被惡鬼壓倒在地的阿關，再看看懷中的小強。

「哥哥是好人……附近的小孩……都欺負我跟雯雯……只有……阿關哥哥幫我……」小強的兩眼微睜，氣若游絲地說：「壞小孩說……爺爺是……老妖怪……我知道爺爺……不是老妖怪……那大妖怪才是壞的……他騙爺爺……我……不想……不想……」

「不想……爺爺……做……壞人……」

小強握著方留文的手垂軟下去，腦袋撇向一旁，雙眼中的餘光消失了。

阿關讓幾隻鬼怪壓倒在地，伏靈布袋飛快竄來幫忙。鬼手們都受了傷，但仍然奮勇大戰。新娘鬼手揪起那壓著阿關的鬼怪頭頂一撮紅毛；大黑巨手馬上就對著那紅毛鬼的臉轟去一拳，轟得那紅毛鬼的面上五官全陷入臉裡。

蒼白鬼手左右亂抓，也抓碎了一隻鬼怪的肩膀；百面鬼手也抓著一隻鬼怪，手掌上的鬼臉立時往對方的身軀啃噬起來。

呼的一聲，狼頭串又竄出布袋，纏住兩、三隻鬼怪，十來顆狼頭張口亂咬，將那些鬼怪咬得吱嘎怪叫。

一陣白光乍現，倒在地上的阿關掏出了符，白焰咒連發，炸退了幾隻惡鬼。他跳起來，一劍接著一劍，砍殺眼前那些讓白焰刺得睜不開眼的鬼怪們。

牛角鬼開始急躁起來，他聽到鬼哭劍發出的陣陣哀鳴，有些膽寒；又看看四周戰情，雖然己方鬼怪仍佔了上風，但家將團比他預期中更爲強悍。一陣廝殺慘鬥下來，千壽公分派給他的鬼怪兵力已損耗一半，就算捉著了阿關，他的鬼怪部下們大概所剩無幾，這功勞可是大大打了折扣。

「小強啊，爺爺就要去陪你啦，你不希望爺爺當壞人……但爺爺生來就是個壞人，從小就是個壞人……從來……也沒有人教我怎樣當個好人……爺爺答應你……如果有……來世……下輩子……爺爺……一定……當個……好人……」方留文輕輕拂著小強的臉，嗚咽不停哭著。

「小方！你還哭什麼，還不想想辦法，你不是懂得各種邪術嗎？還不幫忙！」牛角鬼一躍來到方留文身旁，伸手去推方留文。

方留文這才抬起了頭，愣愣看著牛角鬼，說不出一句話。

「你沒聽到我說的話嗎？抱著個死人幹嘛？你不是會養小鬼嗎？把他供起來養不就好啦！快來幫忙啊！」牛角鬼鼻口臭氣噴了噴，氣呼呼地說。

方留文默默放下了小強，跟著緩緩站起，一張臉忽青忽紅，兩隻眼睛則變成了血紅一片。他的身子微微向右傾，左手則漸漸脹成了三倍大，胳臂皮膚底下有些東西四處亂竄。

爲了抓住有著神兵保護的阿關，方留文對自己的右手下了蛇鬼降，爲的是盡可能地增強己方的戰力。他既對右手下了降，左手自然也不會空著，他施在左手上的是「血手降」，這會讓他的左手得到如同鬼神的力量。

「哇，原來你還有壓箱法寶呀，怎麼不早點拿出來，就不會搞成這樣啦，是不是？」牛角鬼見方留文惡氣騰生，便這麼說。但他突然一愣，眼前的方留文突然轉身一跳，抓住了他頭頂上那剩下來的一支角，再一翻身跳上了他的後背。

「你做什麼！」牛角鬼驚駭大叫，連忙舉起兩隻爪子想將方留文拖下背來。但此時方留文兩隻腳緊緊箍著牛角鬼的脖子，他的身上也下了降頭，讓他有超乎常人的體能。

「你騙我，你根本不會救小強……你打他，你殺死了他！」方留文終於頓悟，他大吼一聲，左手脹得更大了，殷紅的皮膚上泛出深紫，掌上五指竟足足伸長好幾吋，還冒出深紅色的尖銳指甲。

伴著一聲不知是馬嘶還是牛鳴的尖嚎聲，方留文右臂斷處僅剩的一條蛇鬼，鑽進了牛角鬼的眼睛。牛角鬼發出慘嚎，四周鬼怪連忙趕來救援，全圍在驚慌亂竄的牛角鬼四周，想幫忙揪下方留文。

方留文用那隻血手，左右揮打著撲上來的鬼怪，接著他大叫幾聲，那些由他自己煉出來的鬼怪們，包括金屍鬼、百面鬼、棺材鬼、古曼童等，都不再圍攻家將，而是朝牛角鬼這兒殺來，和牛角鬼自己帶著的爪牙們殺了起來。

家將們頓時減輕了不少壓力，開始展開反攻。

那白甲邪神和黑甲邪神本來在大隊鬼怪的掩護下，游刃有餘地圍攻家將們，此時手下鬼怪都去救牛角鬼了，情勢逆轉，兩隻邪神反而慌了手腳，遭家將包圍攻擊。

一陣亂鬥，甘將軍拿著戒棍，狠狠一棍打在黑甲邪神肩上，柳將軍接著一棍打在黑甲邪神腦袋上，打得他跪了下來。兩名家將一棍接著一棍，打死了這黑甲邪神。

白甲邪神一看情勢不對，連忙要逃，卻讓范將軍舉著大方牌打中了後背，又吃了謝將軍一記魚枷，摔在山壁上，再讓城隍一刀砍成兩截。

城隍倒在地上，再沒力起身，老土豆趕忙上去扶起城隍，拐杖發出陣陣黃光，注入城隍體內，減輕他的傷勢。

方留文讓好幾隻惡鬼揪著，有些惡鬼扯著他的血手，有些凶狠噬咬著他的腰，咬得他肚破腸流。但他對自己下了降術，儘管此時身子殘破得不成人形，但箍著牛角鬼的一雙腿仍然有力。

方留文抬起頭，看看天空那輪明月，一雙血紅色眼睛，流下來的淚也是紅色的。

「你說得對……少年仔……」方留文望著遠處地上的小強，幾隻惡鬼要上去吃小強的屍身，阿關正拿著鬼哭劍，試圖擊退那些惡鬼。

「我這輩子做了太多壞事……我不懂得當個好人……」方留文喃喃自語著，他負傷越漸加重，雖有降頭護體，但還是漸漸讓鬼怪啃下了肉，扯斷了骨。

那些金屍鬼、百面鬼等方留文自己煉出來的鬼怪也漸漸不敵，一隻隻死去。

牛角鬼痛得彎下了腰，方留文整個身子幾乎要讓擁上的鬼怪埋住了。

「少年仔！」方留文掙扎大喊：「我是個壞人，但我的孫女卻不壞啊，我求求你，照顧我的孫女呀！」

方留文說完，口鼻噴出紅血，跟著雙眼、雙耳也噴出了血，他身上發出了紅光，紅光逐漸閃耀，揪著他亂啃的惡鬼們察覺不對，想要逃開已經遲了。

阿關聽到方留文最後的叫喊聲，回過頭來，只見到那一團團圍著牛角鬼的鬼怪中，炸出了火焰。

方留文滿身的血都燃燒成了鮮紅色的火，鬼怪們身上沾著了火，怎麼甩也甩不掉、吹也吹不熄，此起彼落的哀號聲伴隨著陣陣紅煙響透雲霄。

首當其衝的牛角鬼渾身著了火，他連連慘叫、死命甩著身子，但方留文一雙腳仍然緊緊箍著他頸子不放。

「正好呀……」方留文身體漸漸焦黑，竟嘻嘻笑了起來：「你……是惡鬼……我是惡人……兩個一起……下地獄去……」

轟——

方留文身子突然炸裂，炸出更旺盛的血火，牛角鬼整顆腦袋都給炸沒了，直挺挺地往後倒下。

家將們一陣掩殺，鬼怪們不是讓血火燒死，就是讓家將們殺死。

阿關抱著小強的屍身跪倒在地，望著方留文炸成了飛灰、牛角鬼沒了腦袋。

前方的血火猶自熊熊燃燒著，四周的慘象夾雜著家將的殘骸，他只覺得一陣鼻酸，半晌說不出話，撫著小強的屍身，終於哭了起來。

牛角鬼一死，遠處的妖魔鬼怪全都一哄而散，鑽進了山林，跑得無影無蹤。

天空落下了雨，打起了雷。城隍拖著重傷的身子，指揮著殘存家將，將文武差、什役、文武判官的屍身集齊。城隍領著殘將站在雨中，看著排成一列的同僚逐漸化成飛灰。

□

接連幾天都是陰雨綿綿，這天傍晚，阿關在翩翩的套房裡透過窗，愣愣地望著陰暗的天空發呆。

那晚，他將小強的屍身埋在山坡上一棵樹下，那個山坡是方留文以性命替小強報了仇的地方，是方留文大徹大悟，說來世要當好人的地方。

城隍的傷勢則在醫官的治療下，已漸漸恢復。

隔天，雯雯被破門而入的社工人員嚇得哭了起來，懷裡的漢堡包在她耳邊說了些話，似乎是對她說，爺爺帶著哥哥去外地看病了，要過些時候才會回來。

雯雯這才吸了吸鼻子，牽著社工姊姊的手，走出那瀰漫陰氣的透天別墅。

在據點二的安排下，雯雯會被帶去南部一家孤兒院。正神多集中在南部，那孤兒院離南部一處據點極近，非常安全，大家都認為雯雯在那兒，會比待在動盪不安的北部更好些。

在小玉的指示下，漢堡包對雯雯說，要乖乖的，才會和她說話。雯雯瞪大了眼，點了點頭，坐在南下的車上，靜靜看著遠方。

阿關呆望窗外，腦袋仍然一片混亂，他覺得胸口鬱悶難當。雖然打倒了投靠千壽公的牛角鬼，也算是替討伐北部第二邪神行動打響了第一炮。

但犧牲了小強，家將團也折損了什役、文武判官等五名家將。

阿關閉上眼睛，只覺得自己這些天不論是親身行動，還是指揮調度，都不夠謹慎，動輒中計遇伏，昨晚的行動本是爲了救小強，但落到最後，卻是小強爲了救自己，死在牛角鬼和一票惡鬼手下。再加上若不是最後方留文窩裡反，沒帶著石火輪的自己，可未必逃得出牛角鬼大軍……

天大的失敗。

幾天以來，阿關將自己關在套房裡，偶爾和阿泰、六婆通通電話，或者是強顏歡笑拎著水果去看媽媽。除此之外，他什麼事也不想做。

電話響起，是文新醫院打來的，老土豆的聲音。

「老土豆？你在醫院裡？你打電話給我幹嘛？」阿關無精打采地說。

電話那頭傳來嘻嘻哈哈的聲音，老土豆向來都是以符令向眾神傳訊，從沒用過凡間電話。此時老土豆對著電話講了兩句，跟著又笑了起來：「大人，俺是第一次打電話給大人啊……哈哈哈……」嗶了幾聲，是老土豆按了幾下電話上的按鈕，跟著又笑了。

「……」阿關沒好氣地說：「老土豆，你在玩醫院的電話喔？」

電話那頭似乎有不少人，有些不耐煩地催著老土豆：「你這土地神，別玩了，快和備位太歲大人說正經事啊！」

老土豆這才好好地說：「大人，新的仙子已經來到，還有幾名神仙，大夥兒約你到你最喜歡去的河堤，一同討論如何對付另外兩大邪神呀！」

「咦咦……好、好，我馬上到！」阿關驚訝之餘，趕緊打起精神，洗了把臉，披上外套趕往河堤。

阿關騎著石火輪很快趕到了河堤，堤上冷清，一個人也沒有。

阿關正覺得奇怪，忽地一道人影從天而降，高舉著刀往阿關頭上砍下。

「哇！」阿關嚇了一大跳，急忙閃過這刀，卻一個重心不穩，連車帶人摔下堤防。阿關摔車剎那已跳下車，跌在堤防下的草皮上打了幾個滾。

那人追下草坡，持刀殺來。阿關覺得奇怪，那人身上沒半點邪氣，卻又有著鬼神般的身手。阿關召出鬼哭劍，連番擋下那人刀砍。

兩人打到了街燈底下，阿關這才看清楚，對方只是個十四、五歲的少年，皮膚黝黑，穿著嘻哈垮褲，戴著頂鴨舌帽，將一把青綠色鋼刀揮舞得有模有樣。

少年笑了笑，往後一跳，對著阿關點了點頭。

阿關正覺得錯愕，身後又一個人影竄了出來，挺著一柄紅色長槍，迅雷般地朝阿關刺來。阿關閃得狼狽，倒在地上，扔出伏靈布袋。

伏靈布袋在空中轉了轉，卻不見鬼手出來。

阿關只好起身，拿著鬼哭劍抵擋這人攻擊。這人看來年齡稍大，是個二十來歲的青年，留著及肩長髮，神情俊朗驕傲，噘著嘴角，一槍、一槍刺向阿關。

阿關勉強接下幾槍，讓這青年一腳踢倒在地。

「備位太歲，不怎麼樣。」青年不再攻擊，只哼了哼。

「哼！」阿關不服氣，跳了起來，拍拍身上沙土，驚怒地問：「你們是哪來的？千壽公的手下？老土豆呢？你們抓走他了？」

幾聲哈哈笑聲，更多人從前方走來，老土豆從阿關腳邊竄出，嚇了阿關一跳。

「大人，你關心俺，俺很高興啊！」老土豆吹著鬍子，哈哈大笑著。

阿關愣在原地，終於看清楚走來的那群人中的高大老人，是太歲。

「太歲爺！這……現在是什麼情形？」阿關呆愣在原地不知所措。

太歲呵呵笑著說：「小子，別生氣，他們都是老夫的部將、你的同袍，跟你開開玩笑而已。青蜂兒、飛蜓，你們倆跟備位太歲賠個不是吧。」

那皮膚黝黑、模樣可愛的少年叫「青蜂兒」，開朗笑著，身子彎了九十度，向阿關鞠了個躬；長髮青年叫「飛蜓」，只是盯著阿關冷笑了笑。

太歲身後還站著幾個人影，想來應當都是他手下部將。

太歲笑了笑說：「小子，這些日子沒有仙女陪伴，可寂寞了吧。聽說你也幹得不錯，阻止了一場腥風血雨。」

「不……」阿關聽了太歲這麼說，不由得有些慚愧，若非有許多神兵相助，他早死了不知幾次。

「這是你的新幫手，新的保姆。」太歲手一揚，身後一個穿著蓋頭斗篷的人影，揭開了斗篷上蓋頭的布，是個亭亭玉立的仙女。

太歲幾個部將，聽到太歲稱那仙子是阿關的保姆，都笑了起來，那長髮青年笑得尤其大聲。阿關只覺得臉上一陣熱辣，似乎他們都是英勇的戰士，自己只是個需要大家保護的弱小孩子。

那仙女笑吟吟地走了過來，阿關的表情也從不好意思，轉變成驚訝錯愕。

「林珊？」阿關不敢相信自己的眼睛。

# 18 新保姆

林珊是阿關在便利商店打工時的同事，也是他那時心儀許久的女孩，比阿關小了兩歲。

「妳……長得好像我……以前一個同事……」阿關口吃地說著。

「我就是她，我就是幾月前和你一起在便利商店裡打工的同事。」仙女笑著說。

「！」阿關先是不相信自己的眼睛，這時卻是不相信自己的耳朵了。

阿關猶自恍神著，太歲身後又走出兩個穿著蓋頭斗篷的神仙，不約而同地揭下了頭蓋。那身型胖壯的少年開了口：「還記得我嗎？我是福生啊。」另一個瘦小的少女則抿著嘴嘻嘻笑著，一副好玩的樣子。

阿關又是一陣大驚，福生是他國中時的同學，跟他交情普通；他又看看那瘦小少女，只覺得有點眼熟，卻不記得是誰。

「楊若雨，這是我在凡間的名字，以前和你讀同一所小學，哈哈！」瘦小少女哈哈笑著。

阿關張大了口，他隱約記得，小學時的確有個女同學叫楊若雨，同班六年卻沒講過幾句話。

「小子，嚇傻了吧，他們三個都是受命暗中保護你的神仙，免得你在成長過程中，出了什麼意外。」太歲朗聲笑著說。

原來，天界一直以來都派遣太歲帳下菁英部將輪流暗中守護阿關。若雨和小學時的阿關同班六年；福生則和國中時的阿關同班三年，又在高職不同班的情形下，暗中保護了他三年；而林珊則是在阿關高職三年級時，混進學校當他的學妹，並在阿關畢業之後，跟著到了那便利商店應徵當店員，繼續保護備位太歲的任務。

福生在天界叫作「象子」，是洞天裡千隻獨角仙煉出來的；楊若雨則叫「紅雪」，是千隻紅色瓢蟲煉出來的。而方才那黝黑少年青蜂兒和長髮青年飛蜓，自然是千隻蜂和千隻蜻蜓煉出來的神仙。

林珊則叫作「秋草」，是千隻紡織娘煉出來的。

阿關呆望著兩位老同學，一時說不上話，心中五味雜陳，感到自己像是被剝了層皮，原來自小到大的一舉一動，全在別人的監視之中。

象子開了口：「大人，你如果嫌我們天界名字拗口，還是可以叫我們凡間的名字，你以後還是叫我福生吧。」

「我喜歡人家叫我紅雪，不過你要叫我若雨也行。」瓢蟲仙紅雪接著說。

「同樣地，阿關大人你還是可以叫我林珊。」林珊微笑說。

「嗯……你們以後叫我阿關就行了，不用加大人也沒關係……」阿關有些茫然，看著太歲身後還站了個人，無奈地向那人搖搖手，問：「你呢？你該不會是我幼稚園同學吧？」

太歲哈哈一笑，說：「你這忘舊的小子，我們這兒有草螽仙、瓢蟲仙、蜂仙、蜻蜓仙、獨角仙……是不是還少了什麼？」

「少了什麼？」阿關愣了愣。

若雨搶著答：「少了蝴蝶仙。」

「！」阿關驚訝地喊：「翩翩？」

太歲身後那人身子一震，這才走上前來，雙手向上微微一揚，又放了下來，不願揭開斗篷上那蓋頭大帽。

「翩翩！是不是妳？」阿關急忙跑了過去，驚喜問著：「妳的傷好了嗎？」

「好了一半……」那人聲音有些沙啞，但的確是翩翩沒錯，比起洞天離別前嘶啞難聽的聲音，已好上許多。

「一半？」阿關伸手要去掀翩翩的蓋頭套，翩翩身子往後一退，阿關抓了個空。

「翩翩仙子呀，我們都關心妳的傷勢，讓我們瞧瞧嘛！」老土豆搶了上來，也好奇地彎腰仰頭想要偷瞧翩翩蓋頭帽子底下的模樣。翩翩向後一退，不讓老土豆瞧。

「土豆，過來。」太歲皺了皺眉，清清嗓子說：「談正經事要緊。北部這順德鬼邪神受擒之後，剩下兩大邪神，一個是千壽邪神，一個是五星之一的辰星啓垣。」

老土豆聽太歲開口，吐了吐舌頭，趕緊跑回太歲身旁，搓了搓手，又說：「這千壽邪神跟啓垣……邪神，可不是俺的管轄啊……」老土豆持著木杖敲起地來，嚷嚷著：「你們還躲著幹嘛？怎不出來向太歲爺和阿關大人報告情勢！」

四周幾道黃光泛起，三個矮小老人從土地鑽出。

「紅豆、綠豆，妳們看起來又老了幾歲！」老土豆拍手笑著，指著那兩個拄著拐杖，分別身穿綠袍和紅袍的老太婆，她們是負責巡視千壽公勢力範圍的土地神。

而負責啓垣星君勢力範圍的，則是身穿黃袍，叫作「黃豆」的土地神。

「哈哈，怎麼土地神全是『豆』字輩的？」阿關忍不住笑了起來。「有沒有毛豆？黑豆？蠶豆？」

「毛豆本來有，但讓邪神殺了……」黃豆答。

「唔！對不起……我不該開這種玩笑……」阿關愕然，想不到眞的有叫毛豆的土地神，且還讓邪神殺了。

老土豆揮了揮手說：「不對、不對，北部土地神才是『豆』字輩；中部土地神是『菜』字輩，有白菜、韭菜、芹菜、紫菜……南部土地神則是『瓜』字輩，有匏瓜、地瓜、南瓜、苦瓜、黃瓜……」

綠豆叫嚷起來：「紫菜不久前被邪神打死了……聽說南部的地瓜斷了條腿，還邪化了！」

老土豆不敢置信地說：「老地瓜邪化？俺不相信，俺只聽說他腿斷了是眞的！」

黃豆連連搖頭，說：「他腿沒斷，只邪化了。」

紅豆揮搖著木杖喊：「不對，綠豆說的才是對的，地瓜腿斷了，也邪化了！」

幾個土地神七嘴八舌，竟吵了起來。

「通通給我閉嘴！」太歲沉聲說：「地瓜腿沒斷，也沒邪化，前兩天還陪老夫出戰，你們這些老傢伙別亂傳無聊耳語！」

眾土地神們見太歲不悅，這才停下了口，乖乖報告起各自調查到的情報。

「千壽邪神處事謹慎，行事低調、組織綿密，我和紅豆花了好大工夫，透過一些精怪幫忙，才知道這千壽邪神暗中召集了大批鬼怪邪兵，正準備要接收順德邪神的地盤呀。」綠豆誇張地說。

「辰星偏好單打獨鬥，手下大小邪神差不多十來個，多半是以往的部將。」黃豆跟著說。

「十來個，那不怎麼樣，順德小屁手下就有幾十隻邪神。」阿關插嘴。

「不呀，辰星手下多是以往麾下部將，比起順德邪神四處征戰收來的雜牌軍要強得多囉。」黃豆連連搖頭。

「我和綠豆估計，千壽邪神的兵力是要強過辰星的。但論主將的強度，辰星啓垣卻又要強過千壽邪神許多。」紅豆這麼補充。

阿關點了點頭，辰星原是五星之一，是和太歲平起平坐的大神。

「辰星不愛那些鬼怪，他似乎認爲鬼怪力量不夠，不屑收一般鬼怪作爲兵力，也不特別標示地盤，而是帶著部將四處挑釁所有碰到的正神、邪神、山精鬼怪。」黃豆繼續說。

太歲哼哼笑了兩聲，說：「啓垣這傢伙，性格本來就陰陽怪氣，本來老夫挺欣賞他，看他脾氣跟老夫挺像，想不到這廝竟成了邪神！要不是得先掃蕩南部邪神，保護太歲鼎，否則老夫眞想會會啓垣這傢伙，看能不能拉他一把。」

「所以我認爲，現在應當先將重心放在千壽邪神身上，先滅千壽邪神，再拖住辰星，等太歲爺忙完了身邊瑣事，再一同對付辰星啓垣。」林珊開了口：「這段時間裡，我會好好輔佐阿關大人，太歲爺可以帶著其他哥哥姊姊集中力量，加緊對付南部邪神。」

幾個神仙都點了點頭，表示贊同。

太歲靜了靜，搖搖頭說：「不，小子現在的能力尚不成熟，遇上強悍邪神還是有危險。順德邪神受擒，原本鼎立的局勢已經打破，這兩路邪神接下來會做出什麼舉動，誰都說不準。秋草娃兒，老夫知妳足智多謀，但啓垣是五星大神，若他有所動作，絕非妳這小娃能夠匹敵。」

「太歲爺說的是。」林珊點點頭。

「你們全留在這。」太歲環視眾部將。「象子、紅雪暫爲翩翩副將，聽翩翩的號令行事，駐守據點二，帶領本來據點二的幾位天將成另一路，牽制辰星啓垣。若是遇上辰星襲擊，切記不可硬敵，迅速通報老夫。飛蜓、青蜂兒，你倆暫爲秋草副將，主攻千壽邪神，若有良好時機，便聯合據點二共同出擊，併力擊潰千壽邪神。」

「我當秋草副將……」飛蜓一臉臭，卻也不敢忤逆太歲爺的安排。

太歲吩咐完，又叮囑林珊：「林珊娃兒，儘管老夫將翩翩、飛蜓這些大將都留在這兒做妳幫手，但妳仍得切記，萬事不可逞強，若沒萬分把握，便靜守據點，等老夫忙完了手邊事，再回來與你們會合，共同破這兩大邪神。」

「是，太歲爺。」眾部將齊聲回答。

太歲伸了個懶腰說：「老夫要趕回去了，你們這批神仙都是爲了因應太歲鼎崩壞而煉出來的，抵禦惡念的能力比尋常神仙強上百倍，你們可要好好幹，別讓天界其他神仙看扁了。」

「是！」

太歲再看看阿關，說：「小子，聽城隍說，你已能徒手抓住惡念。不錯、不錯。即便老夫自惡念煉出，當年卻也花了許多年苦修，才能觸摸到惡念，想不到我的血融入凡人肉身，會有這麼好的效果。難怪那些精怪們都戲謔凡人是萬惡之源。惡念始於生靈，生靈以人最惡，哈哈哈哈……你記住，往後你要更用心去體會惡念，用手去抓、用心去感受，你便能控制惡念，進而操縱太歲鼎。有一天，你會成爲比老夫更稱職的太歲。」

「是、是……」阿關聽太歲稱讚自己，不住地點頭，卻又覺得這番稱讚背後的重擔，萬分沉重。

太歲說完，再伸了個懶腰，身子一縱，化作一道黑影竄上了天。

「阿關大人，那咱們也先走了，咱們還得四處蒐集情報呢！」老土豆說完，也與其他土地神相繼離開。

「那……我們現在要幹嘛？」阿關搔了搔頭。

飛蜓哼了哼說：「幹嘛？當然是繼續討論這仗接下來怎麼打啦。」

□

大夥兒來到市區一間餐廳，挑了張多人大桌紛紛坐下。阿關坐在靠牆的位置，身旁依序坐著林珊、飛蜓、青蜂兒，對面則是福生、若雨及翩翩。

福生正對著阿關，大口喝著服務生端來的開水；若雨和翩翩最是要好，她輕倚著翩翩肩頭，和翩翩一同點菜。

既然進了餐廳用餐，翩翩也不得不揭開斗篷的蓋頭大帽。阿關瞥見翩翩的臉上纏著滿滿的白布，只露出一雙眼睛和嘴巴，不由得關心問道：「翩翩，妳的傷恢復得怎樣了？」

翩翩卻像是沒聽見般，自顧自地和若雨細聲交談點菜。阿關問了兩次，見翩翩不理他，心裡曉得翩翩大概不想在這麼多人面前談論她的傷勢。

尤其林珊和若雨都長得漂亮。林珊是大眾美女臉，舉止落落大方；若雨則小家碧玉，活潑可人。阿關想起翩翩尚未中綠毒之前的模樣清麗絕倫，更勝另外兩位仙女；中毒之後，始終鬱鬱不樂。

這讓阿關又恨起了順德大帝，他捏著叉子戳刺盤上的肉，把那肉當作順德大帝來叉。

「我們一面吃，一面分配兵力。」林珊拿起紙巾抹抹嘴。

「據點二有六名天將、兩位醫官，據聞還多了個身懷異術的凡人，現在再加上翩翩姊和象子、紅雪；我和阿關這路，卻只有飛蜓和青蜂兒……」林珊這麼說，一翻手，召出了白石寶塔。

「啊！」阿關看著白石寶塔，想起了塔裡那些精怪，跟著他見到癩蝦蟆從塔裡探出頭來向他眨了眨眼，又驚又喜地說：「蝦蟆精！哈哈，大家都好吧？」癩蝦蟆吐了吐舌頭，欲言又止，頭又縮了回去。

「呃？」阿關不解，搖了搖寶塔：「怎麼了你？」

「按照我們的計畫，千壽公還是要先打的，寶塔這路兵馬，就讓我和阿關大人先用。」林珊這麼說。

福生和若雨看看翩翩，翩翩則是不置可否，靜靜喝著湯。

「等等，我們這邊還有城隍和家將團，共九位神將，兵力已經夠強了，寶塔還是給翩翩吧，那本來就是她的寶物……」阿關這麼說。

飛蜓語氣不耐地說：「寶塔是誰的是一回事，裡頭的兵馬歸誰又是一回事，現在是打仗，不是兒戲。既然決定主攻千壽邪神，那麼主攻的一方分配較多的兵馬，理所當然不是？」

「但是……文新醫院的天將主要負責防守醫院，這樣一來，翩翩可以調動的兵馬太少了，不是嗎？」阿關有些猶豫。

青蜂兒點了點頭，附和著阿關：「我覺得大人說的沒錯，辰星戰力可不小，要是翩翩姊可調動的兵馬不夠，如何牽制呢？」

飛蜓轉頭瞪了青蜂兒一眼，冷冷地說：「小蜂兒，你懂不懂『牽制』這兩字的意思？倘若兵力足夠，不如一舉滅了辰星，就因爲要將主力集中攻打千壽邪神，所以另一路只能『牽制』。」

青蜂兒吐吐舌頭，吃起了麵包，不敢辯駁。

「三個神仙齊力，加上原有的天將，牽制啓垣邪神，很夠用了。」翩翩本來在喝湯，此時抬起頭說話，不經意和阿關四目交會，趕緊又低下頭。

「辰星強在本身和手下都是精銳，千壽公卻勝於有著數不清的鬼卒妖軍。讓白石塔裡的精怪、虎爺上陣對付大將，無助於事，只是平白犧牲；但讓他們對付鬼卒妖軍，卻有更大功用，不是嗎？」林珊這麼說。

「嗯，就這樣子吧。」福生和若雨對看了看，表示沒有意見。

「秋草姊這麼說，應該是有道理。」青蜂兒也吃著麵包，表示沒意見。

飛蜓將手搭在青蜂兒肩上，哼哼地說：「怎不說飛蜓哥說得有道理。」

「你們都有道理，你們決定就好了。」青蜂兒乖乖啃著麵包。

阿關呆了呆，說：「這樣好了，寶塔裡的精怪歸我們這路，虎爺歸翩翩那路。阿泰和六婆好久沒見到阿火了，讓他們和虎爺聚一聚，這總行了吧。」

飛蜓皺了皺眉，還想再講，林珊已經同意：「好，就依阿關大人說的，精怪歸我們，下壇將軍歸翩翩姊。」

由於時間已晚，餐廳就要打烊，一夥年輕神仙吃不過癮，又買了許多小菜，打算到阿關套房裡續攤。

七人擠進電梯，林珊一直跟在阿關身旁，彷彿真是個稱職的保母。翩翩始終低著頭，默默跟在眾人身後。

獨角仙精福生拍著大大的肚子，直嚷著凡人的食物怎麼吃都吃不飽；飛蜓讓福生肚子擠得難受，忍不住伸手推推擠擠。眾人打打鬧鬧了好一陣，這才出了電梯。

阿關取出鑰匙開門，見到套房變得十分凌亂，不禁尷尬地說：「最近……都沒有整理房間……裡頭有點亂……」

大夥兒擠了進來，本來冷清的小套房霎時熱鬧許多。

「這就是備位太歲的房間！」

「聽說本來是翩翩姊的！」

「呀！床上有備位太歲大人穿過的內褲！」

大夥擠進房間，笑鬧起來。

阿關從若雨手上搶下那些還沒洗的內衣褲，尷尬地看著翩翩。

「大人的床怎麼髒成這樣？」若雨尖叫著，大力拍打著髒兮兮的床。

這些日子來，阿關有時大戰之後，受了一身傷，吃了醫官開的藥，只覺得昏昏欲睡，回來躺下就睡，隔天才洗澡，以致於床上不但髒臭，還滿是污泥和血跡。

翩翩沒說什麼，走到床邊，伸手輕輕摸了摸棉被枕頭，這些原本是她的棉被和枕頭。

「啊哈……對不起……床鋪本來很香的，都被我弄臭了……」阿關看著翩翩，怕她生氣，只好笑嘻嘻地賠不是。

翩翩只是淡淡一笑，沒多說什麼。

「咦？這不是翩翩姊嗎？」青蜂兒拿起床頭那幾片冰晶，只見有張阿關的獨照，也有張阿關和翩翩的合照，也有張翩翩的獨照。

「這是寒彩洞的流水牆！」

「翩翩妳帶大人去過寒彩洞了！」

「那不是妳兒時的住所嗎？」大夥兒起著鬨。

「我很久沒回去過寒彩洞了，那天剛好想起，就回去看看。」翩翩淡淡地說。

「妳幹嘛一直翻我的東西？以前妳不是很安靜嗎？」阿關又搶下若雨從枕頭下搜出的成人雜誌，那是阿泰借他的，櫃子裡還有一堆。

若雨哼哼地說：「那時我負責暗中保護你，自然不能太出風頭。哈哈，我想起來了，你有次感冒打了個噴嚏，鼻涕流到了脖子上！」

「楊若雨，妳夠了！」阿關有些臉紅地說：「還有不要在我的床上跳！」

大夥兒吃起了小菜。

由於福生和若雨曾做過阿關的同學，這時聊得格外起勁，紛紛說些阿關以前的糗事；阿關也不甘示弱，想起福生曾經一人吃掉三個便當，以及若雨當時戴眼鏡的呆樣。

阿關這才知道，這些年輕神仙和自己，都是在同一時期被煉出，彼此間只差了兩、三年。此時大夥兒你一句我一句，嚷著誰大誰小。

飛蜓最大，自洞天煉出至今二十一年；其次是福生，十九年；再來是十七年的阿關；十六年的翩翩；若雨、林珊和青蜂兒都是十五年，若雨比林珊大了幾天，林珊又比青蜂兒大了幾天。

不過屬於半個凡人的阿關，出生至今十七年，卻不包括在媽媽肚子裡的十個月了。

「我家還有小學的畢業紀念冊，妳別不承認，妳明明就戴著奇怪的眼鏡！」阿關挾起滷味袋子裡一塊直徑超過兩吋的甜不辣：「那個鏡框有這麼大。」

「真的這麼大？」飛蜓咦了一聲，也挾起一塊甜不辣，在若雨臉前比了比。

狂笑。

「就這麼大。」阿關點點頭。

「這樣?」福生也挾起一塊甜不辣，和飛蜓一左一右，擺在若雨眼前，惹得大夥兒一陣

「備位大人，你要掀我醜事是吧!那我也要掀你的底……」若雨氣得要摔筷子。

「我哪有什麼醜事。」阿關老神在在，一副「要掀就掀」的樣子。他想起畢業紀念冊裡，還有好幾張若雨戴著大大紅框眼鏡、躲在角落擺出幼稚動作的照片，要是翻出來，包準眼前這嬌小可愛的瓢蟲仙子要鑽入地洞去了。

「這裡是哪裡?這裡是哪裡?」若雨站了起來，誇張地左顧右看，「咦?好像真的一樣喔，哇，我夢見林珊耶，嘻嘻嘻嘻!」

阿關愕然，眼睛瞪得老大，這是那時阿關讓小混混打倒，躺在醫院裡昏迷時作的夢境，想不到他們竟然曉得。

「嘻嘻，好香喲——」若雨湊到林珊身邊，聞了聞，裝出陶醉的模樣。

「紅雪姊……」林珊有些不好意思地輕輕推開了若雨。

阿關卻笑不出來，他心想，好險自己那時沒有對夢中的林珊做出更下流的舉動，否則真不知該怎麼面對眼前幾位同輩神仙。

接著他想到那奇異的夢，跟自己這兩年來，不停重複那爸爸身亡的噩夢，有沒有關聯?難道也是這些神仙們幹的好事，那樣有何意義?

若雨見阿關半晌不說話，以為他生氣了，便吐了吐舌頭。「備位太歲大人，你生氣了嗎?

剛剛的事，我再也不提了，你就當我沒說過。」

林珊連忙打圓場說：「阿關大人，當時你被小流氓打昏了，太歲爺吩咐醫官半夜去醫院替你治傷，太歲爺也想順便在夢裡和你說明太歲鼎的事，所以才吩咐我們在你的夢境中動些手腳，你可別見怪。」

阿關笑著搖搖頭說：「我沒有生氣啦……我是在想，我有很長一段時間，一直作著一個同樣的夢，夢見我爸爸被流氓活活打死。在昏迷時，也作了這個夢。如果你們要藉著夢境跟我說太歲鼎崩壞的過程，我可以理解，但是……讓我夢見爸爸死去的過程，又是爲了什麼？」

若雨連忙搖頭說：「喔！不是，大人，我們只是在你作夢的中途進入你的夢。你說的那噩夢，我們也注意到了，但不是我們幹的！」

林珊補充說：「或許在施術當時，阿關大人你正作那噩夢，在我的御夢術影響下，變得比以往更爲眞實。至於那噩夢的來由，我們就眞的不知道了。」

「沒關係，反正這些日子，我再也沒作那個夢了……」阿關笑了笑說。

大夥兒又聊了很久，聊著近來發生的事，聊著邪神勢力消長。阿關講到了玩具城一戰，講到了小強，不免又有些哀傷。

阿關注意到翩翩完全沒開口，只是靜靜地聽，頂多跟著眾人點點頭。阿關有點失落，他本以爲至少在成功阻止千童命計畫這件事情上，翩翩會稱讚他兩句的。畢竟這是由他發現、主動出擊下的行動，儘管結局並不圓滿，但總也阻止了上千孩童的無辜犧牲。

翩翩離開之後，阿關總算努力地讓自己能夠獨當一面，不再是那個碰上鬼怪就吐滿地的平凡少年了。

翩翩臉上紗布下露出的眼睛，依然閃耀動人，長長的睫毛總是垂下，靜靜地看著一邊，不知在想些什麼。

趁著一夥人各自閒聊的空檔，阿關對翩翩低聲喊了喊：「妳怎麼都不說話？」翩翩只是聳聳肩，阿關又問：「妳說妳的傷只好了一半，是怎麼回事？」

「洞天裡裔彌姊姊連同樹神婆婆，還有許多大仙，合力替我治傷，總算把我體內的綠毒給鎮壓住，不再那樣難受了。但每天早上，總會隱隱發作，必須按時吃下大仙開的藥，所以只算好了一半。」翩翩總算開口回答。

「那……妳身上的紗布……本來不是只包著左邊嗎？爲什麼……」阿關擔心地問。

「你離開之後，綠毒早已蔓延到了全身……」翩翩漠然說著，彷彿不是發生在自己身上一樣。

阿關還想講些什麼，林珊已湊了過來：「阿關大人，你和翩翩姊講些什麼？」

「沒有，只是問些事情……」阿關笑著搖頭。

翩翩則點頭應和：「嗯，一些無關緊要的瑣事……」

□

深夜，負責留守據點二的翩翩，帶著福生和若雨離開了本來屬於自己的套房。

飛蜓、青蜂兒則出了門，拿出鑰匙，竟打開對面兩扇門。

「你們也住這棟大樓？」阿關大爲訝異。

林珊點點頭說：「這些套房都是天界早已看中的地點，即將成爲正神在北部的第三處據點，作爲討伐千壽邪神的重要陣地。」

「嗯？」阿關見林珊還沒出去，咦了一聲問：「那妳呢？妳也住對面嗎？」

「不……」林珊笑了笑，收拾著桌上碗盤。「我現在的職責是輔佐你，同時保護你，當然和你住一起。」

阿關有些受寵若驚，卻又有些難以適應。本來翩翩不在之後，這套房成了自己一個人的，做什麼事都可以，衣服、襪子可以亂丟，棉被可以弄得髒髒臭臭的；此時突然多了個仙女要和自己同住，且是先前曾暗戀過的女生，不免覺得十分不自在。

「眞抱歉……房間實在太髒亂了……」阿關拿起棉被，拿到廁所裡拍著，上頭的污泥和血跡，卻怎麼也拍不掉。

「沒關係，等明天天亮，我會處理這些瑣碎的事。」林珊收拾好茶几，手指一伸，朝床鋪指了指，一陣清風拂過床鋪，阿關只聞到一陣異香，床鋪似乎沒那麼髒了。

阿關從櫃子裡拿出毯子，鋪在地上，又拿出個枕頭。

「咦？」林珊不解地問：「這毯子……」

「我睡地上，床鋪給妳睡呀。」阿關也愣了愣。

「之前你和翩翩姊都是這麼睡的？」林珊有些訝異。

「是啊，不然一張單人床兩個人怎麼睡？」阿關答。

「單人床還是擠得下兩個人啊……」林珊呵呵一笑。

「擠是擠得下，但是……」阿關抓著頭，有些尷尬。

「翩翩姊沒和你說……」

「說什麼？」

「沒什麼。」林珊笑著搖了搖頭。「我明天再去買張床，兩個人都睡床。」

「不知道房間擺不擺得下……」阿關看看四周。

深夜，阿關在地板毯子上翻來覆去，就是睡不著。他怎麼也想不到，以前兩個不熟悉的同學，和在便利商店打工時暗戀的同事，竟都是天界派來保護他的神仙。

阿關有些哭笑不得，以後會不會還有其他舊識，哪天突然蹦出來，手裡拿著武器，說他們其實也是天界派來保護自己的神仙？這實在有些讓人難以接受。

然而當大夥兒離開之後，阿關也更清楚感受到，此時和他同房的林珊，的的確確就是他先前暗戀過的那個林珊。

熟悉的容貌、熟悉的聲音、熟悉的香味。

本來那個自己心儀已久的女同事，此時竟成了守護自己的仙女，就睡在自己身旁的床上。

簡直像是在作夢，想著想著，好不容易才睡著了。

這一覺睡到了中午，阿關起床時，林珊已經不在，桌上的字條寫下她和飛蜓、青蜂兒今日的任務，他們是去蒐集千壽公的情報了。

看到了桌上擺著的白石寶塔，阿關想起了還要將虎爺派到文新醫院，作爲翩翩的兵力，便拍了拍白石寶塔，說：「癩蝦蟆、老樹精，你們在嗎？」

阿關還沒說完，癩蝦蟆就從白石寶塔裡探出頭來，呱呱地說：「大人，你終於睡醒了。」

「哇，一叫你，你就出來，動作眞快。」阿關哈哈大笑說：「這些日子大家還好吧？」

「秋草仙子吩咐，若大人你沒叫我們，我們都不能打擾你呀，呱呱。」癩蝦蟆說。

「哈，不必那麼拘謹，有什麼事叫我就行了……對了，我進去看看你們。」阿關唸了咒語，縱身一跳，跳進了白石寶塔裡。

「大人！」

「備位太歲大人！」

阿關跳進寶塔一樓庭園，便聽見樓梯一陣吵雜，精怪和虎爺全衝了下來，將阿關團團圍住。

「咦？還有些虎爺在睡覺嗎？怎麼只有這些？」阿關看著眼前的虎爺只剩下十來隻。

「大人，這些日子以來，咱們和太歲爺、秋草仙子四處征戰，許多同伴都犧牲了，這些虎爺們已是倖存下來的了。」老樹精的模樣看來有些憔悴，頭上許多葉子都掉了。

「西王母的勢力十分龐大……」綠眼狐狸說：「秋草仙子領著咱們大戰一個閻王，那閻王的惡鬼陣好厲害，殺死我們許多同伴。」

「吼吼吼吼！」躲在遠處的小猴兒還攀在樹上，拔著樹上結的果子，往地上亂丟。

「小猴兒他怎麼了?」阿關愕然地問。

「自從上次大戰閻王惡鬼陣後,他好幾個好友戰死,之後便時常鬧脾氣了。」老樹精這麼說。

「這樣啊……」阿關愣了愣,又看看那些搖著尾巴的虎爺。

一身通紅的阿火,恭恭敬敬地伏在不遠處,另外黑身紅紋、綠身藍紋、黃身黑紋這三隻虎爺,和阿火同爲最強的四隻虎爺,都還在。

阿火身上有幾道又深又長的暗紅色疤痕,似乎是新傷。

「咦?你也還在啊!」阿關抱起了那隻蹭著他腳的小虎爺,本來幼貓大小的白色小虎爺,似乎長大了兩、三吋,背上的灰紋顏色也深了些。

「大人,你別看他小,他可凶悍了!咬死好多鬼怪!」癩蝦蟆呵呵笑著。

阿關看看四周,精怪仍有五、六十隻,但有不少新面孔。

老樹精嘆了口氣:「秋草仙子帶著咱們,一面征戰,一邊召募新血,現在你看到的精怪裡,有一半都是新加入的。」

阿關暗暗吃驚,這代表當初在河畔招募而來的精怪們,可戰死不少。

「大人,聽說你去過洞天了,能不能說給咱們聽聽,洞天長什麼樣子?」癩蝦蟆有些期待。

阿關看著四周睜大了眼、興奮不已的精怪,心裡不免有些歉疚。他們雖然都是修煉已久的精怪,各有各的異能,但畢竟不是專職的天界戰士,許多精怪還沒進入洞天,就已經戰死了。

就算眞的打勝了所有邪神，結束了這浩劫，又有幾隻精怪能殘存下來，平安進入洞天？

阿關嘆了口氣說：「我和翩翩商量一下，不一定非等大戰結束，若剛好有空檔，就帶大家進洞天玩玩，當作是勞軍，提振士氣……」

「嘩！還是阿關大人對我們好——」還沒說完，精怪們一陣歡呼，將阿關捧了起來，往上丟去，再接住，像是慶賀棒球比賽得了冠軍一般。

「好了、好了！」阿關哭笑不得地說：「我們趕快先去據點二，讓虎爺和六婆聚聚！」

往文新醫院的路上，阿關刻意用走的，不騎石火輪，好對大夥兒多講一點洞天裡的事。街上路人看著阿關拿著一只石雕塔自言自語，都不禁離他遠些。

在阿關吩咐下，癩蝦蟆也不敢隨意探出頭，怕嚇壞了路人。

阿關到了文新醫院，看到阿泰在院子裡抽菸，笑著跑去，搶下阿泰嘴上的菸，扔在地上踩熄。

「喂……」阿泰皺起眉頭。

「你看我帶了誰來？」阿關拉著阿泰往醫院跑，上了特別事務部，關上門，又叫來六婆和老爺爺們，這才朝白石寶塔拍了拍，說：「大家都出來吧。」

一陣喧譁，所有的精怪和虎爺全都蹦了出來。

「阿火！」

「我的小老虎啊！」阿泰和六婆高興地叫了起來。

老爺爺們也高興地逗著這些虎爺。老人院一戰，要不是幾十隻虎爺奮勇大戰邪神，他們可全都被邪神殺死了。

六婆看到許久不見的寶貝老虎們，又聽阿關說有許多虎爺都戰死了，心裡又是高興又是哀戚，竟流下了淚來，摸著阿火背上的傷痕，嗚咽著說：「阿火啊，不痛、不痛……阿嬤幫你敷藥……幫你敷藥……」

聽阿泰說，翩翩昨夜回來醫院，醫官和天將們都去迎接，但到了早上，翩翩和另外兩位神仙又出去了，也不知去哪裡。

阿關將當前情勢以及太歲的吩咐，大略向眾人講了一遍，同時要六婆安心在文新醫院，提供後援的工作。

「哼！」六婆拿出木頭小廟，喊了幾聲，招呼虎爺們鑽進小廟，跟著不悅地說：「阿關呀，你瞧不起我老太婆是不是？我身體好得很！後援的工作讓那些沒路用的老男人去做，老太婆我是打定第一線了！」

「呿——」

「就愛逞強。」老爺爺們只是噓了幾聲，也不反駁。

「阿嬤啊，阿關他們不但是神仙，而且還是年輕的神仙，妳年紀大了，打打殺殺的工作，讓我們年輕人去做就行了啊！」阿泰勸阻。

六婆自然不肯，阿關也不多爭，反正六婆只聽神明的話，到時由翩翩分配工作，六婆自然無法反對。

到了下午，翩翩也回來了，看到一屋子虎爺、精怪，也笑了起來。「好久沒見你們了，咦，下壇將軍怎麼少了許多？」

阿關摸摸頭，將虎爺們戰死不少的事告訴翩翩。

若雨哼了一聲說：「這麼說來，咱們據點二分配到的兵力，只有這麼一點，難怪秋草一口答應，寶塔一直是她在用，她知道下壇將軍已經所剩無幾。」

翩翩淡淡一笑，「昨晚大家不是已經討論過了，據點二的任務只是牽制住啓垣邪神，主力本應該放在備位太歲大人駐守的據點三那兒。」

若雨還是有些怨言：「太歲爺頂多吩咐秋草伺機而動，集中力量主攻千壽邪神是秋草的計畫，不是大家的計畫。」

「這時候還計較這個。」翩翩搖頭笑笑。

若雨還有意見，後頭已經傳來了一陣叫罵聲。

大夥兒朝那吵架聲看去，原來是小猴兒緊抓著兔兒精的手，想搶下他手上的蘿蔔。

「給我、給我！」小猴兒尖聲叫著，齜牙咧嘴。

兔兒精氣得大罵：「這是我的蘿蔔，爲什麼要給你？」

「給我、給我！」小猴兒張大了嘴巴，狠狠朝兔兒精胳臂咬了一口，硬是搶下了蘿蔔，卻又不吃，隨手朝一隻鼴鼠精扔去。

「丟我做什麼！」鼴鼠精讓蘿蔔砸了，氣得跳了起來，推擠著身邊精怪，要去打那小猴兒。

就這樣胡亂推擠一陣，竟引起了大大騷動，有三分之一的精怪互相打了起來，他們推擠著、叫罵著，其他的精怪有些幫忙勸架，有些傻在一旁嘆氣。

「大膽！」

「你們在做什麼？」福生和若雨跳入戰圈，將幾隻打得兇的精怪，都拉了開來。有些被拉開的精怪，愣了愣，不明白自己怎麼會打了起來，有些被拉開了，卻又撲上前去打得更兇。

「大家為何……」阿關愣在原地，他感到空氣中充滿了令人難受的氣氛。

「你插什麼手！你插什麼手！」小猴兒跳了起來，竟齜牙咧嘴地撲向阿關。

阿關直到這瞬間才明白，這房中空氣裡瀰漫著的討厭氣息——是惡念。

細小的惡念難以察覺，但隨著爭執越是顯露而出。小猴兒雙眼血紅，身子泛出紅褐色的氣息。

一個人影竄來，伸手掐住了小猴兒的頸子，將他壓倒在地上，是翩翩。

阿關回過神來，只看到翩翩蹲在地上，握著靛月刀架在小猴兒脖子上。小猴兒似乎清醒過來，一會兒害怕，一會兒卻又齜牙咧嘴，像是精神分裂一樣。

精怪們讓這一幕嚇壞了，都不敢再叫罵，只是靜靜地看著小猴兒，又互相看看彼此，空氣中瀰漫著一股不安。

福生和若雨也一臉驚恐，他們是神仙，不怕邪魔妖道，卻就怕這惡念。

幾隻精怪哭了起來，揮著手說：「嗚嗚，我不要去洞天了……」

「上次陣前花精突然邪化，你們神仙一刀就殺了他！」

「說好大家齊心對抗邪神，但神仙只把我們當僕役來使喚！」

翩翩鬆開手，小猴兒抱著膝蓋，縮在一角，眼睛忽紅忽黑，賊乎乎地看著四周。

「小猴兒邪化了……」

「小猴兒邪化了……」

「就要輪到我們了……」

「下一個不知是誰……」精怪們又騷動了起來。

阿關慢慢地朝小猴兒走去，伸出手，作勢要摸摸他。

「阿關，小心他咬你！」阿泰叫嚷著。福生和若雨也趕緊跟上去，想拉住阿關。

「對不起……」阿關摸了摸小猴兒的腦袋，小猴兒像是受到了驚嚇，咧開嘴巴，惡狠狠地瞪著阿關，像是隨時要咬他一樣。

「都是我們拖你們下水……」阿關喃喃說著，輕輕摸著小猴兒的頭，他感到一股股的惡念在小猴兒腦門上打轉，那惡念像團濃漿，黏膩噁心。

阿關閉上了眼，只感到掌心上的惡念觸感更加清晰，還帶著一陣一陣的麻癢感覺。他回想起在老降頭師家那晚，情急之下逼出了小玉身上的邪氣，現在的感覺便和那時相同。

他感到手上那股黏勁更加明顯，他慢慢抓起惡念，往後拖拉。那晚小玉身上的，只是方留文施下的降術邪氣，相較之下，這小猴兒身上可是貨眞價實的惡念。

阿關覺得掌上有種熱辣疼痛感，像是針刺一般，渾身力量都湧向手掌，助他捕捉那惡念。

他感到掌心上那飽滿紮實的觸感，他已經牢牢抓住了惡念，便猛一抽手，將那股惡念自小猴兒的腦門拉了出來。

阿關睜開眼睛，見自己手上握著一團紅紅黑黑的煙，捏起來像軟黏的鼻涕。阿關另一手召出了鬼哭劍，將這把惡念湊在劍上，只聽鬼哭劍發出了陣陣哀鳴，將那惡念吃得一點也不剩。

小猴兒瞪大了眼睛，眼珠黑澄澄、水亮亮的。他跳了起來，驚訝地舒展手臂，似乎不敢相信自己剛才的舉動，接著他一躍而起，跳上了阿關後背，摟著阿關的脖子，哭了起來：「阿關大人，我不是故意的，嗚嗚，這些天我很害怕、很害怕……」

「備位太歲大人將小猴兒身上的惡念抓出來了！」

「阿關能對付惡念呀！」

精怪們騷動起來。

「嘿。」阿關笑了笑，捲起袖子，準備替其他精怪抓出身上那細微的惡念。但他突然覺得一陣暈眩，雙腿一軟，竟搖搖要倒。福生就在他身旁，連忙伸手托住他的身子。

阿關只覺得一下子虛弱許多，雙腿發軟，無法站直，比起那晚逼出小玉身上那尋常邪氣，這時從小猴兒腦袋抓出惡念，竟讓他耗盡了全身力氣。

「我……好像有點頭暈。」他苦笑了笑，覺得頭更暈了，眼前慢慢變黑。

他閉上眼睛前，隱約看到翩翩對他點了點頭，似乎在稱讚他已經學會制抑惡念的能力了。

# 19 討伐千壽公

阿關醒來時，已經是黃昏。

這間位於文新醫院四樓特別事務部隔壁的病房，僅供特別事務部成員專用，外觀看來只是間雜物室而已。老人院之戰、玩具城之戰後，阿泰、六婆受的傷便都是在這兒養好的。

病房裡擺著幾張空床，窗戶透進橘紅色夕陽光芒，窗簾隨著風吹輕擺，阿關夢到自己正和一堆精怪在洞天的草地上奔跑。

阿關睜開眼睛，坐了起來，呆呆望著窗外日落美景，好一會兒才意識到自己已經醒了。

「大人，你會冷嗎？要不要我幫你把窗關上？」林珊早在一旁，遞了杯熱茶上來。

「咦？」阿關接過熱茶，喝了兩口。「我怎麼了？爲什麼睡在這裡？」

「阿關大人，你使用太歲力，將那猴兒精體內的惡念抓出來，因此耗盡了體力，昏死過去。」林珊這麼說。

「原來如此，那……精怪們呢？」阿關問。

「我和飛蜓、青蜂兒不久前才回來，象子說，那些精怪有些小騷動，不過後來都乖乖回到寶塔裡，也沒再鬧事了。」林珊回答，接著又問：「不過我不明白，那些精怪們是爲了什麼騷動？」

「我也不清楚，我看到小猴兒和兔兒精在搶一根蘿蔔……」阿關默默喝了幾口茶，吁了口氣說：「我想，或許是在征戰的過程中，他們也讓惡念漸漸侵襲，性格上變得有些急躁，只因爲一些小口角就吵了起來……」

「應該是如此沒錯，或許之前在南部征戰時，總有些大神壓陣，才讓那些精怪們不敢造次，現在來到北部，可就沒人管他們了。阿關大人你別擔心，我會好好看住他們，不會讓他們亂來的。」林珊微微笑著。

阿關聽林珊這麼說，頓了頓，說：「我感到許多精怪身上都帶著惡念，有些少一點、有些多一點，這幾天，我一個個幫他們驅趕惡念……我把他們當作是同盟、是朋友，而不是手下。」

林珊點點頭，說：「這樣也好，一方面避免精怪們邪化，一方面也可以練習太歲力，也算一舉兩得……但是，我怕大人若是一個不留神，讓突然發作的精怪傷了，那可不好。」

「我會留神的，況且其他精怪也會幫忙看著。」阿關笑了笑，問：「其他人呢？怎麼只有妳一個？」

「翩翩姊和紅雪、象子都出去偵查敵情了。我怕其他人吵著了大人，所以也不讓他們進來。」林珊答。

阿關有些哭笑不得地說：「呃……不必這樣，不用把我當成大王來侍候，若是阿泰或六婆有事，就讓他們進來找我啊……」

「是。」林珊點點頭，起身在一旁的小櫃子上，拿了顆梨子開始削著。

夕陽映進病房內，林珊的臉蛋被映得紅通通，兩人目光偶爾交接，阿關撇開頭，一會兒，又忍不住朝林珊望了望。從這個角度看去，那正是以前阿關在便利商店裡偷看林珊的角度，阿關覺得彷彿回到了過去。

那個心儀已久的女孩，就在眼前。

心像是小潭被投進了石子，一顆接著一顆，濺起了漣漪、濺起了回憶。

兩人聊了許久，大都聊著先前一同在便利商店打工時的往事。當時阿關總是靜靜看著林珊，偶爾說上一、兩句話，心臟就會激烈跳上好久。

原來那時林珊時常拿著手機到角落講電話，是和北部幾個據點的守將聯繫，阿關只以爲她在和男朋友講電話呢。

「但是，我記得妳那時說過妳有男朋友……」阿關不解地問。

「那當然是騙你和店裡其他人，不然你們可能會懷疑我到底在和誰講話呢。」林珊微笑地答。

日落夜臨，林珊領著阿關回到那成爲據點三的套房中。

開了門，阿關有些驚訝，本來的舊床竟變成了新床，是一張上下鋪的雙層床。

「你以後不用睡地板了。」林珊笑了笑，推著阿關走向床。

「……原本的被子呢？」阿關摸了摸棉被枕頭，都是新的，而且很香。

「那些都舊了，又臭又髒，所以我都丟了，換了新的棉被，這樣對你的健康也比較好，不是嗎？我是你的保姆喲。」

阿關呵呵一笑，心想本來那舊被子真的很髒，昨晚要林珊這樣的貌美仙女用那髒棉被枕頭，已經很過意不去了。但他又轉念一想，那些棉被枕頭本是翩翩的，翩翩還沒離開之前，很愛惜那被子，碰也不讓他碰一下，這時全讓林珊扔了，心裡不免覺得有些愧疚。

接下來的日子，白天林珊便帶著飛蜓、青蜂兒出外探查千壽公的情報，阿關則大都在白石寶塔裡，替精怪們驅除體內惡念，阿關漸漸懂得如何更省力地抓出惡念。

替五、六十隻精怪驅除體內惡念，整整花了三個禮拜。

之中每隔一、兩天，大夥兒也會固定在文新醫院裡的特別事務部開會，討論彼此蒐集回來的情報。

這天，阿關替最後兩隻精怪驅去惡念，精怪們莫不歡欣鼓舞，都拍著手，露出眞誠的笑容。他們本來在利誘之下，爲了去洞天，才答應加入正神的陣營。一方面要和邪神作戰，一方面又受到惡念侵襲，害怕和無助可想而知，此時待在阿關身邊，可以免除受到惡念侵襲的威脅，大夥兒這才開始眞心對這年少的備位太歲死心塌地。

這晚大夥兒約好了時間，帶著吃的、喝的，往據點三的套房聚集，準備一邊討論情勢，一邊慶祝阿關練習操作太歲之力大有進展。

不到五點，阿泰第一個敲門，他扛了一打啤酒、好幾袋零食。

阿關嘻嘻哈哈地迎接，此時林珊還沒回來，套房裡只剩他一人。

「哈哈，現在時間還早，買不到滷味！」阿泰大搖大擺地進來阿關套房，這是他第一次來這裡。

阿泰四處翻看，怪叫怪嚷：「哇操！你跟仙女在這裡同居啊，孤男寡女，實在太爽了你！」

「你亂說話，小心仙子生氣！」桌上傳來奇怪的聲音。

阿泰咦了一聲，推了阿關一把，「哈哈，你裝那什麼鬼聲音，你是日夜操勞，聲音都沒力了嗎？」

「你敢推阿關大人，小心我打你。」又是同樣的位置傳來同樣的聲音。

阿泰嚇了一大跳，他這才發現阿關的嘴並沒動，聲音是從其他方向傳來的。

阿關呵呵笑著說：「你們別無聊了，要說話就出來說……」

「幹！」阿泰走到桌子旁，四處看了看：「是哪個怪胎躲起來說話？」

「原來就是你們！」阿泰將目光放在寶塔上。寶塔突然迸出一顆頭，是癩蝦蟆的頭，把阿泰嚇得退了好幾步。

「呱呱！」癩蝦蟆呱呱說：「阿關大人可是我們的恩人，猴孫泰你敢對他無禮，我就打你！」

「我可是他兄弟，你敢打我？」阿泰哈哈大笑。

「好吧，我不打你，我吐你口水，噗！」癩蝦蟆噗的一聲，一口黏黃口水吐在阿泰臉上，咻一聲縮回寶塔，再也沒動靜了。

「哇幹！你給我出來！」阿泰火冒三丈，拿起寶塔使勁搖著，阿關卻在一旁哈哈大笑。

兩人聊了許久，到了六點，飛蜓抱著新買來的碗筷盤子，青蜂兒拎著好幾大袋魚肉蔬菜，一前一後走了進來。

「咦，怎麼還有個凡人也來？我們要討論正事。」飛蜓對阿關向來沒好氣，對阿泰自然更是不屑。

本來對神明很是敬畏的阿泰，這些日子熟悉了他們，加上飛蜓這夥神明模樣看來都和尋常年輕人一般，阿泰也就沒那麼敬畏了。他露出混混眼神，上下打量著飛蜓。「小子你那什麼態度，老子我是你們大人的拜把兄弟，你怎麼不叫我阿泰大人。」

飛蜓睨眼瞧了瞧阿泰，指著白石寶塔說：「猴孫泰就猴孫泰，你走錯地方了，你應該跟那些精怪住一起才對。」

「哇咧……」阿泰正要發作，但青蜂兒連忙打圓場說：「他是阿關大人的朋友，也是我們的戰友之一啊！」

「阿關大人，你還沒嚐過我的手藝，今天可要餵飽你！」青蜂兒笑著將食材果菜拿至廚房。阿關平時和青蜂兒挺要好，卻不知這皮膚黝黑的可愛少年小蜂仙還會做菜。

這套房不大，所謂廚房不過是個小小的流理台。只見青蜂兒動作極快，一柄菜刀拋拋舞舞地像在耍雜技，三兩下就將袋子裡的魚肉蔬菜清理好了，在一旁打算幫忙的阿關都傻了眼。

飛蜓在小桌前坐了下來，和阿泰大眼瞪小眼。

阿泰雖然不爽，但自知打不過這長髮青年模樣的神仙，只好自顧自地喝著啤酒。

門鈴又響了起來，翩翩和福生、若雨也來了，同樣帶了大批的菜餚，大都是煮好的小菜。

福生在阿泰身旁坐了下來，看著阿泰大口大口喝著啤酒，舔了舔舌頭，阿泰受不了這熱切的視線，拿了一罐給福生。

福生接過啤酒，十秒內一口氣將整罐喝光，再長長呼了口氣。

阿泰看傻了眼，還沒反應過來，福生又開了一罐，又是一口喝完。

「幹！你一口一罐喔！」阿泰怪笑起來，嚷著要大家來看。

阿關看翩翩將小菜一樣一樣從袋子裡拿出來，便湊上去幫忙。翩翩穿著白色毛衣，讓臉上的紗布看來不那麼明顯。

阿關注意到翩翩右手的紗布只裹到手腕，隱約露出些許墨綠色的斑紋。

翩翩將手縮了縮，又拿出一包小菜。

「是蚵仔煎……」阿關笑著，蚵仔煎是他最喜歡吃的東西之一，先前帶著翩翩在夜市小吃攤吃過一、兩次，此時他立刻揭開袋子，大口吃了起來。

他見到翩翩望著那新買的雙層床，便解釋地說：「啊……林珊買了新的床鋪，這樣我就不用睡地板了……」

「我說的沒錯吧，還是秋草妹妹體貼細心。」翩翩淡淡笑著說：「被子也換新的了，那原本被你睡臭的髒被子，放去哪兒了？」

「呃呃……因爲被我弄得太髒了……所以……」阿關抓著頭，十分尷尬。

「丟了嗎？丟了就丟了……舊的不去，新的不來……」翩翩笑笑，挾著小菜吃著。

阿關連忙說：「這樣好了，過兩天我陪妳去買床新的棉被，送給妳。」

翩翩笑著搖頭。「不了，現在我睡的，是用洞天帶回來的『白棉』，自己做的，睡起來可舒服了，凡間棉被哪比得上。」

「那就好……」阿關心裡的罪惡感，卻仍揮之不去。

「喂！你們明知道我今天做菜，還故意帶這麼多熟食來，不給我面子嗎？」青蜂兒嘻嘻笑著，端來一盤生菜肉絲拼盤。

「我和翩翩姊本來也想動手燒菜，但知道手藝比不過你，乾脆買現成的，免得自取其辱啊。」若雨一邊說，一邊搶過了那盤菜，深深吸著蒸騰香氣，說：「哇！好香！天界第一廚果然名符其實！」

大夥兒一陣騷動，紛紛去搶那開胃菜吃。阿關吃了幾口，果然好吃至極，生菜清脆香甜，拌著淋上特製酸醋醬料的瘦肉片，只覺得突然間餓得不得了，一頭羊端上來也吃得下。

門傳來了開鎖聲，林珊回來了，她也帶了些菜餚。

大夥兒狂吃起來，吃不完的菜便分給白石寶塔裡的精怪們。精怪們在寶塔裡也開著宴會，慶祝夥伴們全員清空惡念，裡頭的食物自然是早準備好了的。

「阿關，你看看我帶了什麼吃的給你……」林珊笑吟吟地從大袋子裡拿出一包食物。

「呃……蚵仔煎！」阿關尷尬地笑了笑，林珊拿出來的又是一袋蚵仔煎。他已經吃了翩翩帶來的蚵仔煎，想不到林珊也買了同一家的蚵仔煎。

原來阿關這些時日也帶過林珊去那家以蚵仔煎聞名的小吃店，於是林珊也知道阿關愛吃蚵仔煎。

他看了翩翩一眼，翩翩淡淡微笑說：「秋草妹妹專程買給你的，你還不吃。」

「阿關你不是愛吃嗎？」林珊不解地問。

喝得差不多的阿泰，打著酒嗝，伸手去搶那蚵仔煎，「傻瓜……我們大王……剛剛……已經吃過蚵仔煎了，這個……給我吃……」

林珊手巧，盤子一轉躲開了阿泰的手，阿泰搶了幾次搶不到，大聲嚷嚷起來。

「阿泰想吃，就讓他吃吧……」阿關尷尬笑著。

「這凡人，酒喝太多，已經醉了，吃太飽對他身子並不好。」林珊朝阿泰吹了口氣，阿泰只覺得一陣香風吹來，身子鬆軟軟的，呵呵笑了笑，倒在地上打起呼來，身子縮成一團，還一邊喃喃唸著：「好香……呵呵……好香……」

大夥兒看阿泰這模樣，都笑了起來。

阿關還是吃了那盤蚵仔煎。

一直吃到深夜，直到阿關再也吃不下，嚷嚷著食物已經滿到了喉嚨，這才結束了這小宴會。四周杯盤狼籍，根本還沒討論到正事。

在若雨建議下，幾個神仙連同阿關，乾脆跑進了白石寶塔，去裡頭談正經事。留下阿泰一人倒在關上燈的客廳，抱著啤酒罐說夢話。

「大人！你來了！」

「大人！」

精怪們見幾個神仙和阿關都來了，紛紛上前迎接，拉著阿關去吃東西。阿關拍著肚子，說怎麼也吃不下了。

鬧了好一會兒才靜了下來，老樹精帶著大夥兒上了寶塔第八層的會議室，裡頭十分寬闊，有一張張長長的小桌和坐墊，前頭還有張大桌。

大夥兒各自找了個位置坐下，幾個神仙分別描述這幾日蒐集來的資料。阿關凝神聽著。

北部三大邪神，東側就是千壽公的勢力範圍，西側則是啓垣星君的勢力範圍，中間部分，則是本來順德大帝的地盤。

順德大帝受縛之後，另外兩名邪神自然知道接下來正神的目標可能輪到自己，早已各自暗暗準備著。

千壽公城府甚深，深知單靠自己，下場很可能像順德大帝般，他頻頻向勢力範圍以外的大小邪神招手，暗中聯合其他邪神，準備共同對抗正神。

其中包括三大邪神的辰星啓垣。

本是五星之一的辰星，性格孤傲，向來喜好單打獨鬥，根本不將這本來位階小他幾十級的千壽公放在眼裡，不屑和他合作。

這些都是在玩具城事件前，就已經發生的事。

牛角鬼也正是趁著千壽公暗中四處施行合縱策略當下，投入千壽公的陣營，獲得千壽公的賞識，還領了一支兵馬，想不到沒多久就讓阿關和家將團給滅了。

這讓千壽公更加謹慎，紅豆、綠豆兩個土地神四處布下眼線，卻都找不出千壽公的藏身地點，只知道這邪神在北部至少有三十處以上的大型據點；且兵力散布四處，時常調動，以避免正神隨時可能發動的突擊。

林珊、飛蜓、青蜂兒在這三個禮拜的四處查探下，鎖定了大約七至八個千壽公可能的藏身處，但都沒有把握。

阿關聽到這裡，忍不住插了口：「假如……我們集中據點二和據點三的兵力，一路打上去，還怕打不到他嗎？」

「的確，我們幾位神仙都是太歲爺帳下菁英，據點二和據點三加起來的兵力十分可觀，集中兵力一個點、一個點地攻打，是最保險的打法。」林珊點點頭跟著說。她話鋒一轉：「但是，千壽邪神性情不像順德邪神那樣強硬、那麼死命捍衛自己的領土範圍。要是你一去打，他的兵馬就當下四散，跑給你追。每一處可疑據點可能要探查一至兩天，攻打一至兩天，休息一至兩天。三十幾個大型據點，加上上百個可能據點。一個一個打，一個一個找，太費時耗日了……」

幾個神仙都點點頭，表示贊成。

若雨也說：「這倒是，要是打到第二十五處據點，那千壽邪神又悄悄躲回第二、三處據點，那當眞是花上一年也找不到。」

「豈不是跟老鼠一樣……那辰星呢？要是我們集中力量，攻打辰星，可以嗎？」阿關問。

「太歲大人已叮嚀我們別輕舉妄動。」林珊搖搖頭。

「是啊，強攻辰星，根本佔不到便宜。」若雨附和。

林珊補充：「辰星本是五星之一，和太歲爺平起平坐，本身實力加上精銳部將，若是要硬打，就算打勝了，肯定損失慘重，坐在這裡的神仙精怪，大概要犧牲三分之二。」

「也對……」阿關想想也是，在攻打順德大帝時，實際上兵力相差懸殊，是後來靠著太歲和太白星君帶著幾十名天兵天將助陣，才將順德大帝一網打盡的。若是敵方主將和太歲、太白星力量相近，那可絕難對付。

林珊接著說：「既然千壽邪神搞合縱，我們就來連橫。我前些日子已經放出消息，哪些大小邪神膽敢和千壽邪神同一陣線，就會成爲正神首要剿滅目標，現在紅豆、綠豆已經查出有幾處小山神和千壽邪神聯盟。明天我們就正式出兵，專打那些小山神，來個殺雞儆猴。」

青蜂兒拍著手說：「這方法挺好，我們就是怕那千壽邪神躲躲藏藏，便偏不打他，打他同盟。他派兵救援，我們剛好打他救兵；要是他不救，誰還肯跟他同盟！」

「也對，先設法將千壽公孤立。」阿關點點頭。

「再來，我們始終找不出千壽邪神的原因，除了他狡兔數窟之外，我們的人手不足也是一大因素。這日開始，我想派出精怪當作探子，四處搜索，兩個或三個一組，這樣可以大大增加找著他的機會。要是探著了千壽邪神重要據點，立時放出預藏好的符令，我們便可以在第一時間趕到，去捉拿千壽邪神。」

精怪們聽了是一陣騷動，你看看我，我看看你。

阿關連連搖頭說：「那豈不是讓他們去送死？他們會被邪神發現，剝了他們的皮。」

林珊笑了笑說：「精怪們豈是這麼容易被抓，他們個個身負異術，要躲起來也不難。」

幾隻精怪欲言又止，阿關看看那些精怪，遲疑地問：「你們每個都能在放出符令的情況下，躲過千壽公手下的追捕？或是在查探時，被邪神發現了，也能安然逃出？」

癲蝦蟆呱呱兩聲，卻不敢說話，口裡冒著泡沫。

「備位太歲大人，各位大人，老樹精我能偽裝枯木，邪神們發現不了我，一些鳥精們飛得又快又高，邪神也抓不到……但也有許多精怪飛不快也無法易容，這……要是讓邪神發現了，自然是死路一條……」老樹精猶豫半晌後終於開口。

「那好，將善於躲藏逃跑的精怪們分成三、五支搜索小組，由土地神們居中指揮策應，專責搜索千壽邪神的藏身之處；其餘的精怪則跟著我和阿關，四處攻打可疑據點。飛蜓和青蜂兒則在遠處支援搜索組，隨時救援陷入困境的精怪。」

飛蜓哼了一聲，聳聳肩。青蜂兒則點點頭：「沒問題。」

林珊轉頭看看翩翩，問：「翩翩姊，妳認為這樣安排如何？」

翩翩側著頭想了想，說：「我覺得可行。」

「那麼，翩翩姊，你們這些天的行動進展如何？有無具體牽制辰星的方法？」林珊問。

「我們兵力不足，目的也只是牽制住啓垣邪神。」若雨攤手答。

「我們在辰星的勢力範圍內布下了眼線，都是些遊魂鬼怪。但卻難以掌握辰星行蹤，只能大致知道他的活動範圍，似乎一直沒有動靜；偶爾聽說辰星手下會趁夜出沒，與某些小山神爭鬥，卻一直沒有什麼大動作。」

「要是辰星突然攻打據點二，或是支援千壽邪神，你們有何對策？」林珊問。

「兵力不足能有什麼對策？要是他打據點二，我們只能連同據點二守將死守；要是他出兵支援千壽邪神，我們也支援你們，不是如此嗎？」若雨哼哼地答。

「要是辰星有了大動作，我們也只能用游擊戰術，拖延他的行動，一面知會太歲爺。但要正面抵擋，甚至求勝，卻是很難做到的事。」翩翩苦笑。

大夥兒都不反對翩翩的說法，討論告一段落，大致上的戰略已經抵定。

出了白石寶塔，阿泰還在打著呼。林珊招來十幾隻精怪，一同幫忙收拾盛宴過後的狼籍套房，大夥兒一起動手，一下子便將套房整理回復原狀，還清出好幾袋垃圾。

福生將阿泰拎了起來，扛在肩上出門，翩翩跟在後頭也踏出房門，回頭朝裡頭看了看。林珊和阿關並肩站著，對著他們揮手再見。

翩翩笑了笑，也點頭道別。

□

翌日，照昨夜計畫，阿關領著精怪在一處偏僻郊區裡分組，搜索組以老樹精爲首，都是些善於僞裝、脫逃、動作靈巧的精怪，共有十八隻。

十八隻精怪分成了六小組，聽紅豆、綠豆兩老指揮，分頭出發，四處搜查千壽公據點。

青蜂兒和飛蜓化成了青色的蜂和紅色的蜻蜓，飛上了天，居高臨下待命支援搜索組。

等搜索組出發後，阿關帶著白石寶塔跨上石火輪，塔裡除了精怪之外，還有城隍及家將團。林珊也一躍上車，側坐在後座。

阿關想起了翩翩，翩翩也是這麼坐的。

騎了一會兒，來到郊區深處，有條小路通往山上，沿途偶爾經過些許公寓，都挺舊了。和先前盤據市區的順德大帝比起來，千壽公的勢力範圍較多屬郊區鄉野，據點遍布在山林河岸邊。

這一帶人煙罕至，一個領有十來隻精怪的小山神，邪化之後便盤踞於此，在千壽公的遊說下，與他結盟。

阿關和林珊今日前來，正是要攻打這小山神。在計畫中，阿關等人會攻打所有和千壽公同盟的邪神，使其他小邪神心生畏懼，退出千壽公同盟。

山上微風輕拂，邪山神手下幾隻精怪發現了阿關，吱吱喳喳地通報上去。只見一個牛頭大怪慌慌張張地拿了柄大鎚，奔出洞穴前來應戰，這牛頭大怪便是這一帶的小山神。

阿關見那牛頭模樣的山神被惡念侵襲甚深，一張臉黑漆漆的，鼻孔還冒出黑氣。

林珊舉起白石寶塔，城隍和家將團一躍而出，寶塔裡頭那批負責作戰的精怪也一一跳了出來，將牛頭山神團團圍住。

牛頭山神手下幾隻精怪嚇得不知該如何是好，山神大叫大嚷，似乎在叫救兵。

林珊一聲令下，城隍帶著家將團殺了上去，一下就將那牛頭山神殺了，把他手下那批精怪全抓了起來，捆綁至寶塔裡。

這天，阿關和林珊一路攻打了千壽公好幾處同盟，都是些小山神、小精怪。俘擄百來隻精怪，全都關在白石寶塔的房舍裡，由正神陣營的精怪義勇軍們負責看守。

阿關制御惡念的本事進步神速，一晚上便將三十幾隻精怪體內惡念都驅除乾淨了。

在月夜下，林珊和阿關將這三十多隻精怪放回山林，耳語便這麼傳揚開來。

接下來幾天，都是同樣的行程，攻打小同盟、俘擄精怪、放出驅盡惡念的精怪。

那些被釋回山林的精怪們，四處放出消息，說若是加入正神陣營的，正神便既往不咎，備位太歲不但會替他們驅盡惡念，等戰役結束，還能入洞天。

有些精怪被釋放之後便躲了起來，再也不出來。有些精怪四處傳送耳語，且還帶著新夥伴跑回據點三，說他們的家園早讓邪神佔了，無處可歸，乾脆來投誠加入義勇軍，試試看能不能進洞天。

幾天下來，白石寶塔裡的精怪越聚越多，竟增加了五、六十隻，加上原先的義勇軍，共有一百幾十隻。這還不包括那些仍被關著，等待阿關依序替其清除體內惡念的兩百多隻精怪。

同時，先前派出的搜索組也一一傳來回報，許多小邪神在正神連日掃蕩下，紛紛退出千壽公的同盟，還供出好幾處千壽公的祕密據點。

這些供出千壽公的小邪神的勢力範圍會被標上記號，正神陣營會對這些標有記號的區域睜一隻眼、閉一隻眼，暫時不攻。這也是小邪神們出賣千壽公的另一誘因。

林珊過濾許多密報而來的據點，有些是搜索組的精怪們已探查過的，有些是大家尚未發現的。

接著，更多情報回傳，說是千壽公的合縱計畫受阻後，更千方百計要找辰星結盟，但辰星卻老神在在，不為所動。

然則據點二的翩翩、若雨、福生等則顯得百般無聊，辰星一點動靜也沒有，只在他的勢力範圍內四處遊蕩，偶爾撞上些其他勢力的精怪邪神，還大動干戈，這些日子下來，反倒清理了不少小邪神。

「這辰星也真怪，似乎並不怎麼想擴張勢力。」林珊狐疑地說。

阿關笑著回答：「是啊，順德小屁不擇手段想當大帝；千壽公賊頭賊腦想當大帝；辰星卻像個流氓大哥。不長眼的小邪神碰上他可倒楣了，反而替我們省下不少工夫。」

兩人邊走邊聊，阿關提了袋水果。這晚是週末，阿關打算探視完媽媽，再進行今晚的行動。

走進熟悉的巷弄內，這是阿關從小到大住的地方。一隻鳥精就停在電線桿上，一雙碧眼看著四周，看來和尋常飛鳥並無不同，見了阿關，嗚啼兩聲。阿關呵呵一笑，向那鳥精點了點頭。

幾輛汽車後頭有隻黑貓精，混在另兩隻野貓中，見了阿關，黃澄澄的眼睛眨了眨，阿關也向他一笑。

走到舊家樓下大門口，大門上的鐵鏽斑爛，在一旁壁簷上，有個小鳥巢，裡頭還有兩隻小巧的鳥精，小鳥精吱吱叫了幾聲。

這些精怪是阿關特別挑選出來，暗中守護母親的護衛。由於近日義勇軍兵源增加不少，這兒的護衛精怪也增加了許多，一共有十二隻。

除了屋外三隻鳥精、一隻黑貓精外，還有家裡陽台的四盆盆栽，裡頭種的是花精，樓頂也有兩隻貓精。在月娥家隔壁的新房客，則是兩隻狐精。

如此安排，加上老土豆每日巡守，阿關總算是放心了。

按了門鈴，月娥欣喜前來開門，經過順德大帝符藥的毒害，雖然在天界醫官的治療下已經恢復了健康，但仍然留下些許後遺症。

月娥看來仍然虛弱，有時手腳也會不自主地顫抖。

「咦？這位是？」媽媽看著阿關身後那女孩，愣了愣。

阿關回頭也嚇了一跳，他本來要林珊待在樓下等他的，林珊還是跟了上來，且步伐輕盈，無聲無息。

「伯母妳好，我是阿關的朋友。」林珊笑得燦爛。

「哈哈，歡迎、歡迎！」月娥高興地開了門。「我還以爲是什麼人呢，原來交了女朋友也不跟媽說……」

「呃……」阿關十分尷尬，乾笑兩聲。「我跟林珊是普通朋友，是同事啦！」

林珊卻落落大方，扶著月娥進入客廳，接過阿關手裡那袋水果，就要拿到廚房清洗。

「兒啊，叫你不用每次都帶水果來了，我一個人在家，水果吃不完，擺著都壞啦。」月娥笑著埋怨。

「那妳想吃什麼？下次我帶來。」阿關摸摸鼻子。

「不用啦，有錢你存著，將來娶媳婦啊，不要辜負人家好女孩啊，哈哈哈……」月娥邊說，邊看著廚房裡的林珊，滿意地笑著。

「媽，我不是說了，林珊只是同事嗎？」阿關尷尬地說。

「嗯，很勤快啊，又會幫忙做事，和你媽一樣，哈哈哈……」月娥上下打量著正在切水果的林珊，連連點頭。

「……妳沒有聽我說話嗎！」阿關低聲喊。

林珊端著一盤切好的水果，笑吟吟地走出廚房。那盤水果有梨、有橙，也有蘋果。梨切成三角塊狀，大小剛好一口一個；橙的皮去得乾淨，連籽都挑掉了；蘋果切成片狀，紅潤的皮一半是剝離的，削成了兩個尖角，看來倒像是隻兔寶寶。只見盤上的兔形蘋果切片圍了一圈，中間放著的是塊狀的梨子，外圍圍著橙片。

「哇！」月娥更是讚不絕口，阿關也樂得吃了一堆。

聊了好久，大都是月娥發問，林珊回答。

月娥問了些家世、生活瑣事、工作上的事等，林珊對答如流，像早準備好的一般。

到了十一點多，兩人才離開了阿關的舊家，月娥還站在陽台上，滿意地對林珊揮手道別，竟像認定了這兒媳婦般。

回程途中，阿關心中有些茫然，這些天和林珊相處下來，令他漸漸地恢復了以往對她的感覺；他夜裡有時會作些夢，夢見她的次數多了，夢裡的她比眞實中更甜美、更熱情，到了會讓阿關臉紅的地步。

但阿關總覺得心中有個空洞，空洞裡裝著遺憾，儘管那空洞日漸縮小，但遺憾卻與日俱增。

兩人回到了據點二，就見到若雨手扠著腰，鼓著嘴埋怨：「說好要出戰，你們上哪去了？」

「我和阿關去探望他母親，聊了一會兒。紅雪姊姊可別生氣。」林珊笑著答。

若雨仍嘟著嘴巴，她小阿關兩歲，大林珊幾天，但由於體型較嬌小，加上一張娃娃臉，年紀看來反而比林珊小了許多。

福生早準備好了，搖著手上那柄深褐色大鎚，嘴裡還咬著麵包，正準備上場廝殺。

翩翩在一旁把玩著雙月小刀，似乎也等了很久。飛蜓更是一臉臭，背對阿關看著窗外，發出哼哼的聲音。

「對不起，我們出發吧！」阿關摸摸鼻子，十分不好意思。

連日來，林珊過濾了十幾處千壽公可能藏身處之後，挑選了三處最有可能的藏匿據點，經過昨晚一番策劃，決定今日出兵。

爲了一舉攻破千壽公，據點二也合力出擊，兵分三路。

大夥兒出了醫院，在巷弄裡擊掌道別一陣後，各路朝著不同方向前進。

林珊過濾出來的三處地方，分別是某郊區一處山林、某鄉鎮巷弄裡的違章老廟，以及某山區一座矮山。

可疑藏身處之一的山林位於郊區，離阿關上回與方留文、阿姑月下大戰的空地只有五公里遠。那片山林人煙罕至，山路沿途有幾間小廟，以往供奉的都是些陰神，偶爾會有些賭客上門祭拜。再往上走，山上樹木更加密集，還有處四通八達的地下洞穴，有精怪曾目睹邪神在此出沒。

可疑藏身處之二的違章老廟，坐落在順德大帝與千壽公的勢力範圍邊界。那廟原本香火鼎盛，順德大帝一直將這裡視爲眼中釘，意圖強攻奪取，作爲向千壽公開戰的灘頭堡。順德大帝受伏之後，這廟不知怎地漸漸不熱絡了，似乎是因順德大帝這前車之鑑而刻意低調。那違章廟宇四周有許多老舊巷弄，住的都是些中低階層的市民百姓。

阿關騎著石火輪來到可疑藏身處之三的矮山，這兒距離據點二最遠，地勢起伏甚大，還有幾條溪流貫穿。

阿關站在溪畔，望著眼前溪水，溪水後是片坡地，他覺得有股異樣氣氛在整片山坡間瀰漫流竄。

石火輪後座的林珊搖了搖手裡的白石寶塔，一聲令下，一批早已整軍編隊好的精怪紛紛跳出寶塔，在阿關身旁分列成兩隊，每隊各十六隻，這兩小隊是先鋒部隊，領隊的分別是鼴鼠精和松鼠精。兩路先鋒部隊越過溪流，鑽入了前方山坡上。

跟著林珊又召出一批精怪，大都是些魚精、蝦精，這二十來隻的魚蝦精怪聽了林珊吩咐，都潛入了溪裡。

調度完成，阿關踩動踏板前進，越過那溪流，也騎上了山坡。

山路越漸陡峭，石火輪安穩前進著。不一會兒，先鋒部隊紛紛以符令回報，說是前頭已經打起來了。

林珊對著白石寶塔吩咐了幾句，召出一批以老樹精為首的植物精部隊，這四十幾隻植物精怪當場化作草木，化成了樹叢。

林珊又召出一路軍，是小猴兒領著的精怪，約有三十幾隻，在林珊的指示下，都跳上了樹靜靜待命。

「得快點去支援先鋒部隊！」阿關見林珊從容調度著寶塔精怪，心中不禁著急，好不容易等小猴兒與老樹精等都埋伏妥當，趕緊踩動踏板。

石火輪飛也似地竄上山，只幾秒便見到先鋒部隊四處竄逃，有好幾路邪神正緊追著那些精怪們。

阿關連忙召出鬼哭劍，騎著石火輪趕去與一個帶頭邪神接戰。那邪神一身赤紅，身型瘦瘦長長，耳朵上戴著兩只大大的銅環，手上抓著一把鐵爪子模樣的武器，一爪一爪地向阿關抓來。阿關揮動鬼哭劍格擋，接下好幾記爪擊，手腕被震得發麻疼痛。

林珊躍下車揮了揮手，手裡現出一柄長劍，對付後頭殺來的兩隻邪神。

三隻邪神驚訝叫嚷起來，他們似乎發現這少年正是備位太歲，開始呼喝著手下鬼怪上來捕抓阿關。

阿關和那耳環邪神打了一陣。鬼哭劍短，好幾次都刺了空，傷不到對方，反倒差點讓邪神的鐵爪子抓到。

「呀——」林珊胳臂讓一個邪神劃了一刀，哀叫起來，「這些邪神太強了，先撤退！」

阿關連忙趕來，將林珊一把拉上車，轉身撤退，先鋒部隊幾乎全滅，只剩兩、三隻死命跟著石火輪退逃。

「爲什麼不放精怪？」阿關邊往山下騎，邊回頭檢視林珊的傷勢。

三隻邪神率領著大批鬼怪緊追在後，林珊連連突刺長劍，放出黃光射向那些邪神，都讓邪神們閃過。

阿關騎近來時那條小溪，回頭問：「老樹精他們還在小溪對岸啊，寶塔裡的精怪們呢？爲什麼不放精怪出來助陣？」

「過溪！」林珊答。

阿關沒想太多，車頭一拉，石火輪高高躍起，後頭那緊追而來的耳環邪神也一個縱身飛躍起來，後頭趕上的兩隻邪神領著眾鬼怪們紛紛衝進溪中。

「轉彎！」石火輪躍過溪流，騎出十幾公尺遠，林珊連忙拉著阿關肩膀，拉著他轉了個圈，對著溪流的方向拋出白石寶塔。

「全都出來吧！」林珊叫著，那剛躍過溪流、緊追不捨的耳環邪神嚇了好大一跳，連忙停住衝勢。林珊自石火輪後座躍起，揚起手中長劍，落在耳環邪神面前就是一輪猛攻，攻得那耳環邪神措手不及，連連後退。

殺聲四起，寶塔裡的備戰精怪們紛紛殺了出來，和渡溪的鬼怪們大戰起來。

追擊阿關的三隻邪神本來領著數百名凶怪惡鬼，但這一路追擊下來，鬼怪們腳步快的都搶在前頭，腳步慢的就落在後頭。此時有大批鬼怪都還落後在小溪對岸的山路上拚命趕路，跟在三隻邪神身邊與精怪義勇軍作戰的鬼怪們顯得稀疏零散。

其中一隻剛躍過溪的胖邪神眼見情勢不利，轉身才踏入溪流，就是一聲怪叫，是埋伏在水裡的魚精咬了他的腳。

「魚兒們還等什麼，出來——」林珊高聲下令。

埋伏在溪流裡的魚精們發動了攻勢，幾條蟒精從水裡竄起，纏住那胖邪神的身子。胖邪神狂叫，揮動大刀砍死兩隻躍出水面、撲向他的魚精怪。

胖邪神還要再砍，後頭銀光一閃，阿關已經騎著石火輪追到他身後，揮動鬼哭劍刺進那胖邪神後背。胖邪神還沒叫出聲，阿關拔出劍，又刺進他腦袋裡，只見到好大一陣的黑煙從邪神背後傷口狂湧噴出，鬼哭劍發出刺耳的哀鳴聲，幾乎蓋過了這胖邪神的慘嚎。

另一個也要撤退的花臉邪神，一見溪流裡有伏兵，便躍起老高，直接飛過溪流往山路上跑。他見己方鬼怪陸續趕到，便高聲指揮，要鬼怪們趕緊來救援。

四周又是一陣騷動，趕來救援的鬼怪在經過樹林時，紛紛被樹叢伸出的老枝纏倒，或是被竄起的大葉叢打翻。

長滿尖刺的荊棘、不停亂捲的枯藤、銳利如刀刃的花瓣紛紛殺起，將那些狂奔下山的鬼怪們紛紛殺倒在地。

「哪裡跑！」老樹精一聲高喝，露出臉來，揮動老藤捲住了那花臉邪神的雙腳。花臉邪神撲倒在地，正掙扎著，只聽見頭頂上方響起一片騷動。

「吱吱吱，吃我鐵棒、吃我鐵棒！」小猴兒一聲尖嚎，揮動鐵棒躍下，照著那花臉邪神腦袋上狠狠敲了一棒。

四周樹上的精怪紛紛跳下，將那些讓藤蔓絆倒、掙扎爬起的鬼怪們，再次殺了個鬼仰馬翻。

小猴兒揮著鐵棒亂打那邪神，還撲在那邪神背上亂抓亂咬，將他的臉咬得爛稀稀的。花臉邪神的武器在讓老樹精捲倒時脫了手，此時握緊拳頭亂打。小猴兒閃過兩拳，閃不過第三拳，給打得騰空飛起，摔在地上吱喳怪叫，被兩隻花精給救走了。

銀光閃耀，白焰火流星般地飛射過來，射在好不容易掙脫藤蔓的花臉邪神背上。花臉邪神怒叫兩聲，才剛轉身，阿關已經騎著石火輪迎空撞下，砸在他胸口上，跟著一劍刺在那邪神的大花臉上。

「呀——」花臉邪神那張大花臉噴出了陣陣黑霧，慘叫了半晌之後倒下死了。

還被困在溪流這岸的耳環邪神，在林珊和眾精怪圍攻下，被打得毫無還手之力。林珊一劍刺死了邪神。

大夥兒士氣高昂，掩殺上山，殺得鬼怪們潰不成軍，四處竄逃。

林珊舉起白石寶塔，收回精怪。在寶塔裡，一名醫官正待命著，替受了傷的精怪治療。

「妳眞厲害！」阿關高興叫著。

「沒什麼。」林珊只是笑了笑。

兩人重新循著原路，往山上前進。

# 20 三路俱勝

「飛蜓哥，等等呀！」青蜂兒大喊，但前方的飛蜓並不理會青蜂兒的呼喚，反而更鼓足了速度往郊區山林深處飛竄，將青蜂兒、城隍、家將團及土地婆紅豆、綠豆遠遠拋在身後。

家將團個個身上都揹了個鼓脹的大包袱，紅豆和綠豆則在土裡穿梭，在青蜂兒前方探路。

一處山道旁有座小陰廟，裡頭幾隻把守的惡鬼遠遠見到飛蜓朝這兒急竄而來，立時發出了通報號令。

一隻邪山神帶著惡鬼從陰廟後方躍出應戰。那邪山神穿著奇異，身上披著一張赤紅毛皮，像是穿著貂皮大衣一般。邪山神拿著兩柄大叉，舉起一柄指著飛蜓大喝：「哪裡來的傢伙？報上名來！」

飛蜓哪裡理會這傢伙，挺起紅槍，二話不說刺去。邪山神狼狽閃開，揮動大叉應戰，手下鬼卒也加入圍攻。

飛蜓那紅色長槍的槍刃有十吋長，不僅能夠突刺，也能劈砍。此時他將這紅色花槍耍得如同火輪，或刺、或掃，打飛一隻隻鬼卒，跟著回身一劈，劈在那邪山神舉起格擋的大叉上。這一劈力道雄猛，將那邪山神砸得幾乎跪下，雙手大叉差點脫手。

邪山神還沒能重新擺好架勢，飛蜓又送來三槍，在那邪山神身上刺了三個窟窿，接著第四槍，直刺進邪山神心窩透背穿出。

「幹嘛那麼急啊！」青蜂兒領著城隍一行趕上，殺散邪山神領著的這群鬼卒。青蜂兒埋怨地說：「飛蜓哥呀，你就愛單槍匹馬，要是冒出個厲害傢伙，你單槍匹馬怎麼應付？」

「笑話，千壽那鬼傢伙能有什麼厲害手下？」飛蜓冷笑兩聲。

兩人還說著話，山道上又衝下一路邪兵。領頭的是個白毛山神，尖嘴猴腮、獐頭鼠目，拿了柄大刀，領著數百鬼卒，沿路高喊叫陣。

「結陣！」城隍一聲令下，八家將紛紛拿出武器。甘、柳將軍拿著戒棍在左前；范、謝將軍分別拿著魚枷和方牌在右前；春神、夏神拿著大桶和火盆在左後；秋神和冬神則拿著金瓜鎚和銀蛇棒站右後。

白毛山神在離飛蜓一行還挺遠處就停了下來，卻揮著大刀吆喝鬼卒往前。

鬼卒們挺著粗製濫造的各式武器，有槍、有矛、有刀、有斧，殺向家將團陣頭。

「殺！」城隍揮刀下令，八將齊聲怒吼，與殺來的鬼卒一陣大戰。城隍則居中指揮著八家將護衛飛蜓和青蜂兒。

青蜂兒拿著一把碧綠寶刀，躍起老高，落入惡鬼堆中來往劈砍，身邊惡鬼紛紛倒下；飛蜓紅槍連連突刺，刺倒一隻隻鬼卒。

白毛山神眼見這批鬼卒像是羊入虎口般地讓飛蜓等瞬間擊潰，卻也不慌不忙，且戰且走，往山林深處緩緩撤退。

飛蜓和青蜂兒領著城隍和家將團沿路追擊，只見那白毛山神仍躲在鬼卒陣後大聲叫囂，百來隻鬼卒打起了游擊，家將們殺上前鬼怪就退，家將們往後鬼怪們就進。

飛蜓和青蜂兒對看一眼，笑了笑。

前頭又有間陰廟，幾聲風聲，又一隻紅毛山神現身，樹林裡一群群的鬼怪四處擁出。紅毛山神跳了老遠，指揮著鬼怪作戰，鬼怪哪裡是家將們的對手，打了一陣，又使出打帶跑。

兩隻山神一路往山上退，經過第三間陰廟，這陰廟大了些，竄出兩隻邪神，都做文官打扮，手執羽扇、頭戴方巾，卻和先前一樣，都躲得遠遠的，指揮著鬼怪游擊。

飛蜓等一路殺上山林深處，見到了情報組精怪們說的那洞穴，就在前方一處小坡上。洞穴入口狹小，差不多只有澡盆大小，洞外全是雜草枯木。

那紅白山神、兩名文官模樣的邪神，一溜煙地鑽進了洞裡，鬼卒們也一隻隻退進洞裡。

「這誘敵誘得未免太明顯了，我們還要進去嗎？」青蜂兒看著那洞穴，忍不住笑了起來。

「這次給秋草妹子料中了。」飛蜓哼了一聲，以長槍尾端砸地，喊：「土地，出來！」

土地婆紅豆和綠豆立時現身。

「怎樣？是不是有十三個出口？」青蜂兒問。

「不多不少正是十三個出口。」紅豆拍拍身上的沙土。

綠豆彎下腰，挖起一堆土，在手裡揉了揉，往空中一撒，出現一張薄薄的土餅。她舉著拐杖，在那土餅上畫著，畫出一條條痕跡，全是這洞穴的通道。

「從這裡進去是必死無疑！」紅豆指著大夥兒眼前那澡盆大小的洞穴說：「裡頭三條岔路，全是陷阱。」

「很好。」飛蜓揚了揚紅槍，環視眾人。「按照計畫進行。」紅豆、綠豆應了一聲，揚起拐杖，捲起好多土石，堵在那個大洞上，土石不夠，再捲、再堵。

將洞口整個堵死後，紅豆唸了咒，在堵著洞口的土石上寫了個「封」字。飛蜓和青蜂兒各領了一半家將，往不同方向前進。

綠豆領著飛蜓，經過幾處小坡，指了指前頭一處草堆。那草堆不仔細看，不會發覺裡頭竟有只有臉盆大的洞。

飛蜓搖搖頭：「太小了，不好！」土地婆綠豆於是搖搖拐杖，從一旁地上捲起一堆土石，蓋在那小洞上，跟著唸了咒，在那覆著小洞的土石上，又寫了個「封」字。

接連經過幾處地方，封了幾處小洞，這些洞口都是這四通八達洞穴的出入口。此時都讓土地婆作法封住了。

一直到了第六個洞穴入口，乍看之下似乎更小，但撥開四周草木後，卻發現比先前幾個洞大上許多，綠豆說：「這應是地底洞穴的另一條重要出口。」

「好，就這兒！」飛蜓挺滿意，回頭對城隍使了個眼色。

城隍連忙解下身上一個包袱，跟著又對四季神招了招手，四位家將也解下了包袱，紛紛拿到洞口。

飛蜓打開一個包袱，裡頭裝著的全是白焰符，都是阿泰這些日子以來的心血結晶。雖然阿泰道行不夠，寫出來的符威力小了許多，但青蜂兒還是從其中挑出了寫得較好的給阿關用，剩下來的符便全都一次帶來，來個物盡其用。

那頭，青蜂兒和紅豆也封了五處出入口，最後守在一個稍大的出入口外頭。同樣地，跟隨青蜂兒的范、謝、甘、柳四位家將也紛紛解下包袱，打開一看，都是紙人。

青蜂兒取出一疊疊的紙人，照著六婆傳授的法咒，讓紙人動了起來。一張張紙人手舞足蹈地站起，在紅豆的指揮下，列隊殺進洞中。

很快地，從洞裡傳來了鬼怪的騷動殺聲。

這頭，飛蜓將五大包白焰符在洞穴入口聚成一堆，伸手指了指，低喊：「風來！」一陣小巧旋風從他指尖旋起，漸漸擴大，捲起那符紙堆。五大包上萬張的白焰符，霎時讓這旋風捲成了一條白龍，緩緩飛入洞穴。

不一會兒，洞穴隱約可見微微閃耀光芒，和聲聲嘶吼。飛蜓閉上眼睛，不時張開眼看看綠豆在土餅上畫的簡易地圖，一邊仔細操縱著風，將白焰符吹送到洞穴各處。

嚎叫聲越來越大，四周山林坡地都微微震動著，想必是裡頭的邪神鬼怪讓湧進的上萬張白焰符給炸得瘋了。

「土地！開路——」飛蜓挺起紅色長槍，在土地婆綠豆開路下，領著城隍和四季神殺進洞裡。

這狹長的甬道裡，一路上都是鬼怪焦黑殘骸。飛蜓仍不時閉上眼睛，仔細操縱著風，而那上萬張的白焰符，此時仍有四分之一在洞裡亂竄。

飛蜓一行穿出了這狹長，進入一間大室，一堆焦黑的鬼怪疊在裡頭，都是讓白焰符給炸死的。大室另一端有幾條通道，有些鬼怪還嚎叫著，和幾隻紙人扭打成一團。

飛蜓哼了一聲，挺起長槍就要上前殺敵，但只見那兒幾道綠影閃耀，鬼怪都變成了兩段，原來是青蜂兒從另一出口也殺了進來。

兩路兵馬會合，士氣大振。紅豆、綠豆一左一右開路，前頭紙人衝鋒，後頭有城隍家將團壓陣，一行兵馬在這構造如同蟻窩般的洞穴中橫行無阻。

飛蜓本跟在紙人和紅豆、綠豆後頭，衝了幾條通道，覺得極不過癮，吆喝一聲又竄到了最前頭，挺著長槍率先殺敵，不論大鬼、小鬼，全讓飛蜓挺槍刺倒。

一行人殺進了一處巨大地底穴室裡，穴室裡守著三隻邪神。那三隻邪神一個拿著大斧、一個拿著大刀，另一個什麼也沒拿，卻有四隻手和滿口嚇人利牙。

「終於碰上頭頭了。」飛蜓二話不說，挺起長槍就竄了過去。

一道道紅光將暗穴映得殷紅閃耀，飛蜓手裡的紅色長槍流星似地刺擊兩隻邪神，那兩個持著武器的邪神奮戰一會兒，漸漸不敵飛蜓武勇，不住地往後退。

四手邪神則與城隍在另一頭大戰。城隍揮動大刀，一刀劈落了四手邪神一條胳臂。四手邪神怪叫一聲，回敬城隍一拳，將城隍打得飛撞在壁上。四手邪神怪叫一聲，追趕上去，讓青蜂兒截住砍了幾刀，又讓一擁而上的家將們一陣痛打，被砍成碎塊。

「好傢伙！還不弱！」飛蜓與那兩名邪神一陣大戰，雖佔了上風，但一時也難以取勝，又不願讓別人插手，漸漸不耐煩。

「風來——」他左手一張，掌心狂風大作，旋起一股旋風，捲上邪神那大斧，旋風順著大斧，捲上邪神手臂。

「哇！」邪神怪叫一聲，右手讓旋風劃出數十條割傷，一時之間卻又無法甩散手上旋風，只好棄了大斧，向後躍開，要拔腰間短刀。

另一個持刀邪神因而落單，飛蜓搶上，一槍格開邪神手中大刀，放出一記旋風罩住那邪神整顆腦袋。

「呀——」持刀邪神怪叫連連，臉上讓旋風撕出一道道血痕，胡亂揮了幾刀，讓飛蜓一槍刺穿了心窩。

飛蜓拔出長槍，正要去殺那棄了大斧的邪神，忽然頂上綠光一閃，青蜂兒已飛了過去，幾刀斬死那棄斧的邪神。

「誰准你幫忙的！」飛蜓怒斥青蜂兒。

青蜂兒卻聳聳肩說：「飛蜓哥，咱們現在是出任務，你想打架，回去找翩翩姊打個痛快。」

飛蜓哼了哼，他雖然驍勇善戰，但論起單打獨鬥，太歲帳下仍不及蝴蝶仙翩翩。

「飛蜓大人，前頭那條通道，就是咱們在外頭見過那條施有邪法的陷阱通道，要是那時咱們從那洞口進來，便會遇到這陷阱，必死無疑啦。」紅豆指著這大穴室一頭的那條通道說著。

「剛剛被白焰符一陣亂炸，或許陷阱都給炸壞了吧……」青蜂兒說：「不過爲了安全起見，我建議繞原路出洞。」

「我倒想見識這些差勁小邪神能搞出什麼厲害陷阱。」飛蜓冷笑幾聲，扛著長槍，似乎對前頭那陷阱長道頗有興趣。但他終究是太歲帳下大將，除了大戰時愛搶最前頭之外，倒也不至於毛躁生事，便隨眾人循著原路退兵。

□

夜裡的舊巷弄寂靜安寧，有個醉了的流浪漢倒在地上喃喃自語，他看不見身旁呼嘯而過的虎爺。

虎爺後頭跟著的是翩翩、福生和若雨，三位神仙都隱了身，凡人看不見。他們是第一路軍，負責攻打老廟。

巷弄裡一隻野貓不安地叫了起來。野貓上方某處住宅樓頂，有鬼怪監視著，是千壽公的守衛兵。鬼怪見了翩翩一行，扯著喉嚨就要叫嚷通報己方。

翩翩揮動靛月，幾個光圈流星般打去，斬去了那些通報兵的腦袋。

違章老廟就在前頭。翩翩指指左邊，若雨招了幾隻虎爺轉入左邊巷子；翩翩指指右邊，福生也領了幾隻虎爺進了右邊的巷子；翩翩則帶著餘下的虎爺繼續往前走，她要三路包抄這違章老廟。

這坐落在巷弄裡的違章老廟鬼氣森森，街角一旁的販賣機裡，商品架上的燈光昏黃迷濛。三三兩兩的鬼怪們聽見前頭眼線的嚎叫聲，紛紛從廟裡竄出，不安地四處察看，幾隻階級較高的鬼怪領著眾鬼卒們在巷弄間來回巡守。

老廟中騷動了起來，幾個邪神指揮著鬼卒部下，得知正神攻來，正準備撤離。這是千壽公的作戰策略，碰上正神突擊，除非有十足勝算，否則便且戰且走，盡快撤兵，保全實力；加上大部分主力時常更換據點，這兒待幾天、那兒待幾天，避免和正神正面交鋒。

此次三處重要據點同時遭到攻擊，自然歸功於近日林珊的策反戰略成功，四方精怪紛紛捎來密報的結果。

一個身穿大袍，做仙人打扮的邪神，是這老廟主神，叫作「長風仙人」。他鎮守這間違章老廟已有多年，邪化之初遭到順德勢力的壓迫，便投靠了千壽公，在千壽公的支援下，與順德大帝的勢力對峙著。

此時長風仙人清點好了手下，正要從老廟後門撤退，便聽見後門外傳來的打鬥聲。福生掄著褐色大鎚，帶著幾隻虎爺殺到那後門外的巷道裡，將負責看守的鬼怪一隻隻打飛。

長風仙人只得轉進正殿，領著副將轉往側邊小門。才剛從側門逃出巷子，跑沒兩步還來不及飛，就見到這頭巷子也已經堆滿了鬼怪殘骸。

若雨扛著長柄鐮刀，站在焦黑鬼怪屍骸堆中，後頭幾隻虎爺還在與少數鬼怪撕咬打鬥。那白色小虎爺長大了些，本來幼貓大小的身型，長大了兩、三吋，六婆替他取了個名字——「牙仔」。

這些天來，六婆在廟裡無所事事，便將心愛的虎爺們都取了名字。六婆只是個廟祝，文才有限，大都只能以虎爺的毛色來取名，毛色相同的，就依照體型大小來編號。

那四大虎爺除了赤紅色的阿火之外，綠身藍紋的就叫「大綠」，黑身紅紋的就叫「二黑」，黃身黑紋的則叫「二黃」。

白色小虎爺有顆虎牙在先前作戰時撞歪了，突在嘴巴外頭，六婆就叫他「突牙仔」，叫著叫著就成了「牙仔」。

兩名邪神副將互看一眼，知道眼前這嬌小少女是歲星麾下大將，不敢掉以輕心，連忙打開腰間包袱，將包袱裡頭幾個木盒扔上天。木盒在空中炸出紅光，擁出許多惡鬼。

若雨嬌叱一聲，舞著鐮刀殺了上去，虎爺也跟在後頭，與鬼怪們大殺一陣。

若雨身後的虎爺不過六隻，但都是這些日子以來，和正神們東征西討存活下來的虎爺，也算是菁英了。

只見小牙仔體型雖是最小，但速度卻奇快，他東跳西竄，這咬一口、那咬一口，咬得鬼怪們怒吼連連。

若雨的鐮刀舞得像火輪一樣，幾團火球揮向其中一名邪神副將。那邪神副將連忙躍起，避開火球，卻讓同時飛躍起來的若雨逮了個正著，一鐮將他斬成兩截。

另一名副將見苗頭不對，轉了個身飛竄上天，只見到眼前射來一片繽紛花亂的五色光圈。這副將左避右閃，一身盔甲讓光圈打得破裂碎散。

埋伏在老廟屋頂上等待許久的翩翩縱身竄來，白色紗布裡露出的眼睛精光閃閃，舞動雙月，電光石火地朝邪神副將攻去。那副將奮力接戰，接了七刀，避開五刀，身中八刀。

這邪神副將自知不敵，哇哇嗥叫地轉身要逃，讓翩翩一記光圈不偏不倚打在背後，砍出一道大口，黑紅色血漿濺了漫天。他無力回擊，甚至來不及再有動作，翩翩已追竄到他背後，一刀刺進後頸，刀尖從咽喉穿出。

翩翩領著的虎爺則都從正門衝進廟裡，和守在正殿裡的鬼怪展開激戰。長風仙人眼見側門、後門、正門都有敵兵，不敢輕出，此時只能領著鬼卒在廟裡大戰虎爺。

阿火身上滿是痂疤，都是先前隨正神出戰時受的傷。此時他模樣變得更凶猛威武，體型似乎還更大了一些。阿火口裡冒著紅光，一口一個，將殺來的鬼怪全都咬死，有些殘肢碎塊還順口吞下了肚。

「好凶惡的下壇將軍，還不退下！」長風仙人大喝一聲，仗著自己是大廟主神，竟吆喝起本來應當是廟裡守衛的虎爺們。

虎爺們哪裡理他，阿火怒吼踩踏著火焰重步，追咬著長風仙人，嚇得那長風仙人在正殿裡來回逃竄。好不容易逃到門邊，才剛要踏出廟外，便讓守在正門外的翩翩射來的光圈逼回廟裡。

二黑飛撲翻滾，撲上長風仙人後背，狠狠咬了他一口，痛得長風仙人跳了起來。一聲巨吼，長風仙人嚇得回頭，只見阿火已經撲到他面前，虎口大張，接著什麼也看不見了，是阿火一口將他的臉咬掉了。

福生追著另一名邪神，追出兩條巷子。那邪神眼見漸漸要被追上，只得回頭和福生硬拚。

一旁路邊一個醉漢，還拿著空酒瓶，倒在地上發愣，他看不到這些正神、邪神、虎爺、鬼怪們。

醉漢嘴裡哼著小調，一隻鬼怪在他身邊兩步外讓虎爺咬斷了脖子。

醉漢搖搖晃晃地站起身，呵呵笑地手舞足蹈起來。他雖然看不見身旁正打得激烈的血腥大戰，但或許是隱約感到了異常氣氛，在酒精的助興下，也顯得有些亢奮。

福生掄動大鎚，左右猛轟。邪神雖然粗壯，卻也不敢硬接福生大鎚，只能慌亂閃避。

醉漢舞得熱烈，抬頭哈哈大笑。

邪神被逼得緊了，伸出手來抓住那醉漢頸子，醉漢給抓了騰空，還不知道發生了什麼事，只覺得自己脖子難受得緊，就要窒息了。

「將這凡人放下！」福生大吼。

邪神嘎嘎笑著，才要開口威脅，那醉漢便落下了地。

這邪神不是放手，而是手斷了，讓翩翩凌空打下來的光圈斬斷的。翩翩在空中掩護若雨和福生，見哪頭戰情較吃緊，光圈便往哪頭打。

「鬧鬼啊！」醉漢摔落在地，痛得大叫，抱頭鼠竄出了巷子。

斷了手的邪神摀著傷處要逃，福生緊追在後頭，將那邪神逼入一處死巷。

邪神一低身就想要往天上跳，翩翩見了，兩道光圈打來，差點削掉他腦袋。邪神嚇出一身冷汗，福生已經殺了上來，揚起大鎚就往那邪神腦袋重重砸下。

邪神見躲不過，只好舉起狼牙棒硬擋，哪知道這一鎚竟將他的狼牙棒打得砸在自個兒腦袋上。

福生又重砸兩鎚，將這邪神的腦袋都打進了身子裡。

「象子！你這招式未免太野蠻粗魯，不能優雅一點嗎？」跟上來的若雨呵呵笑著。

「小瓢蟲又說笑了，我拿的是大鎚子啊，又不是刀劍，怎麼優雅呀？」福生搔頭笑著回答。

一陣趕殺，將鬼怪殺得差不多了，翩翩領著大夥兒進入這老廟。老廟空蕩蕩的，神桌上還擺了幾具木盒。若雨拿起木盒翻看一陣，木盒裡還封著許多鬼怪，她搖搖木盒，說：「放把火燒了？」

福生連連搖手說：「不不……這些鬼怪應當送回主營候審呀，孤魂野鬼們也受了惡念影響，或是在邪神威逼之下才當了他們的嘍囉，既然已經勝了，便別無謂地殘殺囉。」

若雨吐吐舌頭說：「你對。」

翩翩清點虎爺，十八隻虎爺一隻也沒少，頂多受了點皮肉傷。

大夥兒步出老廟時，翩翩身子晃了晃，顯得有些疲憊。她輕輕撫著右肩，暗暗吁了口氣。

「翩翩姊，傷勢又發作了？」若雨瞧見翩翩的模樣，上前低聲問。

「是啊。」翩翩點了點頭。「但不要緊，休息一下就好了。」

眾神離開時，安靜的巷弄像是什麼事也不曾發生過，只有隱約聽見那醉漢仍在附近蹓躂，還咆哮著：「鬧鬼啊——！」

□

「林珊仙子眞厲害呀！」

「眞是神機妙算！」

精怪們士氣高昂。阿關這路兵馬在林珊指揮調度下，接連擊敗前來接戰的敵兵，步步進逼，前進到了這山區深處。

此時山中寂靜一片，阿關感應不到什麼邪氣。原來因爲這山區遼闊，早在阿關一行兵馬一路向上殺時，裡頭的邪神大將接到了通知，便讓一些小邪神率領鬼卒輪番出戰游擊，自個兒帶著其餘手下偷偷撤退了。

阿關跨上石火輪，正準備打道回府，突然後座上的林珊大叫一聲：「哎呀！」

只見到石火輪前頭紅光一閃，一道符令顯現在上空。

阿關只是一愣，林珊卻意識到不妙，急急喊著：「快回你家，伯母出事了！」

「啊！」阿關這才想起，這符令是月娥家裡守衛兵的專用符令，在緊急時放出，用處便如狼煙。

阿關趕緊掉轉車頭，要往山下騎，後頭天空又來了兩個邪神，領著百來隻鬼卒殺來，同時四周樹林也落下一隻隻野鬼，攔住了山道，想來個前後夾擊。

「懶得理你們！」阿關猛踩踏板，石火輪撞翻了幾隻野鬼，猶如劈空閃電，瞬間便衝出好遠，一路往山下狂飆。

兩隻邪神並不追趕，他們連番游擊出戰，本便只是爲了拖延時間好讓主力能撤得更遠，此時見阿關掉頭騎遠，便收兵轉身飛去與先前撤退的邪神們會合。

阿關很快地騎下了山，再循著山區道路騎上大道，雙腳越踏越快，石火輪急速直衝。半晌之後，終於騎入自家那條巷子。

此時巷子裡靜悄悄的，像是什麼事也沒發生過，阿關感到不妙，那些電線桿上、大門前的守衛精怪都不見了。

他趕緊下車，正想要上樓去找媽媽，一陣黃光，土地公現身了。

老土豆拉著阿關袖子，急急忙忙地說：「阿關大人！千壽邪神的手下嘍囉突襲你家、抓走了你母親呀！」

「啊！什麼？」阿關駭然。

「阿關大人你別急！你安排在這兒的守衛精怪們，誓死保護你母親，還發出了求救符令，接到符令的翩翩仙子和紅雪仙子立刻趕去救援，已將你母親救回來了呀。」

「……」阿關還沒反應過來，瞪大了眼睛，半晌說不出話。

林珊輕輕拍著阿關的背，安撫著他，一面埋怨著老土豆。「下次說話一次說完……」

兩人隨著老土豆回到文新醫院，趕進某間病房，裡頭一張病床上躺著的正是月娥。六婆、阿泰、老爺爺們圍在病床旁，翩翩等年輕神仙也站在一旁。

「發生了什麼事？」阿關連忙走到病床前，望著沉睡中的月娥。

病床一旁還站了隻狐狸精，是守衛兵裡僅存的一隻精怪。那狐狸精全身上下都包紮了白紗布，顯然受傷極重，連眼睛都包得密不透風。

狐狸精動了動身子，將事情的經過娓娓道來——

「子夜時分，所有的精怪和往常一樣，守在各自負責的地方，什麼事也沒發生。到了下半夜，我聽見一聲細微的鳴叫，那是巷子口鳥精的聲音。我從陽台往下看，什麼動靜也沒有，但卻找不著那鳥精了，他以往總是站在巷口電線桿上的。」

「我覺得不對勁，底下幾隻精怪也覺得不對勁，有些還探出了頭來看。突然樓頂傳來好強烈的邪氣，和我同住的另一隻狐精也察覺了。我們便放出了求救符令，通知各路神仙，接著我們潛入了大人家裡。」

「陽台上那些花精開始騷動，他們也感到異樣的氣氛。四周邪氣越來越近，巷口已經傳出精怪們打鬥的聲音。我向另一隻狐精使了個眼色，潛進大人母親房裡，照著平日演練的步驟行動。我對著大人母親的臉吹了口氣，將她迷倒。接著，另一隻狐精化作大人母親的樣子，躺回床上。我則抱著大人母親，躲進另一間房間的櫥櫃裡。我放出法霧，試圖隱藏住大人母親的人氣。」

「我才剛躲進櫃裡，陽台已傳來打鬥的聲音。同時大人母親臥室也傳來聲響，是鬼怪從窗子鑽進，和化作大人母親的狐精打了起來。鬼怪們中了計，讓躺在床上的狐精殺得措手不及。」

「但這時，邪氣更重了，兩隻邪神打開鐵門，進了屋子，和花精、狐精打成一團。只一會兒，什麼聲音也沒有了，我知道我那朋友已讓邪神殺了。」

「邪神指揮著鬼怪四處搜索，我好怕他們搜到這櫃子。但他們還是開了櫃子，我撲了出來，卻讓那邪神踢開，邪神一把抓住了阿關大人的母親。」

「這時接到符令的正神已經趕到屋子外頭，邪神發覺了，抓著大人母親就要跑。」狐狸精越說越是激昂，聲音沙啞。「我追了上去，抱住邪神不放，就這樣讓他拖出了窗外，我看到他爪子上的血，那是我朋友的血……我死咬著他……他扯爛了我的耳朵……我還是死咬著他……他打碎了我的眼睛……我還是死咬著他……」

阿關聽到這裡，又是憤慨、又是感傷。憤慨的是自己當時竟不在場，感傷的是這狐精，爲了守護自己的母親竟受到這麼大的痛苦。

幾隻精怪拉著那狐精坐下，狐精還是不住地顫抖。翩翩輕拍著狐精的頸子，手裡泛出了淡淡白光。

那狐精還喘著氣，包覆在兩眼上的紗布，都滲出了血。

若雨接著描述了後來的經過：「我們剛結束了老廟一戰，回程中就收到了符令。那是阿關大人母親的緊急符令。我們加快腳步趕去，在天上就看到公寓頂樓站了幾隻邪神和一批鬼怪。我們飛下和邪神們大戰，屋子裡也有邪神，正要跳窗子逃。他手裡還抓著大人母親，同時一拳拳打那死抱著他的狐精，將狐精打進了屋子裡，自個兒飛快逃跑。我和翩翩姊追了那邪神一陣，宰了他，救回阿關大人母親。這邪神是千壽邪神的手下，在他的甲冑上，有著千壽邪神的印記。」

青蜂兒跟著講：「我們這路接了緊急符令趕到時，象子正在樓頂讓三、四個邪神圍攻。

翩翩姊和若雨姊正追著邪神還沒回來，我們殺上去救援，打退了邪神，救出象子。」

阿關看著坐在一旁的福生，福生正吃著東西，手臂上有些傷痕，看來卻無大礙。

福生打了個嗝，呵呵笑著說：「兩個妹子一見到邪神抓了大人母親，想也不想就追了上去，忘了放出木頭小廟裡的下壇將軍來助戰。我飛得慢，還沒來得及走就讓邪神圍住，好在飛蜓大哥及時趕來，不然我這胖肚子就要讓邪神給刺穿了。」

阿關看著床上的媽媽，難過地說：「該死，我早該想到的……要是邪神出動大軍，十幾隻精怪怎麼抵擋得住……要不是大家誓死奮戰……媽媽可能已被抓走了。」他看到媽媽安然躺在病床上，那狐精的迷術還沒解開，媽媽沉沉睡著，沒受什麼傷，不禁難過了起來，覺得對那瞎了眼的狐精十分愧疚。

「這好樣的千壽公，我們探他底細，他也照樣探我們底細，竟讓他探出備位太歲母親的住所，在三處據點被突擊之後，還能立即來記回馬槍。」飛蜓哼哼地說。

「我想，很可能是千壽公在得知受到攻擊後，立即反擊。」林珊皺眉思索著：「我想這次突擊前，他很可能就躲在第三路的矮山裡，那裡好守，當前哨發現我們，後頭的千壽公有足夠時間從容離開，並且趁勢反擊。」

阿關靜默半晌，看了看林珊。「妳的睡眠咒可以維持多久？」

「不解咒，就會一直睡下去。」林珊答。

「那一直睡著，會有什麼後遺症嗎？」阿關問。

林珊會意，搖搖頭說：「不會有後遺症。除了睡眠咒外，我還可以抑制夢境，讓人不作夢，毫無知覺地睡著。醒來之後，只會覺得過了一晚。」

阿關想了想，說：「我想，我將媽媽放進白石寶塔裡比較安全。我希望她醒來時，一切都跟以前一樣。」

六婆這時打岔說：「阿關吶，不對啊，要是到時候你媽媽醒來，見到你突然長大了幾歲，會不會很奇怪吶？」

阿關還沒回答，林珊已經開口：「這不是問題，我也可以讓阿關母親，依著正常時間，作著極其眞實的夢。等於讓阿關母親在夢裡過著眞實生活，直到這災難結束。我會控制著那夢，讓夢和眞實世界不至於產生太大落差。」

眾神仙都點了點頭，這是個好辦法。時局紛亂，大夥兒看在阿關面子上分出兵力保護他母親，雖說是義無反顧，但總是綁手綁腳。這次好在救著了，要是救不著，出了個意外，對這備位太歲的士氣，恐怕有大大的影響。

阿關見大家沒有意見，便夥同幾位精怪，將媽媽抬進白石寶塔。那誓死保護月娥的狐精也被分派任務，專心照料月娥，從此不用再出戰。

接下來是一段冗長的雜談討論，老爺爺們都去睡了，年輕神仙們和阿關到了白石寶塔裡，討論著這夜各自戰果。

直到翩翩身子有些不適——她本來在老廟巷戰後就覺得不適了，接著又去救援月娥，無暇顧及傷勢——若雨便扶著翩翩，先出了白石寶塔，跟著其餘神仙也跳了出來。此時天已微明，阿關倒了杯水，遞給翩翩，讓她服藥。

藥包用白紙包成一小包，打開後發出一些奇異的味道，但也並不難聞。翩翩皺眉將藥吞下，顯然並不好吃。

阿關見翩翩吞藥模樣，想起了小強。

# 21 另一個世界

接連幾天，大夥兒還沉溺在勝戰的氣氛中，一邊休養、一邊持續探查情報。

這日中午，阿關打開用薪水買回來的大電視機，一邊吃著從冰箱拿出的食物，一邊看著電視新聞。

幾則新聞讓他停下了咀嚼。

一名老師在學校裡突然發狂，在黑板上寫著怪異的文字，諸如「千壽公上身」、「降世普渡眾生」等等文字，接著打傷了幾名學生後，逃逸無蹤。

一個女子身著紅衣，站在大樓樓頂邊緣，喃喃自言自語，說是有鬼找上門了。

一所育幼院的院童同時集體昏厥，又同時醒來，醒來後都說見了鬼，還說只有千壽公能趕跑那些鬼怪。

阿關看得是目瞪口呆，接下來還有幾件怪異事件更加離奇——某個市場吹起了怪風，將攤子吹得東倒西歪；一處養豬人家養的豬隻一夜讓人殺了一半，主人瘋瘋癲癲地嚷嚷著說今夜會被惡鬼殺掉另一半，接下來惡鬼還會殺人。

這些事件都分布在千壽公的勢力範圍內。

阿關連忙吃完東西，出門敲了敲青蜂兒的門，沒人應門，自然全都出門行動了。他回房扛起石火輪，準備上文新醫院，找六婆、阿泰討論。

阿關很少搭電梯，因爲他不放心將石火輪停在樓下，又怕腳踏車在電梯裡擠到別人，所以他總是走樓梯上下樓。此時他扛著石火輪往樓梯方向走，那兒有幾個大箱子擋住了大部分的通道，似乎是有戶人家忙著搬家，而將東西堆放在通道四周。

正好一旁的電梯門打開了，裡頭是空的。

阿關見前頭樓梯堆著雜物過不去，只好扛著石火輪進入電梯，將石火輪豎了起來，靠在牆上放著。

阿關扶著石火輪，按下一樓樓層按鈕，心想這樣其實也不會太佔位置，他開始考慮以後也搭乘電梯上下樓好了。

電梯有點慢，足足過了一分鐘才在六樓停下。

電梯門打開，阿關探頭出去看看，外頭空蕩蕩的，一個人也沒有。

似乎是有人按了電梯卻不來坐，這很像是小孩子的惡作劇。這棟大樓時常發生這種情形，那些臭小鬼會故意按了按鈕之後，快速奔到下一樓再按按鈕，讓電梯在每一層樓都停下開門。

阿關緊按著關門鍵，嘖嘖兩聲，門關上，電梯繼續往下，從六樓到達五樓，竟然足足花了四十秒。

阿關漸感不耐煩，電梯門又開了，外頭同樣一個人也沒有。

「……」阿關抬起石火輪，心想乾脆用走的算了，走出了電梯，來到樓梯口，暗罵一聲，樓梯口給人封了起來，字條上寫著「整修中」的字樣。回頭，電梯門也已經關上。阿關只好抬著那石火輪，往另一端樓梯走去。

轉角處有窗，往外看去，有些樓宇聳立，底下有些老舊矮房，水塔上的蓋子都沒蓋實，露出了縫隙。

他看了看天，遠處樓房林立，卻朦朧朧地看不清楚，這城市似乎有些灰暗。新大樓落成不到兩年，翩翩看上附近環境清靜，大樓住戶又少，選上這地方作爲在凡間出任務的據點，住了一年多。

這棟大樓有三處樓梯、三處電梯，和兩處載貨電梯，可說是十分齊全了。但讓阿關頓足的是，他到了第二處樓梯，依然是「整修中」。第二處樓梯旁的電梯，竟足足等了十分鐘仍停在七樓。

阿關見附近沒人，索性跨上石火輪騎了起來，瞬間騎到第三處樓梯，總算下了四樓。

「哇咧！」阿關愕然望著四樓通往三樓的樓梯，竟也在整修中，這大樓樓梯間有鐵門鎖著，想硬闖也沒辦法。

阿關見這層樓有人走動，不好意思繼續騎車。便抬著石火輪往另外兩處樓梯走去，都是「整修中」。

無可奈何之下，阿關扛著石火輪在電梯前等著，不由得笑了起來，對自己這時的窘境感到十分滑稽，他只是想下樓而已。

等了五分鐘，電梯終於來了。

進了電梯，裡頭有個打扮時髦的美女，年紀介於二十五到三十歲間，穿著十分火辣，黑色皮外套裡頭是件緊身衣。讓阿關不敢多看的是，那緊身衣中間不是鈕釦，而是以一條黑色細繩子當作鈕釦，像串鞋帶一樣固定著緊身衣。

黑繩子間的空隙很大，幾乎可以見到女人大半邊雪白胸部。

美女下半身穿著低腰皮褲，那低腰褲極低，露出顯眼的丁字褲褲頭。

這美女的打扮令阿關感到有些躁熱臉紅，他摸摸鼻子掩飾緊張，一面藉著光亮電梯門的反射偷瞄那美女。

直到他注意到電梯竟是向上升，最後停在七樓。

阿關啊了一聲，漸漸覺得古怪，他明明有按一樓，那美女也要往一樓，電梯卻莫名其妙升上七樓。

電梯停了，門卻沒有打開。

一股異樣的氣氛從四周瀰漫而來，但卻與往常熟悉的邪氣大相逕庭。阿關四處張望，他看著身旁的火辣美女，戒心大升。那美女卻仍自顧自地看著手上的書。

電梯裡悶熱起來，似乎有些黏膩潮濕的感覺，阿關不由得呼了口氣，捏著領口搧了搧。

他感到有些暈眩，石火輪動了動，就往美女身上倒去。阿關連忙按住倒下的石火輪，美女只是側了側身子，看了石火輪幾眼。

「不好意思……」阿關趕緊朝美女點點頭，表示歉意。美女淡淡一笑，酒紅色及肩的髮看來極美。

又等了兩分鐘，電梯仍然不動，阿關覺得更熱了，伸手按按緊急通話按鈕，想向管理員求救，但對講機絲毫沒有反應。

「電梯壞了耶……」阿關向那美女指指電梯，神情有些無奈。美女只是嗯了一聲，依然故我地看著書。

阿關注意到那美女額上也冒出汗來，從她胸前那交錯寬鬆的黑色細繩看入，大半片雪白酥胸上沁出點點汗滴，十分誘人。

阿關咕嚕一聲，吞了口口水，才發覺自己的目光十分無禮，才要撇頭，又感到一陣暈眩感襲上全身。

「你幹嘛一直看我？」那美女抬起頭來，蹙著眉頭望向阿關，翹著嘴角說。

「我……我沒有看妳……」阿關感到腦袋有些天旋地轉，竟不知道自己身在何處。

「你明明在看我。」美女嬌笑：「是因為我漂亮嗎？」

阿關呵呵笑著，點了點頭。

「想不想來我家坐坐？」美女走近阿關問。

阿關呵呵笑著，點了點頭。

美女嫣然一笑，伸手拂過了阿關頸間，去按那電梯按鈕。阿關只覺得一陣異香撲鼻而來，美女雪白手臂就擱在他臉前，令人恨不得張口一咬。

嘎嘎幾聲，電梯門開了。

外頭的走道和十樓自家那兒的走道有些不同，牆的顏色顯得有些暗紅。

「來，跟我走。」美女嬌媚笑著，牽著阿關的手，另一手摸了摸阿關的臉；同時，香芬軟馥的身子也往阿關身上貼，濕潤紅唇半開。

阿關十分陶醉，雙手也微微舉了起來，摟上美女那水蛇腰，只覺得她腰間觸感極柔軟、極嫩滑，像是果凍布丁。

美女微微踮腳、俏臉湊了上來。阿關半閉著眼呵呵笑，嘴巴竟然嘟了起來，像是要迎接香吻一般。

唰的一聲地動天驚。

蒼白鬼手緊緊掐住美女脖子。

伏靈布袋竄出外套口袋，同時那新娘鬼手也伸了出來，卻不去打那美女，反倒是啪啪啪地賞了阿關三記耳光，這才將阿關打醒。

「啊啊！」阿關捂著臉，怪叫怪嚷著：「誰打我？」

只見那美女讓蒼白鬼手掐得滿臉漲紅，兩手緊抓蒼白鬼手的手腕，使勁想要扳開。

「你做什麼？你掐死人了！」阿關嚇了一大跳，生怕蒼白鬼手不分青紅皀白殺死了人。

阿關正要去抓那蒼白鬼手，只見火辣美女雙眼一瞪、瞳孔緊縮，兩隻雪白玉臂瞬間轉黑，十指變得堅硬銳利，終於將那蒼白鬼手扳開。

布袋又是一震，大黑巨手竄出袋口，當著美女的臉就是一拳。美女頭偏了偏，大黑手打在電梯旁的鏡子上，將那鏡子打得爆裂，碎裂的玻璃炸開滿天。

「哇！」阿關一邊怪叫，連忙舉起雙手護住頭，讓濺來的玻璃在他手臂上劃出幾道血痕。

阿關驚訝之餘召出鬼哭劍，仍然難以置信眼前這火辣美女竟是鬼怪。

那美女閃身躍出電梯，站在門外對阿關笑了笑，做了個俏皮模樣便跳走了。

阿關愣了半晌，外頭顯然不安全，但這電梯完全不動，死命按著按鈕卻也沒有反應。終於，他還是無奈地抬著石火輪走出了電梯。

一出電梯，電梯門就緩緩關上。

阿關左顧右盼，四周通道和大樓的結構一樣，都是異樣的暗紅色。

他硬著頭皮往前走，心裡忐忑不安，邪神鬼怪竟然潛進據點三伏擊他。想想也是，既然千壽公能探出媽媽的所在，自然也能探出自己的所在。

走了一會兒，四周妖異氣氛越漸濃厚，和以往邪氣惡念大不相同，是種從來沒有感應過的氣息。

經過了一個彎道，阿關突然覺得後頭那股妖異氣氛增強十倍以上，且快速逼近。

他往回走幾步，探頭繞過剛剛走過的彎道，看看發生了什麼事。

彎道那頭，有個巨大光頭壯漢一步步走來。

光頭壯漢身型相當高，比以前那廢公寓的鬼王還高，必須彎著身子才不至於頂到天花板；且身子相當厚實寬闊，除了誇張到恐怖的肌肉外，兩邊肩頭還隆起怪異的尖角。

壯漢只穿著一條黑色長褲，眼睛泛著紫色的光，連身子也是淡紫色的。他手裡拖著一只大鎚，鎚子兩端一邊鈍一邊尖銳，兩端都帶著血跡。

阿關駭然。那壯漢見了阿關，呵呵笑了起來，加快腳步追來，張開的嘴淌下了不知是血還是唾液的液體。

阿關掏掏口袋，身上只有呼叫老土豆的符令，沒有白焰符。白焰符在先前三路大戰中便已用盡，阿泰還沒送來新的符咒。同時，他根本也沒想到，會在自己住所大樓裡遇上邪魔鬼怪。

壯漢追得更近了，每一次跨步都像是巨牛撞地，發出轟隆隆的巨響，腳步越加急促，笑臉也漸漸轉為怒容，笑聲變成了低吼，像是要和阿關拚命一樣。

阿關趕緊跨上石火輪，掉頭騎去，一邊放出了呼叫老土豆的符令。

本來並不長的大樓通道，此時竟像是迷宮般，九彎十八拐，變得十分長。阿關騎了許久，就是無法騎到盡頭樓梯口。

眼前暗紅色長道像是永無止盡，瀰漫著詭異氣息，通道中濡濕悶熱，天花板的燈光詭異地閃爍起來，彷彿回到最初那遇見鬼新娘的陰森地下道一般。

牆的兩面流下了血一般的液體，通道上的門有些是開著的、有些半掩，有些則是緊閉。敞開的門裡大都暗沉沉的，什麼也看不見，半掩的門則偶爾會掛隻手或腳在外頭，像是隨時要伸出來一樣。

阿關騎了好一會兒，這才停了下來，心想那壯鬼行動緩慢，應該遠遠落在後頭了。才這樣想，後頭又傳來了壯鬼那轟隆隆的腳步聲和鐵鎚拖地的磨擦聲。

「哼！」阿關重重喘了幾口氣，又奮力踩動石火輪。石火輪理應飛快，卻怎麼也甩不開身後那壯鬼，只要一停下來，壯鬼的腳步聲始終揮之不去。

眼前是筆直通道，阿關加速猛衝，忽地前頭兩邊本來半掩的門突然大開，竄出上百隻手臂。

又細、又白、又長的手臂。

阿關閃避不及，撞進了這百隻手臂裡，他駭然大叫，揮動鬼哭劍亂砍。有些長手扯住了阿關頭髮，有些長手拗著阿關的腳，長手們抓住了阿關身體各處，使勁扳動拉扯。

這些長手力氣頗大，要是尋常凡人讓這些手這樣扯，就要五馬分屍了，縱使阿關有太歲力護體，全身上下還是讓長手扯得痛徹心肺。

伏靈布袋飛竄起來，蒼白鬼手暴旋抓出，新娘鬼手和百面鬼手也左右抓出，一下子扒斷一堆長手；伏靈布袋又是一震，大黑巨手和狼頭串也飆竄出來，五隻布袋鬼手大戰上百隻詭異長手，鬥得驚天動地。

抓著阿關的怪手一一鬆開，阿關跌落下地，揮動鬼哭劍亂殺，殺斷了好多長手，這才掙脫出來。

他剛牽起車，遠遠後方那粗壯惡鬼已經狂笑著殺來，奔跑的速度快上許多。

阿關大吃一驚，正要牽車逃跑，一旁幾扇門內傳出窸窸窣窣的聲音，幾個全身腐爛的人推開門，緩緩走出。那些人有的伸起尖爪，有的舉起手裡的尖刀，朝阿關撲來。

「喝！」阿關趕忙以鬼哭劍禦敵，斬倒一隻隻腐人。

突然又是一驚，他身後抵著的一扇門開了，裡頭一個長髮白臉女人伸手掐住了阿關脖子。阿關舉著鬼哭劍往後亂刺，那白臉女人幾聲慘叫，放開了手向後倒下。門後頭是黑濛濛的一片，又走出幾個慘白臉色的人，有老有少。

腐人一隻接一隻從門裡出來，阿關一邊砍著身後那些慘白人，一邊又要對付前頭的腐人。低頭一看，石火輪不知什麼時候讓那些腐人趁機拖走了。

「哇啊！」阿關揮動鬼哭劍猛殺，好不容易殺出一條血路，後頭的壯鬼幾乎已追到背後。阿關卯足了全力往前頭長手陣衝，跳過一隻隻斷手。阿關抓下空中的伏靈布袋，死命往前奔跑，石火輪讓剛剛那些怪人偷拖走了，讓他手足無措、亂了陣腳，後頭的壯鬼緊追不捨，他只能死命地逃。

他奮力狂奔，通道兩旁的門紛紛打開，走出來的都是腐人和慘白人。在伏靈布袋掩護下，阿關不斷斬殺這些腐人和慘白人，拚命往前殺去。

又到了一個轉角，是兩條岔路，阿關闖進其中一條岔路，卻發現在岔路之中還有岔路。就這樣繞了好一會兒，阿關幾乎分不清東南西北，只覺得雙腿發軟，腐人和慘白人像是殺不盡一般。

他正喘著氣奔跑，就見那光頭壯漢竟從前方岔路轉角踏出，凶狠地笑著。阿關大吃一驚，連忙停下，那壯漢狂奔而來，舉起大鎚，當頭就往阿關腦袋上砸。

阿關狼狽閃過，壯漢一把抓來，大黑鬼手從伏靈布袋暴竄而出，擋下壯漢這一抓。伏靈布袋裡的另外四隻鬼手也伸了出來，和壯漢一陣糾纏。

由於那壯漢身子太龐大，幾乎擋住了整條通道，阿關前進不得，眼看身後的腐人和慘白人也要追上了，阿關不得不捨下伏靈布袋，跑入另一條岔路。

就這樣不知道跑了多久，沿路上不停碰上推門出來的腐人，或埋伏在岔路中的慘白人。阿關沒有白焰符、沒有石火輪、沒有伏靈布袋，只能握著鬼哭劍，無助地且戰且退。

「天吶！老土豆還不來！」阿關靠在牆角，他好不容易又躲過一支腐人大隊的追殺，看著昏暗的燈光發呆，從放出符令到現在，過了幾十分鐘了。

才喘沒幾口氣，身後又傳來了腐人窸窸窣窣的腳步聲，阿關恨恨罵著，繼續往眼前無盡的長廊奔逃。他一邊跑，一邊心想，要是老土豆趕來，能救他逃走嗎？這千壽公不知用了什麼妖術，把據點三搞成這樣。他記得翩翩曾對他說過，據點三這棟樓布下了法咒，尋常鬼怪很難進入裡頭作怪，難道千壽公大軍壓境，親自來捉自己嗎？

想著想著，他突然驚覺自己跑入了死路。

這長廊有條彎道，阿關才剛轉進彎道，就愣住了。那是條死路，彎道的盡頭是一扇門，和這大樓的每扇門一模一樣。

他想要往回走，卻發現長廊另一頭，已擠滿了腐人，腐人也不跑了，慢慢地、一步步地、窸窸窣窣地朝阿關逼近。

喀嚓一聲，阿關回頭看去，身後那門開了。

阿關暗叫不妙，心想，那門後不知道又要出來什麼怪物。他揮舞著鬼哭劍往腐人堆裡殺去，陣陣屍臭讓他反胃欲嘔。

殺著殺著，他漸漸沒力，鬼哭劍的哀鳴越來越大，不知砍倒了多少腐人，阿關身上也讓腐人抓出一道道血痕。

退著退著，他終於還是被逼到了門口。

阿關見那門開著，卻沒有東西出來，眼前的腐人漸漸逼近，他在門口死撐了一陣，終於，一腳退進了那門裡。

突然身後一隻手伸出，是隻細嫩玉手，拎著阿關的頸子將他抓進了房。

阿關哇哇大叫，鬼哭劍亂揮，好一會兒才停下來，發現自己身在一間小套房裡，格局、大小就和自己的套房差不多。

這房間是粉紅色的，有張大床，床邊坐著的，是先前那電梯裡的美女。

「妳、妳……妳是千壽公的手下！」阿關緊靠著門，門已經關上了，門外還傳來窸窸窣窣的怪聲。

美女嬌媚笑著搖搖頭。

「是辰星的手下！他來了嗎？」阿關看著四周，要是五星之一的辰星啓垣親自駕到，那就算太歲部將全體即時趕來，都不見得能救出自己。

美女還是搖搖頭，笑了笑說：「那千壽神，和我們是夥伴關係。」

「夥伴關係……原來是他的聯盟。你們是來抓我的……妳……妳難道沒收到這陣子的耳語嗎？跟千壽邪神同盟，會成爲正神首先殲滅的目標的，妳、妳……要是妳願意加入正神陣營，可以……可以入洞天……」阿關沒頭沒腦地胡亂遊說。

美女微笑不語，聽阿關拉哩拉雜地講著。阿關腦子轟隆隆作響，嘴裡不停地說著，一方面拖延時間，等著老土豆來救，一方面又希望能說服這不知是邪神還是鬼怪的火辣美女。

阿關繼續聒噪講著，美女呵呵一笑，站了起來，一步步朝阿關走近，體態嬌柔嫵媚，眼睛露出異光。

阿關先是一愣，跟著身子無力搖晃起來，張口呵呵笑起，還伸出了舌頭，口水都要滴了下來，手裡的鬼哭劍搖搖欲墜。

美女走到阿關眼前，兩隻玉手一伸，就要往阿關頸上環去。

阿關嘟起嘴巴，要去親那美女，美女嬌笑，紅唇也湊了上來。

「喝！」阿關朝著美女胸口一劍刺去。

但差了那麼一點，美女在千鈞一髮之際向後跳躍，摀著胸前那血點，又驚又怒地看著阿關。

原來在電梯裡，阿關被這女妖的迷魂術迷住，卻讓新娘鬼手給打醒。剛才女妖第二次使出迷魂術，卻沒有起效，原因是阿關體內的太歲力起了保護作用。

「就差那麼一點……」阿關恨恨說著，又後退到門邊。本來他裝出被迷住的樣子，引那女妖過來，想殺她個措手不及，卻還是讓那女妖跳開了。

「好小子，竟然不怕我的奪魂眼？」美女笑了笑，看看酥胸前的傷痕，冒出淡淡黑煙。

美麗女妖手一抬，一束紅光射來。

阿關嚇了一跳，狼狽躲過，靠在牆上。美麗女妖接連射出紅光，終於射中阿關握著鬼哭劍的手。紅光像是有黏性，一打上阿關的手，就化成一團黏黏糊糊的團狀物。

美麗女妖接連射出紅光，將阿關的手腳全黏在牆上。

「這危險的玩具，眞是厲害吶……」美麗女妖朝阿關慢慢走近，吐了些唾液抹在受傷的胸前。

女妖又發出一道紅光，將鬼哭劍層層包了起來，也黏在牆上。

「傳聞中的備位太歲，原來是個可愛少年……」美麗女妖身子貼上阿關，磨著、蹭著。儘管如此，阿關仍然感覺不到往常那熟悉的邪氣。

眼前的美女，體溫、觸感、香味，和一般女人完全無異，阿關滿臉通紅，讓這美麗女妖蹭得直冒汗。

「小弟弟，你還沒碰過女人吧，想不想姊姊教你一些事呀……」那女妖嘻嘻笑著，媚眼半閉，在阿關耳旁呼著氣。

阿關只覺得腦中一片空白，什麼神魔交戰、什麼拯救生靈，全都不重要了，他只覺得在這一刻，自己的靈魂都要飛上天了。

美麗女妖伸出紅嫩舌頭，在阿關頸上、臉上不停舔著，舔著舔著就要舔到了嘴。那黏著鬼哭劍的紅色黏液，冒出了煙，似乎被鬼哭劍融化了些。阿關想到了什麼，腦中靈光急閃。

「眞危險的東西。」美麗女妖放出兩道紅光，將鬼哭劍覆得更緊實些。說完還吁著氣，在阿關身上蹭著，倒像是陶醉其中。

「哇哇！不要舔我的耳朵，我的耳朵最敏感了……」阿關求饒著，一邊將臉撇向左邊，躲著那女妖的香吻。

女妖聽阿關這麼說，不停媚笑著，去舔阿關耳朵。同時也一邊留神阿關右手上那團紅色黏團，免得鬼哭劍又融了那黏團。

「其實我的耳朵也不會太敏感……」阿關嘻嘻一笑。那美麗女妖啊了一聲，還不知道發生什麼事，接著見到阿關本來被黏在牆上的左手，此時竟掙開了黏團，同時手上還握著鬼哭劍。

她還沒來得及跳開，阿關已握著鬼哭劍刺進了她的身子。同時，伴著女妖往後跳的力量，鬼哭劍在女妖身子上拉開好大一道裂痕。

「嘎哇哇哇哇——」女妖怪叫，又驚又怒，但這劍刺得太深，且又拉出一道大大的裂痕，裂痕噴出陣陣黑煙，女妖倒在地上不停掙扎著，似乎難以置信。

原來阿關見鬼哭劍能融化黏液，於是默唸了咒，將右手握著的鬼哭劍召回。再唸了一次，卻是從左手召出，反握著劍，將纏住左手的黏液化開。

女妖只知道握著鬼哭劍的右手十分危險，裹上一層層黏團，卻沒想到阿關施咒將鬼哭劍換手。本來將阿關右手連同鬼哭劍裹得密不透風的紅色黏團，在阿關收回鬼哭劍後，還是大大一團，讓女妖不疑有他，倒成了鬼哭劍換手的障眼物。

阿關將頭撇向左邊，騙那女妖舔右耳，自然是爲了遮住女妖的視線，好讓他的左手能順利化開黏液。

阿關切斷身上其他黏團，跳下牆來，見那美麗女妖倒在地上抽搐，怕她突然又起來，便上前再補幾劍，將那女妖刺死。

阿關拍拍臉，讓火燙的情緒降溫，想將剛才的恐怖艷遇從腦子驅散。這是他第一次和女性那麼親暱，想不到對象是隻女妖。

阿關看看四周，這粉紅色的套房除了張大床，還有梳妝台、幾只矮櫃外，什麼也沒有。側著耳朵聽著門外，那些腐人仍然窸窸窣窣地走著，似乎不知道女妖已死。

阿關正發著愁，不知該如何是好。突然身前一陣紅光，一道符令現出，是老土豆給他的訊息，符令伴隨著老土豆的聲音，急急喊著：「阿關大人，你在哪兒啊？俺找不著你啊！」

「我在據點三，我被困住了！」阿關大叫：「我在據點三，七樓一間粉紅色的房間裡！」

阿關叫了半天，那符令漸漸消失。阿關才想起，老土豆放出的符令能傳來聲音，但自己的聲音卻傳不過去。

他掏掏口袋，通知老土豆的符令只剩下兩張。

阿關唸了咒，又放出符令，向老土豆求援：「老土豆！我被困在據點三的七樓，一間粉紅色套房裡，外頭好多鬼怪，快去找救兵……」

符令散去，阿關坐在床沿，等著老土豆來援。

又過了一會兒，門外傳來了「咚咚咚」的腳步聲。阿關一聽，連連暗叫不妙，這是那光頭壯漢的腳步聲。

阿關推動一個個櫃子，抵住房門。看著手裡最後一張符令，不知道放出來催老土豆快點好，還是留著好。要是放了這最後一張符令，他就再也無法傳話給老土豆了。

那壯漢在門外等了半晌，還敲了敲門，磅磅磅的聲音讓阿關膽顫心驚。

又一道符令傳來，老土豆急急嚷著：「阿關大人！咱們找著了石火輪，卻找不著你！你上哪去了？」

「我在七樓！七樓的牆壁全部都是紅色的！我在七樓的一間房間裡，房間是粉紅色的……」阿關放出最後一道符令。

符令又退了，老土豆又傳來新的符令：「咱們到了七樓，什麼也沒有，牆壁也不是紅色的！是不是你記錯了？」

阿關用完了符令，也無法回答，只能用力抵著櫃子，那壯漢越敲越大力，似乎察覺裡頭情形有異。

老土豆接連傳來符令：「大人！咱們找不著你呀！」

「大人你說話吶！」

「是不是符令用完了？」

壯漢開始撞門，磅磅磅地越撞越大力，阿關死命抵著櫃子，暗暗叫苦，心想要是老土豆還是找不著自己，那就完了。

老土豆又一道符令，嚷嚷：「阿關大人！翩翩仙子要你試試集中精神召喚石火輪，說不定石火輪能找得著你。」

「有道理！」阿關像溺水的人抓著了浮木，集中精神想著石火輪，身後的撞擊聲越來越大，那門已經給撞壞了，全靠幾只櫃子撐著。

啪嗤一聲巨響，門傳來了炸裂的聲音，阿關讓那巨響嚇了一大跳，知道那是壯漢拿著大鎚砸門的聲音。

阿關連連喘氣，集中精神召喚石火輪。

老土豆又傳來符令，興奮地說：「石火輪動了！石火輪動了！大人你繼續集中精神——」

接下來的等待眞是漫長，阿關汗如雨下，終於，抵著門的第一個櫃子讓壯漢手裡的大鎚打爛了。

阿關退到床後，推動床鋪抵住櫃子，並且繼續召喚石火輪。

老土豆又傳來符令嚷嚷：「我們找著伏靈布袋了……啊呀！是這兒了！是這兒了！」

阿關聽了老土豆傳來的符令，不禁歡呼一聲。

此時，抵住門口的櫃子已被打得稀爛。壯漢吆喝一聲，腐人們從破門縫隙鑽進房裡。

阿關呼了口氣，舉著鬼哭劍跳上床，砍著殺來的腐人。正奇怪壯漢怎麼不自個進來，隨即明白，這洞口不大，壯漢要進來可以，但會很勉強，反而讓阿關逮到機會刺他。

只見壯漢摸摸門緣，將門口的矮櫃全都推開，正彎著腰，準備找機會擠進來。阿關砍倒一隻腐人，作勢上前要去砍那壯漢。壯漢一見阿關朝他過來，趕忙又退了出去。

「來啊，你進來啊！」阿關對著門外叫著。

那壯漢哼了哼，繼續吆喝著腐人進攻。

突然一陣驚天動地，尖嚎聲由遠而近，門外閃耀起一陣陣彩光。

「翩翩、翩翩，我在這邊！」阿關一聲歡呼，跳著大叫：「我在這邊！」

那壯漢嚇了一大跳，提著大鎚往轉角廊道走去。阿關接連砍倒腐人，探頭出門外瞧瞧，見那壯漢似乎在轉角廊道處作戰。

阿關正要趕去幫忙，就聽到磅碰一聲，那壯漢往後一倒，倒在牆上緩緩坐下，腦袋已經碎了。

福生拿著大鎚跳到那壯漢身上，又補上兩鎚。

「福生！」阿關砍倒一隻腐人，跑了過去。

轉角那端是翩翩和若雨，還有老土豆。

「你們終於到了！我差點支持不下去！」阿關難掩高興，抓著福生雙臂，給他一個擁抱。

「這裡是哪裡？」阿關看著翩翩，問：「要不是妳叫我召喚石火輪，我真不知該怎麼辦……」

翩翩紗布之後的眼神嚴肅，想了想才說：「這裡是邪法布成的結界空間，是我從來也沒見過的結界，要不是你能召喚石火輪，我們還真找不著你……」

翩翩一面說，一面揚手在空中劃起符籙，掌心泛出陣陣白光，白光越來越亮，接著什麼也看不見了。

阿關張開眼睛，見到自己站在十樓的樓梯前，兩邊長廊通道空蕩蕩，並沒有先前那些擋路雜物。

原來鬼怪在十樓通道施下邪法、張開結界，使得阿關一走近，立時陷入結界而不自知，那些擋路的雜物、整修中的樓梯、緩慢的電梯等，自然都是結界中的障眼法了。

「這裡已經不安全了……我們先回據點二吧。」翩翩說著，邊回頭對老土豆說：「土豆兒，你快通知秋草妹子，要他們忙完手邊要事後，盡快回據點一和我們會合。」

「是！」老土豆化作一陣黃煙，鑽入了地下。

一路上，阿關一一訴說自己在電梯中碰上美麗女妖，在七樓紅色走道裡撞進長手陣，被腐人追殺，那光頭壯漢和伏靈布袋扭打，一直到進了粉紅房間、殺了美麗女妖，直到翩翩趕達爲止。

「女妖用黏液把我黏在牆上，我召出鬼哭劍砍斷黏液，刺死女妖……」阿關敘述時，也心虛地略過一些女妖曖昧誘惑的經過。

一行人回到文新醫院的特別事務部裡，見到老爺爺們和六婆都聚在電視前看新聞，老爺爺們起著鬨，嚷嚷著：「妖孽啊，怎麼怪事越來越多了！」

「群魔亂舞啊！」

「世界末日啦——」

「是千壽邪神的鬼計策！」翩翩略顯氣憤地說：「千壽邪神在四處挑起紛亂，目的是讓咱們正神手忙腳亂，疲於奔命。今天一早，城隍便領著家將們，四處驅除鬼怪去了，都是些零星的小鬼、小怪在搗亂。這兒一起、那兒一起，讓家將們一整天四處奔波。」

「這樣一來，就能分散我們的心力，讓我們無法集中全力攻打他。加上這些騷亂都是些芝麻小事，南部主營很難爲了死幾十隻豬，或是一、兩個凡人自殺，而派兵北上支援。這千壽邪神很工心計，不像順德邪神那樣天不怕、地不怕。」

阿關提起自己在那神祕結界裡時，感應不到往常熟悉的邪氣，而那異樣氣氛，現在回想起來，卻又有幾分熟悉，只是想不起來在哪感應過。

「或許在你進入結界之後，同時也被結界封住了你的感應；另一個可能是，那些妖怪的確不是你以往碰過的鬼怪。」翩翩這麼解釋。

「那是什麼？」阿關茫然地問。

「……」翩翩不語，她低著頭、蹙著眉，不知在想些什麼。福生和若雨同樣也神情嚴肅，若雨甚至顯得有些焦躁無措。

「翩翩姊，還是通報主營吧。」若雨這麼說。

「等秋草妹子回來，大家一起想想該如何報上去。」翩翩點點頭。

「到底是怎麼回事？」阿關有些訝異，連一向開朗的福生都嚴肅地閉目抿嘴。

「你還記得，我曾經跟你說過……」翩翩戴著頂黑色毛線帽子，耳邊垂下兩顆毛球，自從從洞天回來之後，她常常戴著不同的帽子，若雨也時常陪翩翩去挑選新的帽子和不同顏色的紗巾。

「除了天庭、人間，還有什麼？」翩翩問。

「嗯？」阿關愣了愣，沒想到翩翩會這樣問他。他努力回想著，翩翩跟他說過很多、很多事，他無法全部都記住。

「另一個人間，一個失敗的人間。」翩翩不等阿關繼續想，直接說明——

神仙在造出人之前，曾試驗過無數次，也失敗過許多次，現在的凡人，其實是「第二代人」，而那「失敗的人間」，裡頭住著的便是「第一代人」。

神仙賦予了那些「人」力量和智慧，卻無法賦予他們善心。

於是，有著鬼神般的力量，卻又帶著強烈惡念的「第一代人」逐漸失控，爆出一次又一次的動亂、一場又一場的戰爭。

終於，神仙忍無可忍，決定對這些「人」發動征戰。由於這些「人」具有天神般的力量，作戰實力不遜於天界神仙，神仙們雖然在一場場局部會戰中佔了上風，但始終無法取得關鍵性勝利。

於是神仙造出了另一個世界，是現在人間的反面，在陽世的底層。

神仙運用策略，將那些「人」逼進了那個「世界」，且在兩個世界之間建築了厚實的障壁，以防止「第一代人」越界。

經過了一段不算短的時間，神仙仔細檢討過後，創造出「第二代人」，也就是現在的凡人。基於上一次的教訓，神仙並沒有賦予凡人太大的力量，因此，凡人在體能上甚至不如許多飛禽走獸。同時，神仙在人的壽命上，也設下了嚴苛的限制，避免凡人過度成長，造成己身力量和智慧超出了文化和善知，又將步入「第一代人」的後塵。

而隨著凡人世界日益蓬勃發展時，神仙為了區別兩代人的不同，於是替那地底深處的「人」取了個名字——「魔」。

魔界和人間，是兩個不同的世界，有如洞天和人間一般。同樣地，魔界和人間之間，隱藏了一些「門」。

這些門本來是爲了將魔誘趕進魔界時而造的入口，現在反而成了魔界進攻凡間的大門。神仙在這些被稱爲「門」的入口上，施下強大的封印法術，且派重兵防守。

而魔與人一樣，會不斷發出惡念。不同的是，凡間的惡念有太歲鼎來吸納，魔界卻沒有。經過了數萬年的進化之後，群魔竟也在滿是惡念的魔界裡，發展出一套屬於自己的秩序。

魔界裡也有著大大小小的魔王，魔王們各自割據一方。此時適逢太歲鼎崩壞，人間動盪不安，正神分配在各地守衛「門」的力量相對弱了不少。魔界這些魔王便很可能會趁機對凡間展開反撲。

「在千壽邪神的勢力範圍內，就有一扇『門』，千壽邪神的合縱計謀被秋草妹子破壞之後，在無法與啓垣邪神合作的情況下，爲了抵抗正神征討，轉而尋求魔界魔王的協助，並非沒有可能。」翩翩這麼說。

「所以，我剛剛碰上的，是……妳剛剛說的『第一代人』，也就是『魔』？」阿關想了想，突然又說：「對了，那女妖曾說，她不是千壽公的手下，而是夥伴。這樣就對了，千壽公爲了對抗正神，引來了邪魔！」

說到這裡，老爺爺們都張大了口，一句話也說不出來；六婆則是皺了眉頭，努力去理解那些什麼「第一代人」、「第二代人」等等；阿泰停下了毛筆，口微微張著，神情又是好奇、又是害怕，一副想看熱鬧又擔心大家會有危險的模樣。

□

傍晚，城隍一臉憤恨，帶領受著輕傷的家將們回到了據點二，將這天的亂象大概描述了一遍。

一早，城隍便接到紅豆、綠豆的急報，說是各地都發生異象，家將團原本的職責便是驅除民間鬼怪，城隍一接到符令，便出動家將團四處巡視。

那些奇異事件，多半是些小鬼怪在作祟，家將們東奔西跑，只能掃蕩一些小鬼怪，累得人仰馬翻。

同時，家將們在途中三番兩次遭到鬼怪偷襲，大都是零星的突擊，鬼怪們躲在樹梢、巷尾、街角，冷不防就扔出一些邪法符咒。

雖然這些邪法符咒對家將們沒有造成重大傷害，但是一而再、再而三地突襲，讓家將們又氣又恨、身心俱疲。

「這可惡的千壽邪神！要是讓我逮到，非扒了他的皮不可！」城隍怒氣沖沖地說。

又過了一會兒，林珊這路人馬也回來了，老土豆搶在前頭，兩個土地婆跟在後頭，慌慌張張地趕上樓。

青蜂兒受了重傷，癱在飛蜓背上，一旁的林珊不斷地對青蜂兒施放救傷咒，急急喊著：

「醫官、醫官快來——」

「青蜂兒！」

「怎麼回事？」

翩翩、若雨等人見青蜂兒受傷不輕，趕緊搶上幫忙，特別事務部裡頓時一陣騷亂。兩位醫官急急趕來，大夥兒手忙腳亂地將青蜂兒抬進一間空病房裡。

林珊臉色慘白，喝了杯水，述說這天經過。

經過先前三路進軍的大勝，雖然沒有捉到千壽公，卻也殺了不少邪神鬼怪。林珊估計，至少讓千壽公損失了兩成左右的兵力。

上午，林珊見阿關還睡著，便自個兒帶了飛蜓和青蜂兒再次出擊，突襲另一處據點。那是千壽公的重要據點之一，林珊猜測在昨夜一戰後，千壽公的兵力或許會撤往這據點，那是一處樹林。

由於先前幾次交手，千壽公的兵馬雖多，陣中卻沒有強悍大將，尋常小鬼怪再多，也抵敵不了飛蜓、青蜂兒的強攻，因此林珊信心滿滿地領軍攻打。但卻意外地在那片樹林遭到頑強的反擊。

一陣陣陌生的妖氣充斥著整個樹林，搶在前頭的青蜂兒和飛蜓撞進樹林裡一處結界。那結界內部和外頭一模一樣，全都是樹林，兩人一開始還沒發現，只當這樹林極大，直到他們怎樣也找不著林珊，才發覺有異。

結界裡擁出了一批批的妖兵鬼卒，有些身上帶有明顯邪氣，那是千壽公的手下；有些傢伙身上的氣息卻十分陌生，不知是何方妖孽。

其中有頭巨大的惡牛，有一層樓高，橫衝直撞，撞倒了樹，瘋了似地攻擊飛蜓和青蜂兒。

另一方面，結界外頭的林珊遍尋不著兩人，只好召出白石寶塔裡的精怪幫忙一起找。

此時，幾隻邪神領著鬼卒四處殺來，林珊召出寶塔所有精怪，大殺一陣，好不容易才打退邪神。老樹精和幾隻狐狸精四處探找，終於找著了那結界所在。

結界裡，青蜂兒被幾個厲害傢伙聯手圍攻，又讓那大牛踩過身子，身負重傷。飛蜓將青蜂兒揹在背上，死命大戰，好不容易等到林珊率領狐狸精們破壞了結界，這才救出他們倆。

林珊說完，看了看飛蜓，飛蜓也受傷不輕，正讓醫官包紮傷口。飛蜓一臉冷然，凝視地下，不願意多做補充，一臉只想盡快出戰、討回一口氣的表情。

「好了，該你們說了，發生了什麼事？」林珊喝了口水，她看看城隍和家將，又看看同樣負傷的阿關。

大夥兒七嘴八舌地講著今天發生的事，講到魔界時，幾個年輕神仙都露出不安的神情。

魔界最後一次大舉入侵人間，已是千年前的事了。魔界群魔個個擁兵自重，要合作本來已不容易，在千年前那場大戰，被神仙擊敗後，便再也沒有類似的大規模入侵了。

也因此，翩翩這批被煉出不過十幾、二十年的年輕神仙，對魔界的認知，僅止於神話傳說，完全沒有臨戰經驗，也難怪會感到不安。

城隍、家將、老土豆等也不過是百來年的神仙，對魔界也是一無所知。

「我認爲，我們應該往上通報，將我們的推測和發生的事，報告給主營知道，讓大神做決定……」城隍一臉正經地說。

福生連連點頭：「對啊，我們對魔界沒輒，應當請鎮星藏睦爺派兵來援，聽說鎮星藏睦爺和手下將士對魔界相當有研究。」

林珊點點頭，說：「據點三已不安全，我想，今晚大夥兒全待在據點二，明天準備找新的地方，作爲新的據點。」

□

這晚，風吹得大，三名天將聚精會神地巡守四周，另外三名天將由於負責白天的巡守，此時正在休息。

阿關和阿泰在院子裡閒聊，林珊等神仙則在特別事務部裡繼續商討對策。六婆和老爺爺們則早已在各自的寢室裡就寢。

「你這傢伙，你老實說，你和新的仙女睡了這麼久，有沒有發生什麼事？」阿泰吸著菸，詭異地笑著。

阿關白了他一眼：「你鬼扯什麼？床鋪是上下鋪，我睡上層，她睡下層，什麼事也沒發生。」

「哇靠！你是不是人？暴殄天物！你敢說你完全不會肖想嗎？你對天發誓！」阿泰呀呀

嚷嚷地鬧著阿關。

「想歸想，想又不一定要做，我又不是你。」阿關皺著眉說：「別只想這些，你替神仙做事也存了不少錢吧，以後想怎麼花？」

「我沒想過！」阿泰呼出一口煙說：「還不就是存起來，將來買間房子給阿嬤住，然後……再買間房子自己住，開家店，蹺著二郎腿自己當老闆！」

「開店也沒那麼容易，你還得請人幫忙啊，你要開什麼店？」阿關隨口問。

「酒店、舞廳，再不然開間賭場也不錯，錢滾錢，錢滾滾而來！」阿泰揮著手答。

「喂！」阿關推了阿泰一把。「這樣錢一下就敗光了吧，你不能開間正常一點的嗎？」

「什麼正常的店？」

「例如小吃店、餐館、咖啡廳之類的……」

「不管啦，這些以後再慢慢研究。」阿泰揮了揮手，哈出幾口煙，朝醫院大門外走去。

「嘿，這麼晚了，你還要出去？」阿關跟了上去。

「幹嘛，去買個飲料而已。」阿泰指著外頭距離不到五十公尺的便利商店，說：「你膽子什麼時候變小了？」

「誰膽子變小了。」阿關攤攤手。「一起去吧。」

「對了，那你呢？你只問我，你自己以後想幹嘛？」阿泰問。

「安置好我媽媽，然後，開家店蹺著二郎腿收錢……」阿關仔細想了想，答。

「幹咧，學我喔！」阿泰啊啊怪叫。

「就是這樣啊……」阿關伸了個懶腰說：「再不然，到處旅行也好啊，如果眞能度過這場劫難，一定要好好度假旅行，走到哪玩到哪囉，先玩他個三、五年再說……」

走進便利商店，阿泰挑了幾罐啤酒、幾樣零食，阿關拿了瓶可樂。結帳時，阿泰還不忘虧了虧便利商店的女店員。

剛踏出店外，阿關只覺得渾身不對勁，一股異樣氣氛從醫院那方向傳來。阿泰則漫不經心大步走著，開了啤酒就往口裡灌。

「等等！」阿關連忙上前一把拉住阿泰。

「怎麼了？」阿泰愣了愣，看看四周。「什麼也沒有啊。」

阿關搶在前頭，慢慢往醫院大門走去，那股異樣氣氛越來越強烈，正是白天在套房遇上的妖異氣氛。

魔界的氣氛。

醫院大門警衛室裡的警衛，正伏在桌上呼呼大睡，和先前並無不同。

「他們來了！」阿關剛踏進醫院大門，更濃厚的妖氣襲來，像風吹一樣。以往的邪氣較爲濃重，令人作嘔，這時的妖氣卻顯得清淡而詭譎，像墜入了另一個世界。

「你不要這麼敏感。」阿泰毫無感覺，跟在阿關身後走了許久，又開始大口喝起啤酒。

兩人一前一後，往樓上走著，四周仍和往常一樣，値班的醫師偶爾走過長廊，也有家屬扶著病人出來散步。

經過了兩條通道，阿關推開了特別事務部的門。

一個人也沒有。

他轉身又推開了隔壁特別病房的門，也沒人。

連重傷靜養的青蜂兒也不見了，阿關不禁愕然，阿泰這才警覺起來。兩人對看一眼，跑進特別事務部。

「結界！」阿關緊張地四顧周遭，深怕會有東西竄出來，他氣憤地說：「又是結界，一定是妖魔布下的結界，可惡，我們又中招了！」

阿泰打開櫃子，搬出一小箱的驅魔咒，說：「不對啊，我寫的符都還在啊！」

阿關拿起桌上二十來張白焰符。阿泰指著符說：「那是我今天寫的，都還在啊，這裡是特別事務部沒錯，不是結界啊！」

阿關唸了咒，朝門口射出一道白焰，白焰筆直閃耀，的確是白焰咒沒錯。

「如果不是結界，那他們全上哪去了？」阿關在特別事務部裡找了找，眞的一個人也沒有。

「阿關大人呱！」一張辦公桌上傳來了聲音，阿關看了過去，原來是桌上的白石寶塔。

癩蝦蟆探出了頭，對他喊著。

「怎麼回事？其他人呢？」阿關三步併作兩步地跑了過去，抓起寶塔問。

癩蝦蟆只伸出顆頭，說：「我也不知道啊呱，咱們精怪在塔裡頭自己做自己的事，誰也沒注意到外頭的情形。直到剛剛，幾隻待在塔頂玩的精怪，嚷著叫我們上去，說是有片紅光從外頭窗子映了進來。我們上去塔頂時，往塔外四周看了看，所有的正神全都不見了。」

癩蝦蟆還沒說完，老樹精和綠眼九尾狐狸跳出寶塔，急急地解釋：「阿關大人吶，那是妖怪們的邪術，讓結界困著的不是大人你，而是其他神仙吶！」

「什麼？」阿關大驚：「你說神仙們都掉進了結界？」

綠眼狐狸點頭說：「我感覺得出來，那紅光和林珊仙子今兒個在樹林裡碰上的結界一樣！」

阿關呼了口氣，捏緊了拳頭。「魔界進攻據點二了！」

「阿嬤也進結界了嗎？」阿泰驚慌怪叫著：「那些老猴也被抓進結界了！」

阿關又是一怔，遠處傳來了新的邪氣，是熟悉的邪神鬼怪的邪氣。他走近窗邊往窗外望，見到幾隻邪神站在遠處的高樓上，比手劃腳像是在指揮著，一隻隻鬼怪沿著道路往醫院這邊聚集而來。

「千壽公殺來了！」阿關駭然低喊，老樹精和綠眼狐狸湊了過來。

「大人，我們要趕緊找出結界的施法處，好救出正神們。」老樹精這麼說。

「你們有辦法破結界嗎？」阿關問。

綠眼狐狸想了想，答：「可能沒辦法，但集合精怪的力量，總有些法子。今天樹林一戰，就是靠咱們狐狸找著結界方位的。」

這綠眼狐狸有九條尾巴，成精已超過兩百年，比老土豆還老。這些日子以來，已成了白石寶塔裡頭十來隻狐狸精們的頭頭。

「好，就這樣決定，那些邪神可能以為我也進了結界，暫時應該不會有所防備，我們趕緊救出大家。」阿關想了想，又有些猶豫：「但是千壽公的邪神很可能會感應到我身上的靈氣，這怎麼辦？」

綠眼狐狸精說：「不要緊，我不會隱靈咒，但我會放出法霧，也能稍微隱藏人氣，只要邪神別靠得太近，也有隱匿的效果。」

「好！我們開始行動！」阿關向阿泰招了招手說：「阿泰，你躲進白石寶塔裡，我來幫你下咒……」

阿泰推開阿關的手，罵：「幹！我不要進去，你沒聽過有福同享、有架同幹這句話嗎？我像是貪生怕死、臨陣脫逃的小俗辣嗎？」

「要是邪神殺到，你又打不過！」阿關嘖嘖地說。

「媽的，你瞧不起我？等我打不過的時候，再躲進去不就行了！」阿泰連連搖頭說：「你一臉浩呆樣，我怕你被邪神耍得團團轉，得要我這金頭腦在你身邊出主意才行！」

「隨你便，先讓我下咒，這樣你才能隨時進寶塔……」阿關對著阿泰額頭畫了個符印，現出一枚小巧黃色符印，在阿泰額前閃了兩下，再漸漸褪去。

阿泰喝了兩聲，替自己增加威勢，接著從櫃子裡翻出他的武器，有好幾盒加強版雷火蛋、綁著紅繩的雙截棍以及一大盒驅魔符。

「看看我的新武器！」阿泰又拿出一只鐵盒，神祕地笑著，打開了鐵盒。

阿關湊過去看，那盒子裡裝著滿滿的十字飛鏢，是用硬紙摺成的，上頭還寫著符籙。

阿泰得意地說：「這是阿嬤教我的新法術，比驅魔咒強些，可是我學不會，放不出咒，乾脆把咒語寫在飛鏢上，用射的。」

阿關看著手上的白焰符，只有二十來張，氣呼呼地罵：「喂！原來你這陣子只顧著研發自己的新武器，不幫我寫符了！」

阿泰瞪大眼睛罵：「幹！你那張符我寫得煩死了，同樣的東西寫了幾千、幾萬遍，快吐了，作夢都會夢到，用腳都會寫了！反正我這些東西分你用也是一樣。」

兩人將雷火蛋和符鏢分了分，阿泰套上那件慣用的出戰風衣，將雞蛋和符鏢放進大衣的口袋裡。阿關外套口袋沒那麼多，只好隨便抓個袋子裝一裝。

「啊呀，這是虎爺的木頭小廟！」阿關在六婆的桌下，發現了小廟，他對著小廟喊了喊，牙仔從裡頭探出了頭。阿關蹲下對他招了招手，牙仔蹦了出來，像隻小狗一樣跳上去舔著阿關的手。

阿關拍著小廟，將一隻隻虎爺都叫了出來，再將他們趕進了白石寶塔裡，方便隨時出戰。

「啊，他們來了！」老樹精在窗邊看了一會兒，見到本來站在遠處樓房上的邪神都飛了下來，往醫院逼近。

綠眼狐狸精對著阿關、阿泰吹出兩口紫霧，紫霧在兩人身邊圍繞著。

「走了啦——」阿關低聲催促著還在找墨鏡的阿泰，兩人、兩精怪就這樣躡手躡腳地走出了特別事務部。

「要解開結界，首先要找著結界的施術點，接著再以法術強行破壞結界，若是找不著施術點，或是找著了施術點但破壞的法力卻不夠，都沒辦法解開結界。」綠眼狐狸解釋著，白天樹林一戰，封住飛蜓和青蜂兒的結界施術點，就是讓綠眼狐狸領著一票狐狸精找著的。

阿關點點頭，外頭的邪氣越逼越近，他們在四樓找了一遍，沒有發現。

走下三樓，阿關望著通往二樓的樓梯，明顯感到樓下傳上來的邪氣，他知道邪神已經領著鬼怪進了醫院。

「眞糟糕呀……」阿關帶著阿泰和兩精怪往三樓另一邊走。他心裡慌亂，要是開打起來，醫院裡的病人可怎麼辦？

一個護士迎面而來，見了阿關和阿泰鬼鬼祟祟走來，便喚住了他們。「你們是家屬嗎？有事嗎？」

「不是……」阿關神色慌張，隨便敷衍兩句，就要走。

那護士也挺倔，竟一手攔下他們，警戒地問：「嘿？你們是誰啊？這裡是醫院，你們不是病患家屬，不能隨便亂逛！」

「哇靠！」阿泰啊了一聲，他聽出了這護士的聲音，是玩具城一戰時，死也不把電話接給醫官的那個值班護士。

原來小護士只是實習生，在玩具城一戰之後，已結束了那階段的實習，最近幾天才開始回來實習新的課程，又是晚班，以致於阿泰一直找不到她。

「又是你這爛人！」小護士聽阿泰罵起髒話，也想起了這個傢伙。

「你們到底是誰？我要報警了！」小護士說著說著，就要開始大叫。

狐精吹了一口氣，將小護士迷昏。阿關連忙對她施了法，將小護士扔進寶塔裡。

「你扔那麼快幹嘛？」阿泰惡狠狠地說：「應該讓我扒光她，好好教訓她一頓，氣死我了！我現在就進去教訓她！」阿泰邊說，作勢就要往寶塔裡跳。

「少白目了，現在還開玩笑！」阿關踹了他屁股一腳，說：「我們趕快把病人全收進寶塔，免得等下打得亂七八糟，會傷及無辜！」

狐狸精點點頭，輕喚幾聲，寶塔裡的精怪一隻隻跳了出來，跑進各個病房，將裡頭的病人迷昏，一個個搬了出來。

文新醫院本來便不大，一樓是大廳、掛號櫃台、領藥處，和幾間門診；二樓是各科的診療室；住院的病人全集中在三樓；四樓則是手術室和特別事務部，以及成了老爺爺們寢室的房間。

不一會兒，數十隻精怪便一一將迷昏的病人全拎了出來。阿關對著他們施法，將他們一個個丟進寶塔，寶塔裡的精怪則將病人堆到一旁，排了整齊。癩蝦蟆沾了口水在病人臉上亂畫，然後自顧自地呱呱怪笑，似乎覺得這樣的惡作劇很有趣，阿火對他吼了兩聲，癩蝦蟆這才趕緊把口水擦掉。

突然一陣紅光現起——是醫官的符令，符令伴著一名醫官的聲音：「大人……快逃……」

阿關愣了愣，就見到前頭轉角，一名邪神拎著醫官，走了出來。醫官滿臉是血，手上還抓著半截符，身子一軟，掛在邪神手上，動也不動了。

那邪神見了阿關，也是一驚，大吼了起來：「他在這兒，備位太歲在這兒！他沒進天障，他在這兒！」

# 22 神祕結界中的結界

「通報出去，備位太歲在這兒啊！」那邪神大吼起來，吆喝著手下鬼卒出去通報，跟著拋下醫官屍骸，提起大刀就往阿關衝來。

「邪神啊——」綠眼狐狸和老樹精、阿泰都嚇得連連後退。

老樹精見阿關還留在原地，急得大喊：「阿關大人，趕快逃啊！」

「阿關，你嚇傻啦，快過來！」阿泰拿著雙截棍大吼，雙手卻不自覺發起抖來。他先前在老人院與玩具城一戰時，大多是打些小鬼小怪，此時見邪神凶惡衝來，不禁有些膽寒。

「……」阿關回頭，見到後頭一陣騷動，有些精怪還忙著搬病人，讓這邪神一嚇，全慌亂得不知所措，有些病人給胡亂扔在地上，眼看就要大亂。

阿關知道自己若是後退，邪神領著鬼怪衝來，後頭的精怪和昏睡的病人必定死傷大半，他只好硬著頭皮召出鬼哭劍與那邪神對戰，接了幾刀，虎口便給邪神大刀震得生疼。他突然靈機一動，往後退了幾步，對著手上的白石寶塔講話：「待會兒我沒叫你們，你們別出來……」

邪神又殺了上來，阿關胸前伏靈布袋震了震就要竄出，卻讓阿關一手按住，不讓鬼手竄出。

阿關將白石寶塔往一旁牆邊扔去，邪神來勢甚急，見到阿關扔了個東西，從他腳邊滾到身後，本以爲是什麼符咒，連忙停下。回頭見到只是座石雕寶塔，在地上什麼動靜也沒有。

阿關趁那邪神回頭，衝上前一陣亂砍，都讓邪神以大刀格開，邪神哈哈大笑：「使這什麼詭計！」邪神邊笑，邊舉起大刀反攻阿關。阿關轉攻爲守，集中精神閃避格擋邪神的猛攻。同時緊緊抓著胸口的伏靈布袋，不讓鬼手發動突襲。

綠眼狐狸和老樹精一面指揮著後頭的精怪，將病人抬往安全的地方，見到阿關獨自力戰邪神，都驚慌得不知該如何幫忙。

綠眼狐狸大喊：「裡頭的做什麼！還不出來？」

阿泰遠遠地擲來幾枚符籙飛鏢，都讓那邪神揮刀打落。

阿關奮力又接了幾刀，抓準了時機，這才大喊：「虎爺出來咬他！」

邪神還沒會意，背後腳邊那白石寶塔才震了起來，阿火當先竄出，虎吼震天。邪神陡然一驚，連忙回頭。

阿關趁著邪神回頭，趕緊將伏靈布袋朝那邪神左上方一拋，蒼白鬼手鼓動著黑氣爆出袋口，大黑巨手也同時緊跟在後轟出。

「喝！」邪神一下子反應不及，身邊敵人本只有阿關一個，一眨眼間四面八方全是敵人，一時之間手上的大刀竟不知該往哪兒招呼。他這麼一遲疑，握著大刀的手腕已讓速度最快的牙仔一口咬住。他左手揮拳要打牙仔，卻又讓虎爺二黑一口咬住左手腕，阿火緊接著撲上，側頭張口，咬住了那邪神側腰。

幾乎是同時間，布袋鬼手也緊緊按住邪神雙肩，抓住邪神雙手，大黑巨手捏緊拳頭，轟隆一拳砸在這邪神胸口心窩上。

邪神給這瞬間爆出的猛攻打得手足無措，毫無抵抗之力，阿關搶上來一劍刺入邪神胸口。

白石寶塔裡的虎爺和精怪們紛紛躍出，和那邪神率領的鬼怪們大戰。

陸續自樓下趕來的鬼怪，則紛紛大聲通報：「啊呀！這兒有好多下壇將軍！原來還有正神在上頭！」鬼怪們退下了樓，虎爺、精怪們也不再追。

阿關撿回寶塔，回頭喊著：「病人呢？快把病人全都搬來！」

狐狸精和老樹精大聲指揮，虎爺攔在阿關身前護衛，精怪們接力將病人全搬進了寶塔。

此時，方才邪神上來的樓梯口，又傳來陣陣邪氣，想必是後頭追兵聽了鬼怪的通報，全往這兒殺來。

綠眼狐狸精說：「大人，咱們寡不敵眾，應當避開他們的強攻，想辦法解開結界比較重要！」

「嗯！」阿關點點頭，將精怪、虎爺們又全都召進寶塔，領著阿泰、老樹精和綠眼狐狸精，轉身往後逃。

醫院裡每條通道模樣看來都十分相近，青色的牆壁陰慘慘的。

阿關搖搖頭，想揮去腦中不好的記憶，地下道追逐、套房大樓結界追逐，直到現在，又在狹窄小通道裡奔竄逃跑，他覺得自己快要得狹道恐懼症了。

來到一處分岔口，阿關選了左邊進去，不一會兒便匆匆退了出來，因爲他感到前方傳來陣陣邪氣，原來是鬼怪們從那裡廁所的窗戶鑽了進來。阿關等只好轉入右邊通道，那條通道盡頭有條樓梯通往二樓。

來到樓梯口，底下也有邪氣逼上，鬼怪們似乎兵分多路，一齊夾攻。在此同時，阿關背後的邪氣也漸趨逼近。

阿關將阿泰推進了寶塔，同時將老樹精和狐狸精也召回寶塔。

眼見兩邊鬼怪就要夾殺至這轉角，除了樓梯，這裡還有男女廁所。阿關帶著寶塔躲進男廁，打開最裡頭一間雜物間，將寶塔放入雜物堆裡，在鬼怪殺到男廁外時，趕緊一腳朝寶塔踩去，自個兒也跳進寶塔裡。

鬼怪們擁入男廁，推開一間間隔間廁所，四處聞嗅尋找。

跌入塔底的阿關，很快地奔上塔頂，與大夥兒一齊往塔外看。只見到兩隻鬼怪踢開這雜物間的門，吸了吸鼻子，什麼也沒聞到，而且沒發現雜物堆還藏了個白石寶塔。

「別看了，笨鬼，他們有大批人馬，小小一間廁所，裡頭沒有就是沒有了，還聞個屁！一定是逃上樓了，趕快上去追！」一隻邪神在廁所外呼喝著，鬼怪們搔搔頭，跟了出去。

半晌之後，兩隻蜂精悄悄飛出塔外、飛出男廁，在四周探了探，確定鬼怪都上樓去了，這才飛回男廁，朝雜物間裡的白石寶塔打了個暗號。

阿關跳了出來，拾起寶塔，召回蜂精，往樓下逃去。

□

翩翩環顧四周，一邊將手臂上的紗布打了個結。

林珊握著長劍守在一邊。

寢室裡一點異樣也沒有，床上還鋪著那白棉製成的棉被，床頭擺了幾片冰晶，都是翩翩的獨照。

翩翩這間寢室和特別事務部只隔了幾間房，本來大夥兒都聚在特別事務部裡討論情勢，六婆和老爺爺們則都早早回自個兒寢室歇息。

翩翩正準備回寢室換藥，以往一向是若雨幫忙的，但若雨正和飛蜓爭論著戰情上的歧見，翩翩不好打擾，但她獨自一人換藥，卻也有些不便。林珊善解人意，見了這情形，便主動陪翩翩回房換藥。

才換好藥，窗外就罩下了一片紅光，從窗子看出去，外頭一片暗紅。

林珊立時拔出長劍，翩翩也趕緊將紗布紮好。

林珊推開房門，看看外頭，蹙了蹙眉。

「又是結界？」翩翩看看林珊。

林珊點點頭，指著門外說：「模樣全變了，是結界沒錯。」

林珊和翩翩一前一後出了房間，只見房門外頭是一條筆直且幾乎看不見盡頭的長廊，長廊左右兩邊都是病房，房門上的編號數字有四位數，似乎暗示著這長廊的長。

翩翩召出雙月，惱怒罵著：「這千壽邪神不知向誰借了膽，竟接二連三對正神發動襲擊。」

「想必是得到了魔界哪個魔王撐腰，有恃無恐了起來。」林珊應著，頓了頓又說：「若是尋常攻擊也沒什麼，但我們一干歲星部將，可從沒和魔界交手過，光是這奇異結界，就夠讓人頭疼了……」

「不知紅雪他們現在如何，外頭兩隻猴子的情形又如何？」翩翩皺了皺眉。

林珊聽翩翩說外頭兩隻猴子，知道是在說阿關和阿泰，不禁笑了起來，說：「翩翩姊，先前妳與阿關大人處得不好嗎？」

「沒什麼好不好，我每日教他練符，他乖乖學，就這樣……」翩翩淡淡地回答。

前方漫長通道裡，一扇扇的門一下子全敞開了，許許多多的腐爛妖物，搖搖晃晃地走出房門，往兩人步步進逼。

「通道直狹窄小，用法術直擊。」林珊見前方妖兵緩緩逼來，並不緊張，反而回頭看了看翩翩，隨意地問：「那他對妳如何？」

翩翩一躍而起，旋轉身子，幾十道光圈向前射去，打碎一片腐爛妖物。林珊也直舉長劍，放出金光，射倒一隻隻敵兵。

翩翩落地，往前走著，淡淡笑著說：「他只當我是戰友罷了。」

走了一會兒，通道仍十分長，翩翩有些不耐，說：「秋草妹子，咱們用飛的比較快！」

林珊搖搖頭說：「翩翩姊，這漫長通道只是障眼法，速度快或慢，差別不大，我們只能細心感應有無異常之處，好找出這妖異結界的施術點才行。」

「妳說得有理……」翩翩點點頭，與林珊靜靜往前走著，一人在左、一人在右，順著牆壁往前感應。偶有些腐爛妖物從兩邊房開殺出，都讓兩人順手殺了。

兩人走了一會兒，前頭有些聲響，林珊注意到前頭一間房門傳出異常的氣氛。喚了喚翩翩，翩翩也伸手去感應，也感到有股異樣氣氛不斷瀰漫出來。

「出口？」翩翩破解過據點三的結界，這時感應到那門上傳出的氣氛，和據點三的結界施術點一模一樣。

兩人同時伸出手，白光和黃光從兩人手裡漫出，在門上旋繞轉動起來。

只見到兩股光在門上慢慢破開了個洞，那洞越來越大。

從那光洞看進去，隱隱約約見到一間寬闊的房間，六婆正拿著符，守護著縮在牆角的老爺爺們。

另一邊是舉著大刀的城隍，正指揮著家將，抵擋妖魔們的圍攻。

邪魔中為首的是隻虎面惡魔，正好整以暇地指揮手下妖魔攻打家將團。虎面惡魔拿著兩把彎彎曲曲的怪刀，儘管范、謝將軍在前頭圍攻，甘、柳將軍在後頭圍攻，都打不倒他。

「這不是出口，是入口！」

「結界中還有結界！」

兩人對看一眼，趕忙跳進那結界。

「仙子來了、仙子來了！」老爺爺們叫喊起來。在據點二裡，他們吃了不少醫官開的調理補藥，雖然動作體力無法和年輕人一樣來勁，但心臟倒是增強不少，面對突如其來的異象，沒一個嚇昏，還能大聲吆喝地替六婆和城隍加油打氣，偶爾也幫忙扔幾張符。

虎面惡魔見了翩翩和林珊闖入結界，雖有些訝異，卻也不當一回事，隨口嚷嚷著：「怎麼漏了兩個小丫頭？無妨，自個兒送上門來！」

翩翩和林珊一闖進來就讓團團小妖魔圍住。只見這妖魔陣中，除了帶頭的虎面妖魔之外，還有幾名帶隊的妖魔，輪番領兵攻打城隍和家將團。

仔細一看，這寬大空間的模樣像是十幾間房間擠壓在一起，景象十分奇異，天花板竟和地板一樣，倒擺著桌子、椅子、小櫃和一些雜物。

「擒賊擒王，翩翩姊！」林珊高喝一聲。

「好！」翩翩縱身飛竄，躍到那虎面惡魔身前，和虎面惡魔對了幾刀，向一旁的家將吩咐：「這傢伙我來對付，你們收拾其他傢伙！」

「是！」家將立時分散，轉而對付其他妖魔。

「好大的口氣！」虎面惡魔聽了，大笑幾聲，舉著兩柄怪刀隨意攻擊，似乎不把眼前這小蝶仙放在眼裡。

翩翩雙月一晃，化成兩柄大光刀，朝著那虎魔連攻幾十刀，或劈或斬，刀刀都如同暴雷流星。

「喝！」虎面惡魔料想不到這眼前小仙，外表比剛剛圍攻他的剽悍家將瘦弱許多，且全身、頭臉都裹覆著紗布，一副身染重病的模樣，打殺起來竟如此強橫凶猛。

虎魔奮力格擋翩翩的攻勢，被逼得連連後退，還發出「咿咿啊啊」的聲音。

林珊揮動長劍，一面抵禦一隻邪魔將領，一面指揮城隍、家將們大戰妖魔。

「快來助我……來助……嘶呀——」虎魔手忙腳亂地後退，正要吆喝手下來幫忙，肩頭已經中了翩翩一刀。

虎魔怪嚎著，往一旁逃開。翩翩追得死緊，一刀接著一刀追擊，虎魔中刀那手臂已經無力舉起，剩下的一隻手更無法抵抗翩翩雙刀亂斬。

虎魔張口一吼，吼出團團黑霧，想阻住翩翩追擊，不料黑霧才剛噴出，就給翩翩以光圈射散。

十幾道光圈穿過黑霧，打在虎魔身上，將虎魔胸前斬得皮開肉綻。

「嗚啊！」虎魔舉刀亂砍，翩翩一個翻身，飛到他頭頂上方，左手揮出許多光圈，右手靛月高高舉起，落雷似地對著虎魔頭頂斬下。

轟隆一陣巨響，虎魔讓翩翩自頭頂劈開兩半，身子往兩邊裂開，「啪嗒」砸在地上。

妖魔們本來急著想救己方頭目，早已亂了陣腳；此時見到頭目不但戰敗，且還被斬成兩半，全嚇得騷亂起來。林珊和城隍指揮著家將一陣掩殺，殺得妖魔們四處亂竄。

這奇異空間在騷亂中也變了樣，有些妖魔唸起咒語，在許多地方開了洞，鑽逃出去。房間開始扭曲，許多本來「擺」在天花板上的桌椅開始墜落，城隍指揮著家將在老爺爺們上方護衛，將落下的雜物全打到一邊。

「妖物們在破壞結界，我們趕緊出去！」林珊嚷著，引著大夥兒跟在四竄的妖魔後頭，也逃出這神祕空間，又回到了本來的結界中——那條漫長通道。

一行人魚貫往前走著，城隍向兩位仙子描述方才發生的事。本來各自回房就寢的老爺爺們在陣陣牆壁擠壓聲中醒來，發現每間寢室竟都接在一塊兒，房間開始擠壓變形，有些桌椅給擠到了天花板上，四周出現了一圈圈黑色小洞，一隻隻妖魔闖了進來。

六婆房內供著的城隍，立時領了家將團出來禦敵，而翩翩和林珊也在不久後便趕來救援。

「妖魔使用異術，將我們困在不同的結界空間中，我們得趕緊想辦法與其他人會合！」林珊這麼說。

六婆則十分擔心地說：「哎呀，不知道我那猴孫和阿關現在情形怎樣？」

「慚愧，我對這些異術卻是束手無策，只能盡力護衛兩位仙子。」城隍一聲令下，四季神在後頭斷後，城隍則與范、謝、甘、柳四將軍在前頭開路。

林珊和翩翩仍一左一右，專心感應著這漫長通道有無異常氣氛，只求趕緊闖出這結界，與其他夥伴會合。

□

飛蜓推開門，門外一片白。

這是好大一間病房，在遠遠那頭，才看得到牆壁和門，這是間超過兩千坪的超大型病房。世界上沒有這種病房，自然又是魔界妖魔施下的神祕結界了。

超過千張的病床上躺著許多「病人」，有的斷手斷腳，有的長了兩顆頭。照顧那些「病人」

的「護士」，有些長相甜美，有些卻是三頭六臂。

「下等妖魔，就只會裝神弄鬼！」飛蜓哼了一聲，一副凶狠模樣，提著長槍躍上半空，落在一張張病床之間。妖魔護士和妖魔病人們發出了尖銳怪笑聲，紛紛朝飛蜓撲去。

飛蜓挺起長槍一陣突刺，將那些撲來的妖魔護士和妖魔病人身上刺出一個又一個窟窿，跟著迴身一記大掃，將第二波撲上來的妖魔們打飛老遠。

後頭跟上的是掄動大鎚的福生，大鎚氣勢萬鈞，將眼前張牙舞爪的妖魔病人們都砸得東倒西歪。

飛蜓和福生如入無人之境，很快地在這妖魔群中殺出一片空，屍骸鋪了滿地。

醫官扶著青蜂兒跟在後頭，青蜂兒臉色蒼白、傷勢嚴重，手上還不忘提著那柄綠色長刀。若雨則拿著大鐮刀負責斷後。

「這結界太大，根本找不到出路。」若雨四處探看，一點頭緒也沒有，又急又惱地說：「不知道翩翩姊她們怎樣？」

原來眾神仙在青蜂兒的病房裡討論戰情，若雨和飛蜓意見相左，正僵持不下，突然一陣怪異氣氛襲來，窗外一片血紅。大夥兒驚慌之餘，開了門才發現又被封進了結界。

就這樣，飛蜓領著大夥兒打頭陣，一連經過了好幾間怪異病房，打倒一批批妖魔鬼怪，這才來到這間廣大如同球場的白色病房。

「我們在結界裡根本認不了路！這該怎麼辦才好呀？」福生一面嚷嚷，一面打著那些扮成病人和護士的妖魔們。

飛蜓大殺一陣後，注意到對面門前幾張病床上躺著的人，一直沒有動靜，始終靜靜躺著，不像其他病床上的人都起身張牙舞爪。

「風來——」飛蜓旋動長槍，槍尖上轉出一股強大旋風，再向上一摺，將前頭數十隻妖捲上了天花板，重重砸落下地。

福生跟在後頭，一手拿著大鎚，另一手則將靠近身邊的病床高舉起來，當作投擲物，砸進妖魔堆中，砸倒一片妖魔。

一行人從這頭打到了那頭，漸漸接近對面房門。

五張病床擋在門前，其中一張病床上的病人，留著好長的髮，都拖到了地上。那幾個躺著的人，雖看不清面目，但身上那股妖異的氣氛十分明顯，顯然也是魔界妖魔。

「裝神弄鬼！還不起來？」飛蜓一聲怒喝，飛躍過去，一槍往那長髮拖地的病床刺下。

病床上那女妖一身黑衣，膚色是淡淡的青，長髮鋪滿了床，本閉眼躺在床上。飛蜓長槍刺來，只聽見唰的一聲，本來垂在地上的長髮一股腦地全往上竄，飛蜓只覺得眼前黑了一片，前後左右全是頭髮，又黑又長的髮。

千百撮長髮捆住紅槍、千百撮長髮刺向飛蜓，有些長髮已捆上飛蜓腳踝。

「小心！」福生和若雨同時大叫，但同時也見飛蜓反應奇快，一掌比了個指印，兩股暴風在身邊旋起，斬斷前後左右數不清的黑髮。

「風來——」飛蜓握著槍的手一使勁，一股旋風自飛蜓手上旋上槍桿，前後旋繞斬轉，瞬間將捆著紅槍的黑髮都切碎了。霎時只見到無數斷髮在半空中飛散炸開，髮絲紛紛飛落，像是下起了黑雨。

長髮妖女這才睜開眼睛，雙手一揮，更多長髮互相糾結，結成一杜粗壯大刺。一杜杜長髮大刺竄向飛蜓，飛蜓長槍上還流動著風，左右揮掃，將幾條大黑刺都撥開，槍尖對準妖女閃電般刺下。

倏的一聲，長槍刺穿病床，長髮妖女在千鈞一髮之際跳離病床，右肩讓長槍劃出一道長長口子，滲出深青色的血。

「後頭！」

飛蜓聽到福生大喊，回頭一看，一個身著純白中山裝的男妖，已從五張病床那最右側的病床躍起，勢子極快。福生提醒的聲音還未停歇，白衣男妖已經揚起手中那銀亮軍刀，閃光似地朝飛蜓突刺十來刀。

飛蜓扭腰轉身，同時旋動長槍，一一格開白衣男妖每一記刺擊。

同時，一張病床以千鈞之勢砸向白衣男妖，男妖轉身朝病床劈砍幾刀，將病床砍成碎塊。是福生扔來的病床。

飛蜓往後一飛，落到福生身旁，拍了拍他肩頭，以示感謝。

同時，另外三張病床上躺著的妖魔，也站了起來。

這五張病床，五個妖魔，似乎是將領等級，他們一站起，四周的妖魔全停下了動作。

「哼！是魔界裡的將軍？不怎麼樣！」飛蜓冷笑，輕輕搖動長槍，槍上紅纓飄飄晃動。

黑衣長髮妖女低頭看看肩頭裂傷，神情漠然，接著雙手輕搖，手上指甲竟越來越長，足足長到三十公分長，是墨青色的指甲，銳利如刀子。

「苦楚，傷無大礙吧？」那白衣男妖回頭問著那叫作「苦楚」的長髮女妖。

苦楚面無表情，肩上的裂傷竟慢慢癒合。

白衣男妖膚色黝黑，與一身肅穆白色中山裝成了強烈對比。他揮舞著那柄銀白色軍刀，動作十分優雅。

「偉大的神仙啊，眞是偉大！」一個矮小的男妖跳到白衣男妖身後，他穿著一身破衣，戴了頂大帽子，帽簷壓得極低，看不清臉孔，聲音嘶啞難聽，胳臂一黑一紅，上頭有些奇異符籙圖案。

另一邊站著的是個身型高䠷的女妖，她穿著一身紅衣，拿著褐色的長鞭，甩了甩髮，嘴角微揚。

最後一張病床上站著的是個小孩模樣的妖怪，但他臉上只有一隻眼睛，卻有四隻手，張開口「咿咿啊啊」，模樣十分奇怪。

「各位！」白衣男子開了口：「這些偉大的神仙創造了我們，卻將我們逼進黑暗，說我們是『魔』，說我們不好。現在，復仇的時候到了，我們該不該讓他們用血來還？」

「該！」

「該！」

四周的妖魔都吼了起來，霎時一片鬼哭神號。

「哼，狗屁連篇，魔就是魔，還裝高雅，要打我才不怕！」飛蜓見這五隻妖魔實力不弱，情緒反倒亢奮高昂起來。

白衣男妖高高躍起，俯衝而來，另外四隻妖魔也隨即跟上。

這邊飛蜓和福生也毫不畏懼，衝上前接戰。

神和魔在偌大的白色病房邊角處，展開激烈大戰。

若雨守在青蜂兒身旁，想去幫忙，又怕四周妖魔擁來攻擊傷重的青蜂兒。

白衣男妖的銀刀飛快，或刺或砍。飛蜓一柄長槍舞得更加眼花撩亂，和白衣男妖對戰幾十刀，還不時放出旋風攻擊其他妖魔。

長髮女妖逼近飛蜓，長髮漫天蓋去。飛蜓放出幾股旋風，引著那些長髮往白衣男妖身上射去。

白衣男妖避得狼狽，揮了幾刀砍斷襲來的髮，瞪了長髮女妖一眼：「苦楚，謹慎點！」

福生大鎚一鎚鎚突擊那矮小男妖，矮小男妖四處亂跳，紅色右掌拍了拍地，手上的咒文一閃，就蹦出一隻野鬼或一隻妖怪，這是這矮小男妖——「鬼子」的拿手召靈咒術。

福生一鎚橫著揮過，將鬼子召出的三隻鬼怪都打了個粉碎。

紅衣女妖跳到青蜂兒面前，一鞭打來。扶著青蜂兒的醫官大驚失色，拖著青蜂兒急忙後退。青蜂兒正要舉刀，後頭若雨已經揮動鐮刀替他格開這一鞭。

「好啊，我還怕妳不來呢。」若雨舞動大鐮刀上前接戰，和紅衣女妖大戰起來。

若雨是千隻瓢蟲練成的仙，最喜歡紅顏色，這時全身也是紅衣紅裙，和那紅衣女妖打得難分難解，幾張病床的範圍內只見到兩團紅影閃動，一道道紅光迸發亂射，讓人看得眼花撩亂。

若雨佔了上風，紅衣女妖鼓嘴吹出一口紅氣，紅氣化成火，一團火焰迎面蓋向若雨。

「呀！」若雨尖叫一聲，讓那團火迎面打中。

鬼子哈哈大笑：「燹是使火的高手，什麼太歲爺麾下高手如雲，碰上咱們魔將，還不是哀哀叫！」

女妖「燹」，是妖魔裡使火的高手，她看著眼前那幾張讓火燃著的病床，還閃動著若雨掙扎的身影，不由得得意起來。

「紅雪姊！妳沒事吧？」青蜂兒有些著急。

福生也喊了喊：「紅雪？」

飛蜓看了幾眼，擋了白衣男妖幾刀，又看了看那幾張燃著的病床，哼了一聲：「別裝了，紅雪，要比玩火，誰玩得過妳……」

飛蜓還沒說完，那片火霎時分成兩半，站在火中的若雨毫髮未傷，只是衣角有些焦黑。若雨輕舞著鐮刀，鐮刀的刀身此時也閃動著火光，燹吹出來的火，竟隨著鐮刀擺動。燹有些驚訝，瞪著若雨，半晌說不出話。

「妳這學人精，我穿紅色妳也穿紅色，我玩火妳也玩火。但可惜呀，假貨就是假貨，要學也學像點，我還當是什麼火，原來只是一般的火術。」若雨嘿嘿笑著說：「除了熒惑星大人的『紅龍焰』、太陽星君的『九焱』，和翩翩姊的『千年不滅』之外，沒幾種火是我放在眼裡的。」

「還妳！」若雨鐮刀猛然一甩，將那團火朝著燚甩了回去。

燚躍了起來，閃開那團火，火團打在十來公尺外的牆上，燒出一片焦黑。

魔將們見了都大吃一驚。飛蜓一輪猛攻，一槍朝白衣男妖刺去，白衣男妖狼狽閃開，肩上被劃出一道口子，濺出一些紫血。他往後一退，又讓飛蜓放出的旋風打個正著，白衣霎時碎裂，胸口被割出一道道血痕，身子往後急倒，倒進了身後那群扮演病人、護士的妖魔堆中。

白衣男妖跳起，額上青筋暴露，已無先前的風度，推開幾隻妖魔，大喊著：「還佇著幹嘛？全上啊！」

「嘩！」妖魔們聽白衣男妖一喝，紛紛怪叫著，潮水般湧了上來。

本來略居下風的五魔將，此時仗著大批妖兵魔卒的圍攻助戰，情勢開始逆轉。

若雨被燚率著妖兵圍攻，福生只好退到青蜂兒身邊守護。

魔將之一的鬼子拍手大笑，每拍一下手，就拍出一團泛著霧氣的黑球，福生一邊躲著黑球，一邊打著擁來的妖兵。

幾隻妖兵擁至青蜂兒身邊，都讓青蜂兒揮刀砍死。鬼子知道青蜂兒受了傷，成了拖油瓶，便呼喝指揮著妖兵專攻青蜂兒。

一群妖兵衝到眼前，青蜂兒砍了幾隻，醫官扶著他往後退，更多妖兵擁來，眼看就要撲上青蜂兒。

「千針——」青蜂兒朝妖兵一指，手指放出綠光，幾百支三吋長的光針從指尖射出，將那群妖兵射散。

飛蜓戰得興起，將手中那大刃長槍當作砍刀來用，一記揮砍劈在黑衣女妖苦楚的肩上，將苦楚身子劈成了兩截，又迴身一腳踹在那獨眼小魔將肚子上，將他踹飛老遠。

圍攻福生的鬼子遠遠看了，不免一陣膽寒，大叫著：「好在苦楚不怕砍，要是劈在我身上，我可死定了！」

還沒說完，那黑衣女妖苦楚裂成兩半的身子，又動了起來，左半身拖住了右半身，弄了好一會兒將身子對齊，傷口漸漸癒合。她的臉沒有一絲表情，此時的情景看來詭異至極。

那獨眼小妖本來只在飛蜓周圍嘎嘎叫著，幫不上忙，此時被踢倒在地上，竟哇哇哭了起來，越哭身子越大，聲音也從嬰孩般的尖亮，成了低沉的怪吼。

本來身高還不到一公尺的獨眼小孩，竟長成了一個三公尺高的獨眼巨漢，身上肌肉糾結，臉上一隻大眼顏色不停變化。

「惹惱了牛孩兒，你可慘了！」鬼子哈哈怪笑。

牛孩兒揮動大拳，撲向飛蜓；白衣男妖也跳上去助戰，銀白色長刀一刀刀砍向飛蜓。飛蜓毫無懼意，挺槍接戰。

牛孩兒有四隻手，四個大拳頭揮起來幾乎沒有空隙。飛蜓一邊躲著牛孩兒的巨拳，一邊接著白衣男妖的刀。

飛蜓長槍舞動快絕，抓了個機會，一槍刺進牛孩兒肚子裡。牛孩兒哀號一聲，卻沒倒下，肚上的傷口慢慢變黑，傷口附近的肌肉扭動隆起。

飛蜓大吃一驚，他那長槍竟陷在牛孩兒的肚子裡拔不出來，他使勁拽扯，可痛得那牛孩兒哇哇大哭。

白衣男妖見機不可失，舉刀跳來。飛蜓搖動長槍，以槍柄擋下幾刀，一腳踢開白衣男妖。身後一陣長髮襲來，飛蜓躲不及，讓長髮捆住了腳，幾撮長髮刺進了他的身子。苦楚撲了上來，面無表情，五指併直，指甲像刀一樣，刺進飛蜓腹部。

「哇！」飛蜓大叫一聲，口裡噴出了血，奮力大吼：「風來——」

四道旋風在飛蜓身邊捲起，一道旋風切斷他身上頭髮，一道逼退跳來的白衣男妖，一道旋風將苦楚吹開，另一道旋風捲至右手上，傳至長槍，再從長槍上旋到牛孩兒肚子上的傷口裡。

牛孩兒大吼一聲，旋風順著長槍鑽進他的肚子，將長槍周圍的怪肉絞碎，長槍終於拔了出來。

同時，牛孩兒也一拳砸在飛蜓身上，將飛蜓打得騰空摔進妖魔堆裡。

飛蜓翻身蹦起，揮動長槍狂掃，將身邊妖魔全掃飛。白衣男妖和苦楚見飛蜓接連受傷，機不可失，急急追擊，前後圍住飛蜓，牛孩兒也跟上，三方圍攻。

飛蜓嘴巴淌血，發狂似地力戰三魔將。

另一邊的福生揮倒幾隻妖魔，見飛蜓陷入苦戰，慌忙地抓了幾隻妖魔扔去，砸在牛孩兒身上，想引他分心。

牛孩兒讓福生扔來的妖魔砸中腦袋，氣沖沖地轉向，朝著福生跑去。

鬼子逮著機會，跳上福生後背，黑掌在福生左臂上拍了兩下，只見符印現起，福生狂吼起來。中了鬼子咒法的福生，甩開了鬼子，左臂不停蠕動，似乎有東西要鑽出來。

「哇哇！」福生大叫一聲，左臂嘩的一聲斷了，斷臂掉在地上，有幾隻小怪物在斷臂上爬著，啃著福生的斷臂。原來是鬼子的咒法將妖怪召進福生的手臂，咬斷了福生的手。

「象子！」青蜂兒大叫，砍倒幾隻妖魔，拖著醫官退到福生身旁，放出光針射退鬼子和妖魔。青蜂兒喘著氣，不停放著光針。

醫官將那些咬著斷臂的小妖踩死，唸了咒，一團白光籠住了那斷臂。醫官滿臉大汗，緊抱著福生的斷臂：「沒關係，手還接得上、還接得上！」

若雨想趕來救援，卻讓獒指揮著妖魔圍住，分不了身。

福生倒在地上，摀著左臂斷處，臉上全是汗水，恨恨地瞪著在遠處拍手的鬼子。

福生低吼幾聲，咬牙切齒，臉色漸漸變黑，身子抖動起來，背上似乎有什麼東西要鑽出來。

牛孩兒撲了過來，一拳朝福生揮下。只見福生狂吼起來，右臂突然變化，成了一片大大的褐色大牌，咚的一聲，接下了這拳。

牛孩兒退了幾步，眼神有些驚訝，他摸了摸大拳頭，似乎有些疼痛，哼了哼，又朝福生轟了好幾拳。

福生右手化成的大板塊相當厚實，像是盾牌一樣，接下一記又一記的拳頭。突然，福生又大吼起來，他的背隆起一大塊，轟然竄出一個黑影，打在牛孩兒身上，將牛孩兒打飛了好遠。

原來那是條粗壯的犄角，有福生四隻手臂合起來那麼粗，上有兩處關節，活動自如。福生吼叫著，殺紅了眼，揮動犄角，將撲上來的妖魔全打了個粉碎。

「象子！你那化甲術十分耗力，小心使用！」飛蜓大喊著，提醒福生別耗盡力氣。說歸說，飛蜓自個兒卻也用上了全部功力，他全身旋著風，那紅色長槍也圍了層層旋風，長槍所到之處，都殺出一片血雨。

這頭若雨也使出火術，只見鐮刀由原本的黑灰色變成了亮紅色，且本來堅硬的刀身此時竟有些流動感，像一只彎月形的火刀，忽長忽短。燚接連吹出的火，都讓若雨的火鐮刀打散，有些還附上火鐮刀，反而成了若雨的武器。

白衣男妖見這幾個年輕神將竟如此難纏，又驚又怒，眼前的飛蜓雖然受傷頗重，但凶猛卻絲毫未減。

「可惡，眞難纏，我去叫虎哥他們來幫忙！」鬼子拔腿狂奔，奔到了飛蜓一行來時那扇門前，開門出去。

只聽見才剛開門進去的鬼子哇哇怪叫，又跑了進來。

「怎麼了？」白衣男妖不解問著。

鬼子還沒回答，半掩的門就被轟爛了，幾道光圈打了進來，鬼子避得狼狽。

「哇！」

「有救了！」青蜂兒和醫官面對著那門，驚喜地大叫。

城隍領著家將們率先殺了進來，接著是翩翩和林珊，然後是六婆和老爺爺們，最後是家將中負責斷後的四季神們。

「翩翩姊──」若雨高興喊著。

「你們來晚了！」飛蜓咳血大笑。

福生則還沒察覺，專心揮動犄角打著妖魔。

翩翩等見這白色大病房裡戰情如此慘烈，二話不說，全殺上去助戰。

林珊飛向青蜂兒，揮動長劍發出光術，打倒了圍攻青蜂兒的妖魔們。青蜂兒本來就已受了重傷，又接連死命發出光針，此時見援軍趕來，體力終於透支，腿一軟就倒了下來，讓身旁的醫官一把扶住。

林珊扶住了青蜂兒另一臂，看向城隍，長劍朝白衣男妖一指：「上！」

翩翩則飛竄趕去支援飛蜓，雙月晃出光刀，對準苦楚和白衣男妖一陣狂攻。苦楚首當其衝，讓翩翩攔腰砍成兩段，往後一倒，又蹦了起來，雙手抓著下半身，對準了斷處讓傷口慢慢癒合。

「什麼玩意？」翩翩看苦楚這番怪模樣，有些吃驚。

「好凶狠的傢伙！」白衣男妖本來已對飛蜓的驍勇大大吃驚，卻見翩翩一上來就將苦楚砍成兩截，不禁駭然。

翩翩聽白衣男妖這麼說她，將矛頭對準白衣男妖，追了上去。

白衣男妖面對翩翩雙刀如同暴雷般的攻勢，只能奮力以銀亮軍刀硬接，接得十分吃力，邊打邊退，突然怪叫了一聲，右臂中了一刀，跟著腹部也中了一刀。

白衣男妖哇哇大叫，苦楚趕來救援，張開十指刺向翩翩。翩翩轉身和她對了幾下，又一刀切斷了她的手。

苦楚接著了斷手，湊到斷臂處正要接上，幾十道光圈漫天蓋來，全砍在苦楚身上，一下子將苦楚斬得七零八落。

「哇！碎成這樣要怎麼接？」跟在後頭的鬼子大驚失色，接著了幾個苦楚身子的碎塊，是一部分腰和一截斷臂；白衣男子也接了幾塊，是半邊臉和一隻腳掌，駭然大驚，高聲喊著：「撤……撤退！」

妖魔們全都擁向另一頭的門，有些接著了苦楚的碎塊，便往碎塊較集中的地方扔去，好讓苦楚拼回身體。

只見苦楚半顆腦袋連著肩膀和胸，一隻右手慌亂地將碎塊往身上拼，有時拿到了一塊，卻不知該往哪湊。她面無表情，本來會讓人覺得詭異心寒，但此時倒顯得狼狽滑稽。

有大批妖魔墊底，魔將們全退到了那頭門邊，妖魔們將苦楚的碎塊全往門口扔，掩護著魔將出了門。

剩下的妖魔則擋在門邊，林珊指揮著家將大殺一陣，總算將妖魔們殺退。

醫官、林珊、翩翩等，替飛蜓、福生等做了簡單的急救治療。

城隍則唸著咒，放出符令：「四方土地！據點一遇襲，神將盡皆被困，備位太歲生死未卜，速速前來支援！」

一行神仙凡人，推開魔將退出的那扇門，繼續往前走去，只盼趕緊逃脫這奇異結界。

# 23 辰星與千壽公

「哇，看這陣仗，老土豆可千萬別這時候來啊……」阿關一行人伏在窗邊，往外頭看去。

他們在二樓一間診療室裡，趁著邪神帶領鬼怪全都上了四樓搜索的空檔，阿關按計畫放出幾隻狐精四處搜索，找了許久，始終找不著結界的施術點。

據綠眼狐狸說，在那結界施法處，瀰漫著一團奇異氣氛，若不注意，十分難以察覺。狐精天生在這方面的感應便強過其他精怪許多，白天樹林那戰，也是狐精先發現了，通報給林珊，林珊才發現的。

而此時往窗外看去，醫院外頭已圍了許多鬼怪，都是千壽公的鬼卒。遠處幾棟大廈上都站著邪神，從這扇窗往外看，就能看到四個邪神。

本來阿泰嚷著要叫老土豆搬救兵，但此時千壽公在外頭圍了重兵，要是老土豆這時趕來，肯定是自投羅網。

阿關將頭湊得更靠近窗，讓老樹精往後拉了拉：「大人，小心讓邪神發現了……」

「好像有些聲音……」阿關仰了頭，想往上看，他聽到醫院上方好像傳來交戰的聲音：「不會是林珊他們出來了吧？」

還沒說完，一個黑影落下，往一樓砸去。在黑影落下時，阿關和那黑影打了個照面，看得一清二楚，那是據點二的一位守衛天將，全身傷痕累累。

守衛天將砸到了地，下頭的鬼怪們嚎叫起來，聽聲音似乎是一擁而上。

「天吶，是天將！」阿關怪叫著：「是天將！天將並沒有在結界裡，他在外頭被鬼怪圍攻——」

狐狸精一把摀住了阿關的嘴，將他往後拉，老樹精也幫忙拉著阿關後退。「大人！你別衝動……」

轟隆一聲，一隻怪模怪樣的鬼怪貼上了窗子。「在……這……兒……啊——！」那鬼怪眼珠子瞪得極大，仰起脖子，猛烈大吼。

阿關霎時感到四周邪氣劇烈竄升，想必是四周所有鬼怪全朝這殺來了。

「鬼叫個屁？」阿泰掏出驅魔符咒，對著窗子發出一道紅光，將鬼怪震下了窗。

一個邪神暴衝而來，衝破了窗，半邊身子都鑽進窗裡，突然往後一縮，原來後頭有個東西拉著他不放。

阿關看了仔細，是另一個天將。那天將半邊臉已爛了，方才在空中死命大戰，見鬼怪全都擁上一處，知道那必是發現了備位太歲。天將拚了全力，剩最後一口氣，也要拖住一隻邪神。

那邪神讓天將拉了出去，氣急敗壞，轉過身去，張開大爪，一爪掐住了天將脖子。

「啊！」阿關只覺得心中惱怒慚愧全揪成了一團，他看著那天將無神的眼，再也忍不住，怪叫怪吼地衝了上去，跳躍出窗。

二樓加上窗沿，不過幾公尺，阿關在空中召出鬼哭劍，見那邪神離他已遠，索性用力一擲，將鬼哭劍當作飛鏢扔了過去。

邪神讓天將纏著，閃避不及，讓射來的鬼哭劍刺中小腹，頓時狂吼起來。落下的阿關砸在鬼怪堆裡，讓鬼怪抓個正著。鬼怪才要動手，幾道黑影旋風般揚起，將他們抓了個粉碎。

伏靈布袋竄出阿關衣服，鬼手們大開殺戒，狼頭串也跟著出來，圍著阿關繞了一圈護衛著他。

鬼怪們嚎叫著，遠處高樓上的幾隻邪神見了這頭騷動，全飛擁殺來。

嘩的一聲，鬼怪抬頭往上看，一隻隻精怪從窗口跳出，狐精揹著阿泰也跳了下來；跟著虎吼震天，虎爺們也一隻隻撲了下來，最後是拿著白石寶塔的老樹精跳了下來。

這下天降神兵，將鬼怪殺得膽顫心寒。

「幹！殺呀！」阿泰揮著雙截棍，不時丟出符鏢，符鏢威力不小於雷火蛋，射在鬼怪身上便炸開一陣黃光。

阿火朝天怒吼，像是猛虎出鬧，跳得好高，落下時踏死幾隻鬼怪，嘴裡冒著火、腳下踩著火、頭頂泛著火光，連眼睛都像要噴出了火。

阿火周邊的鬼怪嚇得四處逃竄，來不及逃的，便讓阿火咬了稀爛，或吞了下肚。

阿關也抓出袋子裡的雷火蛋和符鏢亂扔，在伏靈布袋掩護下，也殺開一條路。奔到那被鬼哭劍擲中的邪神身旁，邪神肚子已破開一個大洞，倒在地上死了。

原來以往鬼怪邪神總是讓鬼哭劍刺一下、劃一下，也就那麼一下。但這邪神讓鬼哭劍刺在肚子上，自個兒又拔不出來，反而傷得更重，肚子全爛了。

阿關彎腰去撿鬼哭劍，還沒碰到劍柄，鬼哭劍卻自個兒浮了起來，往阿關手裡送。阿關正覺得奇妙，便看見那天將竟還沒死，倒在地上想要站起。

「還有沒有其他的天將？」阿關上前一把拉起天將，問著他。

「大人……其他天將……都戰死了……只剩我一個……」天將受了重傷，講了兩句，嘴裡流出許多血。

阿關見遠處邪神已領著大軍殺來，趕緊在天將額上畫了咒，將他推進老樹精手上的白石寶塔：「進去找狐狸幫你敷藥，別再出來！」

「備位太歲——」一隻邪神躍下了地，舞弄著一支狼牙棒，嘻嘻笑著說：「可要讓我領了頭功！」

「別急，先抓到我再高興也不遲。」阿關舉起鬼哭劍，一手握了一把白焰符，咬了牙，往那邪神衝去，大喊著：「虎爺來幫我！」

「唉呀！自個兒送上門來？」邪神大吃一驚，他聽說備位太歲身手不是挺好，時常得靠天將神兵來護衛，此時卻齜牙咧嘴地朝自己衝來。

邪神拿著狼牙棒和阿關對了幾下，回頭看看其他邪神已經飛近，深怕讓其他邪神給搶了功勞，鼓足了全力攻擊。

阿關覺得握著鬼哭劍的手腕十分疼痛，打在邪神的狼牙棒上像打在石牆上一樣。

幾隻虎爺已經趕到，圍著邪神攻打。邪神越急，出手越是慌亂，他伸手抓向阿關，都讓鬼哭劍逼回，還差點讓鬼哭劍刺中；突然腳上一疼，原來是讓那黃身黑紋的二黃咬住了小腿。

邪神不把二黃放在眼裡，心想腿上有甲胄，索性任二黃去咬，先抓了備位太歲再說。哪知道突然猛烈劇痛襲心，低頭一看，小腿的甲胄破了個洞，肉都給咬去了好大一塊。二黃本就十分凶猛，這一咬可不留情。

阿關趁著邪神分神之際，揮動鬼哭劍，在那邪神手臂上劃了一下。牙仔也跳上邪神腦袋，咬住邪神鼻子不放。

邪神哇哇大叫，舉起了狼牙棒，又讓伏靈布袋的大黑鬼手一把抓住了手，蒼白鬼手五指如刀，插進了邪神身子。

阿關一劍由左至右砍過，在那邪神腹部開了個大口。

邪神倒了下去，死前的神情似乎在後悔自己太小看了這備位太歲。

「大軍殺來了，快、快！」老樹精吆喝著，一隻隻精怪、虎爺又跳回寶塔，醫院庭院裡的鬼怪原本讓精怪殺得四處竄逃，此時見援軍將到，又重新聚了起來，往庭院反撲。

眼見邪神就要殺來，阿泰將帶著的驅魔咒全拋上了天。幾隻狐精朝天吹了口氣，將驅魔咒吹得漫天飛舞，十來隻衝得較快的鬼怪，全都撞上了天上飄著的驅魔咒，痛得摔落了地，打起滾來。

阿關和阿泰，以及所有精怪虎爺都跳回了白石寶塔，只剩幾隻鳥精合力叼住寶塔飛了起來，飛回剛剛跳下來的那扇窗裡。

「好可惡的小子！」第一個趕來的邪神氣得大罵，他揮動著大砍刀，揮出一陣青風，將飄在天空中的驅魔咒全都吹碎。

幾隻邪神紛紛趕來，有些穿過了牆，殺進醫院。

在寶塔裡，一批精怪負責替其他精怪療傷包紮，寶塔裡囤積了不少醫官開的療傷藥。精怪們七手八腳地將治傷藥敷在那讓阿關救回的天將身上。

原來當神仙們聚在特別事務部時，天將仍然必須在據點二周圍巡守。所以，當魔物潛入據點二施放結界時，留守外頭的天將並未被封入結界。

察覺到異狀的天將趕回來時，千壽公的邪神便率領著大軍殺來，六名天將寡不敵眾，一個個倒下。

當天將對著精怪敘述的同時，阿關和阿泰早已領著幾隻狐狸精跳出寶塔，繼續在這醫院走道裡探找。幾隻狐狸精前後左右用鼻子嗅，用眼睛仔細瞧，希望趕緊發現結界的施法處。

一張符令忽地閃起。

「阿關大人！你在哪兒啊？」是老土豆的聲音。「城隍說據點二被攻擊，說你生死未卜呀，別擔心，俺馬上趕來救你！」

「別來啊！」阿關怪叫著，又想起老土豆聽不到，急得跳腳。外頭盡是邪神鬼卒，要是老土豆這時趕來，無疑自投羅網。

正想著時，一群鬼怪早已由四周擁了進來，有些甚至穿過了牆，鑽了進來。

一隻大邪神從地上現出，一張青臉滿是刀疤，一手拿著短斧，一手拿了條金繩子。

阿關感到那邪神傳來的邪氣驚人，知道是狠角色，趕緊轉頭就跑：「快退！全都進來！」

幾隻狐狸聽了，全都往寶塔裡跳。一隻狐狸精跳進寶塔前，還朝後頭吹了口紫氣，那是迷魂咒，希望能擋住青邪神一下子。

青臉邪神一斧揮開了紫氣，一點也不當一回事。

身旁幾隻鬼卒大聲叫囂：「咱們祿將軍神威蓋世，一點也不怕你們這迷魂紫氣！」

阿關和阿泰跑了老遠，邊跑邊吵，阿泰就是不肯進寶塔。

「幹！我也會法術，你別老是把我當小孩子！」阿泰怪叫，隨手丟出兩只符鏢。那符鏢做得極精緻紮實，射出去的勢子挺快，打中了兩隻鬼怪，鬼怪霎時著了火，吱喳叫著倒了下去。

「你手眞巧！」阿關邊跑，也掏出了只符鏢，仔細看著：「摺得還眞漂亮！你以前怎不去做手工藝，比畫假符騙人好多了！」

「囉唆！」阿泰怪叫。

阿關拿著符鏢，感到背後邪氣陣陣逼來，哈哈一聲轉過身去，想出其不意地用符鏢射那被稱作「祿將軍」的青臉邪神。

才一轉身，鏢還沒射出去，祿將軍像是變魔術一樣，閃到了阿關眼前，一把抓住了他的手，往牆上一拽。

「磅！」一聲，阿關整個人砸在牆上，只覺得胸前一陣劇痛，幾根肋骨似乎有些裂了。

「！」阿關痛得叫不出聲，他這才發現自己太小看邪神了。有些邪神較弱，有些邪神很強，他殺了幾隻弱的，便以為邪神沒什麼好怕，這時終於讓他遇上個強的了。

阿泰轉回來救，讓祿將軍一拳打上了天花板，落下時已經昏死過去，全身骨頭不知斷了幾根。

蒼白鬼手伴著暴風竄出，一擊一擊殺向這祿將軍。

白石寶塔落在地上，幾隻虎爺吼著竄出。阿火躍到阿泰身邊，銜了他往寶塔一甩，甩進了寶塔，同時也有十來隻精怪跳出來接戰。

祿將軍大喝一聲，身影一晃，晃到了寶塔前，左手金繩子一甩，纏上了寶塔。那金繩子越變越長，瞬間將寶塔包了個密不透風。

阿關回過神來，心中暗叫不妙，寶塔讓祿將軍用奇怪的金繩子封了起來，想必裡頭的精怪虎爺都出不來了。外頭只有五隻虎爺和十來隻精怪，自己又受了不小的傷，胸口疼痛欲裂。背後聲音越來越響，回頭一看，擁上來的鬼怪越來越多，幾隻精怪扶起了他，拖著他逃跑。

阿火帶著二黑和另兩隻虎爺斷後，牙仔則跳上阿關肩頭守護著他。

祿將軍似乎胸有成竹，也不急著追，只是一直跟在後頭，甩也甩不開。

精怪們和伏靈布袋在鬼怪堆裡殺出一條血路，就在將要殺到樓梯口時。前頭又出現了一隻邪神。那邪神一臉死白，雙眼上吊，要不是穿著甲冑，看來倒真像隻吊死鬼。慘白邪神披頭散髮，拿了把斷劍。

幾隻精怪撲了上去，慘白邪神一劍一個，一下子刺死兩隻、砍死一隻，左手比了個法印，一道雷又炸死了一隻精怪。

阿關哇哇大叫，一道道白焰咒射向邪神，都讓邪神拿著斷劍擋開了。阿關咬牙召出鬼哭劍，就要往前衝。

此時後頭阿火已領著三隻虎爺，對上追來的祿將軍。

祿將軍面無表情，拿著大斧砍殺虎爺。二黑閃避不及，讓大斧削去了尾巴，哀叫了起來。

阿火口裡噴出火來，撲倒了祿將軍，正要一口咬他脖子，卻又被祿將軍甩了開來。阿火立刻翻身，領著少許虎爺和祿將軍大戰。

這頭，牙仔從阿關肩上蹦起，像一道白色閃電，跳在慘白邪神面前張口要咬。慘白邪神一爪抓去，牙仔早已跑開，不停跳著、繞著，干擾這慘白邪神。

阿關摀著胸口衝到慘白邪神面前，這慘白邪神沒祿將軍厲害，但阿關受了傷，動作慢了不少，對了幾劍，讓慘白邪神一劍將鬼哭劍打飛，又一爪將阿關扒倒在地。

磅啷一聲，附近幾扇窗子又碎裂了，十來隻鬼怪屍身落了進來。

一道青色人影跟著飛躍進來，和那慘白邪神打了起來。

阿關還伏倒在地，仰頭看那人影，那人一身青色戰甲，拿著一柄長劍，威風凜凜，模樣看來是只有二十來歲的青年，卻不知是何方神聖。

另一邊又竄進一個人影，做凡人裝扮，穿了件褐色大衣，卻拿著一把長刀。那人皮膚甚黑，是個四十來歲的精瘦漢子。

黑漢子刀刀砍向祿將軍，將祿將軍逼得退了開來。

阿火帶著虎爺要去助戰，讓那黑漢子一喝，只好退下，往阿關身邊靠。

戰甲青年劍術精湛，幾劍便刺死了慘白邪神。

後頭的鬼怪嚇得不敢動，戰甲青年看了阿關一眼。

阿關掙扎站起，感激地說：「咳……謝謝！你……你是？」

戰甲青年哈哈一聲，卻將阿關踹倒在地，還一腳踩在阿關胸口上。

「哇！」阿關痛得叫出聲，同時也感到這戰甲青年身上飄來淡淡邪氣，原來也是邪神。

「備位太歲？」戰甲青年瞪著阿關，笑著說：「眞是見面不如聞名，廢物一個！」

戰甲青年又踢了阿關幾腳，幾隻虎爺朝著那青年吼叫起來。戰甲青年早已化作一陣青光，竄到黑漢子身旁，去戰那祿將軍。

祿將軍本已不是黑漢子的對手，這時戰甲青年也加入戰局，只好狼狽轉身退逃。

慌亂中，綠眼狐狸眼明手快，撿回白石寶塔，但寶塔上頭捆了滿滿的金繩子，扯也扯不開、咬也咬不斷。

幾隻精怪扶起阿關，阿火領著虎爺在前頭開路。阿關看著背後那戰甲青年和黑漢子仍追擊著祿將軍，感到百思不解，只盼趕緊逃開這裡。

阿火在前頭開路，阿關一行殺下一樓，一樓盡是鬼怪，幾隻鬼怪嘴裡還叼著肉。人肉。

阿關咬牙切齒，那是醫院裡值班醫生和護士的肉，幾具屍體散在四周，全是讓鬼怪殺的。

一陣砍殺，終於殺出醫院，來到庭院。

「阿關大人！」

「大人！」老土豆怪叫著，他被繩子綁在地上，身旁還有另外三個土地神。

精怪們扶著阿關，在庭院外頭全愣住了，只見到四個土地神全給綁了起來，幾隻邪神在後頭壓陣，邪神領著的鬼怪將據點二的庭院擠得水洩不通。

天空上也站了幾隻邪神。

中間一個身穿紅衣，臉一半青、一半藍的邪神，正是這些天來與林珊鬥智鬥法、糾纏不休的千壽公。

千壽公坐著一隻黑色巨獸，樣子竟和虎爺一模一樣，後頭還跟了兩隻同樣的虎爺。千壽公身材五短，體型倒像是大一號的老土豆，呵呵笑著，像抹了蜜糖一樣，笑得極其甜膩。

「備位太歲大人，小神得罪了，乞請見諒，呵呵呵呵。」千壽公呵呵地笑。

阿關聽他語氣這麼親切，倒有些愕然。

千壽公向阿關拱了拱手，笑著說：「常言道，識時務者爲俊傑，大人，小神只是順應時勢，迫不得已啊，莫見怪、莫見怪。」

「咳咳……順應時勢？順德小屁也這麼說……」阿關摀著胸口說。

「順德？是那受伏後被囚進大牢的順德？他是個狠角色，但他太急了，欲速則不達啊，呵呵、呵呵……」千壽公笑得燦爛。「大人，小神懇請您和我走一趟，小神安排個好地方讓您住，包您住得安安穩穩、快活至極呀。」

阿關哼哼幾聲，知道千壽公儘管甜言蜜語，卻也和順德大帝一樣，想要抓了他當人質。他四處看著，石火輪就停在據點二的停車場裡，他用力召喚，只要召來石火輪，情勢有可能會逆轉。

千壽公呵呵笑著，手指了指，一隻站在千壽公後頭的邪神，舉起了石火輪。那邪神十分壯碩，兩隻大手像石柱一樣，緊抓著石火輪，任憑阿關怎麼召喚，那石火輪也只能偶爾抖動一下，卻無法像以往般快速趕到阿關身邊。

「大人想要車是吧，沒問題，只要大人您跟小神回去，小神必將這天工神兵，雙手奉還。」千壽公說完，不忘「呵呵」了兩聲。

阿關恨極，胸口疼痛不已。幾隻虎爺擋在他身前，齜牙咧嘴地吼著。

千壽公呵呵一笑，腳下那黑色虎爺眼睛射出精光，也張開了嘴，一副凶狠模樣。

「大人身前那下壇將軍真是威猛。」千壽公舉起了手，兩指一伸，背後兩隻黑虎爺飛也似地落了下來，落在阿關面前，齜牙吼著，發出陣陣殺氣。

四周鬼怪們都往後退了許多，讓出一個戰圈給這兩隻邪虎爺。

「看看是大人的下壇將軍厲害，還是小神的下壇將軍厲害。呵呵、呵呵。」千壽公笑了起來。

那兩隻黑色虎爺身上都泛著黑氣，竟是兩隻邪化的虎爺，其中一隻體型比阿火更大些，另一隻則和阿火一樣大。

兩隻黑邪虎爺同時大吼，嘯聲幾乎要撕裂了天，嚇得老樹精等精怪都不免往後一退，四周的鬼怪同時發聲怪嚎，替己方虎爺助威。

這頭阿火雙眼大張，仰頭朝天虎吼，同樣威猛無匹，將鬼怪的怪叫都壓了下去。

阿火虎吼還沒停歇，背後四隻虎爺已經搶殺上去，最小隻的牙仔搶在最前面，嘎嘎叫了一聲往兩隻黑虎爺竄去，登時庭院裡虎吼連連，七隻虎爺纏鬥在一塊兒。

大隻的黑邪虎爺力量奇大，一雙虎掌比人臉還大，將阿關這方的一隻虎爺打倒在地。

阿火撲向那大黑虎爺，兩虎捉對廝殺，只見那大黑邪虎爺一掌一掌打在阿火身上，大虎掌上伸出銳利爪子，在阿火身上抓出許多抓痕。

阿火不甘示弱，吼出一團火焰，燒得那大黑邪虎爺全身著了火，在地上滾了起來。阿火趁勢將那大黑邪虎爺壓在地上，也還了他好幾掌。

另一邊那黑邪虎爺，讓牙仔惹得火氣上升，怪吼連連，牙仔在他身邊亂竄，竄到他身子下頭咬他的腳。

黑邪虎爺怪吼跳著，低頭去咬，牙仔卻靈巧閃躲，始終在黑虎爺肚子下頭搗亂。

一隻虎爺從側面攻向黑邪虎爺，讓黑邪虎爺咬個正著，將那虎爺脖子咬斷了。

沒了尾巴的二黑大吼一聲，躍到黑邪虎爺背上，也咬住了黑邪虎爺的頸子不放。位在下方的牙仔則咬住了黑邪虎爺的尾巴，使勁啃著，一邊看看二黑，似乎想將這黑邪虎爺的尾巴啃下，看能不能裝在二黑屁股上。

千壽公居高臨下，見到阿關正想扔出伏靈布袋，便呵呵笑著說：「大人，這是場比試，要是您按捺不住，出手幫忙，那小神這邊也要派出邪神，到時候，您的下壇將軍只怕死得更快，呵呵、呵呵……」

「……」阿關又恨又慌，不知該如何是好，要是四周邪神鬼怪一擁而上，那是絕對打不贏的。

四個土地神都神色慌張，汗如雨下。

幾隻負了傷的精怪們互相看著，都不知所措。向來足智多謀的綠眼狐狸，此時也一籌莫展，四顧周圍，絞盡腦汁想著脫困的辦法。

嘎吱一聲，牙仔竟眞的將黑邪虎爺的尾巴咬了下來。黑邪虎爺大吼一聲，一個轉身大掌一揮，打在牙仔臉上。

幼犬大小的牙仔，讓黑邪虎爺的虎掌打中，哀了一聲，砸在地上，又彈了老遠，滾了滾，不動了。

「咳咳！」阿關咳著血，他只覺得胸口越來越痛，見小牙仔躺在地上，再也忍不住，掏出身上最後幾張符，放出了白焰。

由於無力瞄準，白焰打在黑邪虎爺四周，黑邪虎爺嚇了一跳，吼叫幾聲。

二黑抱在黑邪虎爺頸子上猛咬，黑邪虎爺大掌左右往後頭撈，卻都撈不著二黑。

「大人不要啊！」

「大人別來！」幾個土地神怪叫著，阿關召出鬼哭劍，殺了上來。

阿關衝到黑邪虎爺面前，揮了揮劍。那邪虎爺似乎也知道鬼哭劍的厲害，向後跳開，惡狠狠地瞪著阿關。

阿關會這樣做，也不全是有勇無謀。他想起順德大帝那戰時，邪神們為了活抓他而有所顧忌，他想故技重施，看有沒有可能扭轉戰局。

沒想到，揮了幾下，只覺得胸口傷處疼痛欲裂，天旋地轉起來，腿一軟，摔倒在小牙仔身旁。

這邊千壽公反而一愣，顯得有些著急。「……啊呀，祿將軍下手太重了，重傷到小傢伙，要是他死了，就沒戲唱了啊！」

「去抓他！」千壽公這麼一喝，四周鬼怪都叫了起來，天上幾隻邪神飛下，伸手就要抓阿關。

黑影一閃，一隻邪神的手掌落了下來，阿關竟又跳了起來，摀著胸口，嘴角流出血來。鬼哭劍上那邪神血跡正漸漸淡去，都讓劍上鬼臉給吃了，鬼臉們似乎十分飢渴，發出了聲聲哀鳴。

千壽公見阿關賊賊地笑，知道他裝死誘敵，不禁拍了拍手，呵呵笑著：「大人真是足智多謀喲。」

伏靈布袋竄上了天，袋口卻讓一個邪神放出的金繩子緊緊紮住，布袋落在地上，不斷扭動、掙扎著，鬼手全給封在裡頭出不來。

幾隻邪神圍著阿關，阿關強忍著痛，亂揮鬼哭劍。邪神們見阿關已經重傷，也不敢用手裡的武器還擊，那斷了手的邪神猶自怪叫，傷口冒出陣陣黑煙。

突然，地上銀光一起，一隻邪神也叫了，原來是小牙仔撲上了他的大臉，狠咬一口。阿關見機不可失，一劍刺進邪神身子裡。

「啊哈，原來你也裝死！」阿關見那小牙仔雖然有些搖搖晃晃，嘴裡發出咿咿啊啊的怪聲，但動作還算靈活，似乎沒有什麼大礙。

幾隻精怪們在邪神後頭繞著，不知該如何救援。

千壽公轉頭看了看身後一個披著黑衣的人，說：「眞是抱歉，我的手下不濟事，恐要勞煩您了。」

那人也不答話，黑影一閃，落了下來。幾隻邪神見幫手過來，退了下去。去幫忙那大黑邪虎爺。大黑邪虎爺讓阿火壓在地上，被阿火連連虎掌打得十分狼狽，臉都被打歪了。

阿火見邪神殺來，吼了一聲，跳了起來，讓一隻邪神抓個正著。那邪神結了個法印，往阿火腦袋蓋去，阿火摔下地來，幾隻邪神放出金繩子，將阿火也捆了起來。

阿關停下動作，看著從空中落下的那人。

雲緩緩飄過，月光灑了下來，阿關看那人模樣，不禁打了個寒顫。

那人臉是焦的，衣服外頭的手也是焦的。焦臉上的眼睛紅通通，張嘴怪笑，嘴裡也是紅通一片。

焦人手上有一團深紅色的火，紅得發黑。

焦人回頭看了看千壽公，千壽公笑著：「備位太歲大人的手太調皮了，燒手吧，待他手上神兵一落，就再無所懼了，呵呵、呵呵。」

阿關趁焦人回頭，已撲了上去，當頭就是一劍。

關的左手。

焦人從容閃過，在兩人交會的瞬間，焦人握著那團火輕拍了拍阿關的右手，又拍了拍阿

「哇！哇哇哇哇哇——」阿關怪叫起來，鬼哭劍落下了地。阿關甩著手，兩手上的火怎麼也甩不掉。

劇痛襲上心肺，他覺得手上除了灼燙的痛，還有一股奇異的怪力要鑽入手裡。阿關感到體內那白亮靈氣湧了起來，往手上流去，全力抵擋著要侵入手裡的怪力，疼痛卻絲毫未減。

精怪們見阿關如此慘狀，紛紛撲上那焦人。焦人嘻嘻一笑，手一揮，就是一片火牆。一隻精怪閃避不及，撞進火牆，不一會兒就倒了下去。精怪不像阿關有太歲力護體，讓這火一燒，很快就死去了。

燒倒了幾隻精怪，這時庭院四個土地神被綁住之外，阿火和二黑及另一隻虎爺，也被邪神用金繩子捆了起來，倒在一旁。

庭院上阿關這方，只剩下綠眼狐狸和四處亂竄的牙仔了。

阿關倒在地上，不斷抽搐著，口裡流出血，雙手一直顫抖。那火似乎不會熄，一直燒著，痛得阿關眼淚流個不停，唉唉地叫。

綠眼狐狸不斷噴出紫霧，想看能不能迷倒這怪異焦人，趁機救出阿關。焦人根本不把綠眼狐狸放在眼裡，隨手一揮就揮散了紫霧，伸手就要去抓阿關。

「我跟你拚了！」綠眼狐狸尖叫著，就要撲上焦人拚命，卻感到一陣風拂過，身後竟站了個白衣女子。

白衣女子身上穿著輕薄的白色甲冑，手裡拿著長劍。

女子動作靈巧，鬼魅似地竄到阿關身邊，朝著焦人就刺了一劍。焦人吃了一驚，狼狽閃過這劍，手一揮，火成了鞭，兩條火鞭破空而去。

白衣女子長劍畫了個圓，畫出一個水藍色的圈圈，包住那火，將火給撲熄了。

焦人正吃驚著，另一邊守著阿火等虎爺們的一個邪神倒了下去，攻擊的竟是方才那戰甲青年，他揮動長劍，大戰幾隻邪神。

黑漢子從醫院裡殺出，長刀掄得密不透風，將擋在那兒的鬼怪殺得東倒西歪。鬼怪們騷動了起來，紛紛去殺那黑漢子。

千壽公臉色難看，笑不出來了。

焦人見白衣女子竟不怕火，知道她是能剋自己的厲害傢伙，一下子晃上天，竄到千壽公身旁。

白衣女子在阿關身邊蹲下，檢視著阿關雙手，阿關手上的火還在不停燃燒著。

「好厲害的地獄炎。」白衣女子伸出玉手，手指冒出青藍色的光，光凝成了雪，落在阿關手上，漸漸撲熄他兩手上的地獄炎。

阿關只覺得手上傳來一陣清涼，不那麼疼痛了。

阿關讓這火燒得神智不清，嚎得滿臉鼻涕眼淚，此時劇痛減輕，霎時還以爲翩翩來了。

他仔細看了看，只見白衣女子不似翩翩那樣美麗，卻帶有一股清秀文靜的氣息。女子面如霜雪，看也不看阿關，站了起來。

阿關想要道謝，卻咿咿唉唉地說不出話。

牙仔和綠眼狐狸跳到阿關身邊，綠眼狐狸扶起了阿關，輕拍著他：「大人、大人……眞苦煞你了！」

「辰星啓垣爺，是您嗎？」千壽公拉高了嗓子，對空說著。

那頭空中，一個高大的神仙領著幾位部將，自空中降下。

高大神仙那正是五星之一的辰星——啓垣星君。辰星面容消瘦，雙眼精光逼人，穿戴著淺青色的華麗甲冑，左腰繫著三柄長劍，右腰也繫著三柄長劍。

後頭幾位部將個個身穿甲冑，有些模樣古怪、眼神空洞，有些看來還挺正常。

千壽公恢復笑容，用黏膩討喜的語調說著：「辰星啓垣爺，小神抓著了這備位太歲，正想獻去和您分享！」

辰星嘴角一揚，冷冷地說：「我可沒說要和你分享。」

千壽公聲音挺不自在，笑了幾聲，說：「啓垣爺，我使出渾身解數、費盡千辛萬苦、犧牲大批部卒，好不容易才困住了這備位太歲呢。您說說，我是不是沒功勞也有苦勞啊？」

「你有沒有苦勞，干我屁事？」啓垣冷笑幾聲說：「你沒聽過，螳螂捕蟬，黃雀在後？咱們做邪神的，不是一向不擇手段嗎？怎麼你忘了自個兒也是個邪神，講起大道理來了？」辰星邊講，邊抽出一柄劍，身後幾個部將也紛紛舉起手中武器，個個眼露精光，準備大開殺戒。

千壽公臉色扭曲，笑容僵硬，哼了一聲，一下子不知要戰還是要和。

辰星哈哈大笑，手一招，身後的部將全殺了上去；千壽公身旁的幾個邪神，也都舉起武器，上前接戰。

這一下子殺得天昏地暗，千壽公鬼卒眾多，數也數不清，辰星一方則是強將如雲、個個菁英。

庭院裡，那黑漢子長刀不知砍死多少鬼怪；戰甲青年已對上第四隻邪神；白衣女子把那兩隻黑邪虎爺殺傷，將他們趕至牆邊，手一指，射出一陣白雪，將兩隻黑邪虎爺的腳都凍在地上。

老土豆等趁邪神手忙腳亂之際，掙開了繩子，跑到阿關身邊。

「大人！」

「大人！」

阿關跪倒在地，雖然雙手上地獄炎已滅，但是仍然痛得不得了，兩手已經焦黑，連指頭都動不了。他看著地上那鬼哭劍，神情有些落寞。

戰甲青年躍到阿關身邊，看了看地上的鬼哭劍，驚奇地說：「咦？這不是那太歲澄瀾的寶物嗎？」

阿關見戰甲青年俯身去要去撿，連忙喊著：「那是我的……」

「你這廢物，鬼哭劍給你用，真是浪費！」戰甲青年不屑地笑了。

老土豆見這戰甲青年態度囂張，氣呼呼地罵：「邪神豈可對備位太歲大人無禮，等他當上太歲，不知比你大上多少級！」

「笑話!你怎麼不對千壽說這話?太歲又如何?我還歸他管嗎?」戰甲青年一腳踹飛老土豆,哈哈大笑。幾個土地神跑了過來,都讓戰甲青年一一踹飛。

戰甲青年又一腳,把撲來拚命的綠眼狐狸也踹飛老遠,還踢了踢阿關腦袋,伸手就要去撿鬼哭劍。

阿關憤然,只見那鬼哭劍在地上晃了晃,避開了戰甲青年的手。

「咦?」戰甲青年正奇怪著,阿關只覺得那鬼哭劍竟像石火輪一般,能感應到自己的心思,趕緊用心召喚。

鬼哭劍浮了起來。

「你搞什麼鬼!」戰甲青年一腳踢倒阿關,跟著又補上幾腳,踩在他胸口上。阿關這才想起胸口也早斷了幾根骨頭,讓戰甲青年這麼一踩,可痛進心扉裡了。

阿關眼睛一瞪,鬼哭劍閃電般刺向戰甲青年,嚇得那青年大吃一驚,揮動長劍,擋下鬼哭劍凌空突刺。

那白衣女子見這頭打了起來,便一躍而來,說:「鉞鎔,你不去幫忙作戰,在這兒欺負這小子做啥?」

原來那戰甲青年叫作「鉞鎔」,他哼了幾聲,跳了開去,左右砍殺著鬼怪。

兩路兵馬大殺一陣後,千壽公見辰星尚未出手,己方已死傷慘重,只得恨恨地發出號令,全軍撤退。

辰星長劍一指,幾名部將立時飛空追擊。辰星落了下來,將爬回阿關身邊的幾個土地神和綠眼狐狸又踹飛老遠。

辰星用腳翻了翻阿關的臉，說：「果然是備位太歲，身上那股氣和澄瀾一模一樣！」

阿關身子痠軟無力，疼痛難當，只剩下腦子可以轉動。他哼一聲，鬼哭劍又從地上竄起，刺向啓垣。

辰星眼明手快，一手挾住了鬼哭劍，只見辰星手掌裹著一團藍光，沒和鬼哭劍直接接觸。

「嘿，神劍鬼哭。澄瀾把這寶物給你，讓你使得如此難看。太歲的臉都讓你丟盡了。」辰星哼哼地冷笑，隨手將鬼哭劍拋在地上，跟著一躍而起。

「弟兄們！讓我們追殺老鼠去！」辰星身子一晃，化作一道光，往千壽公大軍撤離的方向射去。

辰星部將也跟了上去，鉞鎔臨走前不忘踢阿關幾腳：「嘿！下次見面，我就要砍下你的腦袋，好好記著。」

土地神們目瞪口呆地看著辰星離去，趕緊扶起了阿關，黃豆仍然不敢相信，喃喃自語著：「這啓垣是怎麼回事，說走就走，莫非有詐？」

綠豆、紅豆齊聲說：「老黃豆先別管這個，備位太歲大人受了重傷，快來幫忙呀！」

幾個土地神手忙腳亂地將阿關抬回文新醫院，綠豆和紅豆則拖著被金繩子捆住的三隻虎爺，將他們也往醫院裡拖。

黃豆曾試著拾起阿關的鬼哭劍來割金繩子，但那些金繩子也是異寶，怎麼都割不開。

阿關兩隻手，沿著胳臂，一直快到腋下都焦了，不時落下焦黑的皮屑。

地獄炎雖讓方才啓垣帳下白衣女子的雪術給滅了，但隨著焦皮落下，卻又發現裡頭的肉仍發著紅色亮光，像是燒紅了的木炭一般。

要不是阿關體內有太歲力與之抗衡，早已被這地獄炎燒成一個人形焦炭了。阿關痛得說不出話，滿頭大汗、臉色蒼白、身子打顫。

「這可怎麼辦呀？」老土豆大聲嚷叫著：「仙子們還困在結界裡，醫官又不在，咱們的治癒術法又不濟事！」

綠眼狐狸一拐一拐地四處聞嗅，說：「趕緊找著結界施術點吧……唉……本來還有大批精怪朋友幫忙，現在全給封在白石寶塔裡，就算找著了施術點，憑我們幾個法力，也難以打開這結界……唉……」

忽然一陣紅光，空中傳來符令：「四方土地，速速回報！」

土地神們個個面面相覷，不知該如何回報。他們收到了城隍的符令，從各地趕來，全讓千壽公的手下給抓了，身上的符令給鬼怪搜出撕了稀爛。

城隍接連傳來十幾道符令，也因此都沒收到回應。此時城隍又傳來符令，土地神們也不知該如何是好。綠眼狐狸摸了摸阿關身上的口袋，口袋裡只有兩張通報老土豆的符令，並沒有通報其他神仙的符令。

阿關身子抖動得更劇烈了，口裡的哀叫更大了些。大夥兒往阿關雙手看去，只見到那本來熄滅了的地獄炎，竟又開始復燃，冒出淡淡的火光。

土地神們和綠眼狐狸汗如雨下，圍在阿關身邊，全幫不上忙。

小牙仔突然叫了起來，四處看著，像是發現了什麼，他嘎嘎叫了兩聲，閃電般竄了出去。

「下壇將軍！」土地神看到小牙仔竄了出去，都嚇得面色如土。三隻被金繩子捆縛的虎爺也開始掙扎起來。

「邪神又來了嗎？」老土豆怪叫著，不安地看著四周。

忽然，樓梯口傳來騷動，小牙仔又蹦了下來，嘎嘎叫著，下來時還絆了一跤，連打了好幾個滾才停下來。

阿關等看向樓梯，飛奔下來的竟然是城隍，後頭跟著翩翩、林珊等一行人，他們總算找著結界施術點，破解了強力結界。

老爺爺們見到一樓幾具值班醫生護士的殘骸，嚇得大叫，又見到阿關兩隻手變成這模樣，更是又驚又慌。

若雨是使火的高手，一見到阿關雙手冒火，連忙伸手一揮，將阿關手上的火全收了。但仔細一看，阿關雙手仍然隱約可見紅色的亮光，不一會兒，火又漸漸燃起。若雨望向翩翩，翩翩蹲了下來，對阿關說：「備位太歲大人，給你的歲月燭呢？召它出來。」

「翩翩姊，妳把歲月燭給阿關大人了？」若雨有些驚訝。

阿關痛得頭皮發麻，渾身大汗，起初還聽不清楚翩翩說什麼，呢喃對話了好半晌，這才默唸咒語，那只小巧的歲月燭浮現在阿關臉旁。

翩翩拿起歲月燭，想了想，像是在回憶什麼。歲月燭是她兒時的玩物，有十來年沒認真使用了，翩翩唸了幾句咒語，手指在燭火上一捻，捻起了小小火苗，接著將那火苗往阿關手上一抹。

阿關哇哇大叫，先是感到一陣劇痛，跟著覺得雙臂上的烈炎外頭，慢慢滲入了涼意，比剛才那白衣女子的雪術更清涼。

眾人讚歎起來，阿關手上燃起了火，但不是地獄炎，而是歲月燭上的火。那火隨著翩翩手指晃動而搖擺，在阿關雙臂上滾動、流轉，醫院裡頭泛起了五彩光芒。

半晌之後，翩翩又唸動咒語，將那火給收了。

醫官趕忙搶了上來，雙手一攤，咒語一唸，十來樣各式藥材在手上浮現。

阿關覺得意識漸漸模糊，雙臂不那麼痛了，冰涼的感覺沁入心頭，頓時覺得寧靜許多。

隱約中只見到醫官十指靈巧，替他削去臂上焦皮，敷上各式靈藥，跟著將傷處層層包裹起來。

# 24 千年不滅火

好多花、好多草。

草地上有蟲，蟲兒們的身上都發著光。

站起身來，天上有五色流雲伴著七彩星光，前頭有幾條銀色河流，河流後頭有好多樹，好高、好大的樹。

身後一陣嬉戲聲由遠而近。

回頭一看，一個可愛的女孩，模樣才一、兩歲大小，穿了件紅色錦袍，上頭有些黑色圓斑。小女孩咯咯地笑。

又有個身穿白錦袍、背後一對大大透明白翅膀的小女孩，笑得更大聲，拿了個燭台胡亂揮舞。

是翩翩？

那麼紅袍小女孩，自然是若雨了。

燭台上燃著火，不論小翩翩怎麼揮，都迎風搖擺，怎麼也不會熄。

小翩翩和小若雨在草原上飛著、跑著，嬉鬧怪笑。

她們跑到一處地方，全是柔軟青草，那兒有個穿黃錦袍的小女孩，正拔著草編織娃娃，和另一群蟲精玩著。

是林珊。

小翩翩和小若雨喚著小林珊，三人嘰哩咕嚕說了些話。小林珊像是有些動心，但看看身旁朋友，又爲難地搖了搖頭。

小翩翩和小若雨聳聳肩，走了。

來到一處山林，好多石頭，一群男孩子聚在一塊兒。

其中光著上身的男孩，大約八、九歲，正和另一個男孩摔角。一旁有個掛著鼻涕的胖男孩，才五、六歲，裹了件黑色錦袍，正吃著果實，一顆接著一顆，不時替那八、九歲的男孩加油。

是飛蜓和福生。

飛蜓使勁一甩，將對手摔在地上。

對手不服氣，在地上嚷著，這男孩的朋友全擁了上來，圍住了飛蜓，一言不合就打了起來。

福生上前幫忙，卻難敵對手以多欺少。

翩翩和若雨在空中見了，飛了下來，上去助戰。

對手都是大男孩，兩個小女孩仗著速度快，東竄西竄。翩翩飛到一個男孩身後，朝著他的頸子狠狠咬了一口。

那男孩哭了，翩翩便舉起了他，哈哈一笑，將他扔進一旁的池子裡。

翩翩得意地哈哈大笑，嘴巴旁還有些血漬，竟是那男孩的血。男孩的夥伴拉起他，見他後頸有好大一排齒痕，正淌著血。

若雨也跟著哈哈笑了起來，飛蜓笑得更得意，揮手比劃著，似乎正嘲笑那男孩連小女孩都打不過。

翩翩和若雨停下了笑，和這群男孩嘰哩咕嚕說起話來。男孩們一陣寂靜，大夥兒面面相覷，連飛蜓都後退幾步，連連搖頭。

福生又吃起果實，也連連搖著頭。

翩翩和若雨哼了幾聲，動了動翅膀，飛走了。

五色流雲好美，迎面拂過翩翩和若雨的小臉蛋，雲端上有個可愛的小男孩，翅膀動得飛快，在空中打著轉。

是青蜂兒。

翩翩和若雨見了，飛了上去。三人飛了好久，似乎邊玩還邊討論著什麼。小男孩面有難色，搖了搖頭。

翩翩和若雨嘆了口氣，又飛走了。

四周的景色極美，到處都是稀奇的東西，兩人在空中飛了好久，飛到了一處山谷。那山谷極高，壯麗莊嚴。

翩翩和若雨不斷飛著，飛到了山谷腰間，這面山壁上有些洞穴，洞穴有大有小，有深有淺，兩人在一處洞穴外頭佇了良久，才手牽著手，走了進去。

洞穴裡頭閃耀著金黃色的光。

走了許久，有一片柔軟的草，草也是金黃色的。草上頭有幾顆金黃色的蛋，那蛋極大，比她們還大。

若雨拾起一顆小石子，往那蛋扔去。石子一飛進草堆上方，馬上燃了起來，燃得一點不剩。

翩翩和若雨相視一笑，翩翩舉起了歲月燭，鼓著嘴巴朝燭上火苗吹了口氣。

吹起了千年不滅火。

歲月燭的火揚動起來，幻化出青藍色的炫光焰火，朝那草堆噴了過去。霎時只見到草堆上的火高高竄起，和「千年不滅」互相抗衡著。

只一會兒，歲月燭的火便佔了上風，將那草堆上的火滅了，還不停在草堆四周流轉。

翩翩和若雨大笑著、尖叫著，跑上了草堆，合力搬下一顆金蛋。

翩翩將草堆上的火收了去，兩人抬著金蛋，就要往外頭飛。翩翩先是出了洞口，四處探看，生怕有人回來。

突然，扶著金蛋的若雨尖叫一聲。

翩翩回頭一看，那金蛋又冒出了火，燒上若雨的雙手，燒得若雨尖聲哭叫起來。

翩翩連忙搖動歲月燭，吹出千年不滅火。冰雪般的火籠罩住若雨雙臂，將熱燙的黃金火滅了，但若雨早已受了灼傷，不停哭著。

洞口傳來聲音，一隻好大的鳥飛了進來，是隻巨大的鳳凰。

鳳凰見了洞裡的模樣，怪喝起來，抓著金蛋放回原位，將佇在一旁的翩翩和若雨拎了起來，飛出洞外，往一處深谷飛去。

那兒的樹更高、更大，其中有一棵，是其他樹的許多倍大，比起現在都市裡最高的大樓，還高上太多、大上太多。

若雨和翩翩讓鳳凰抓著，往大樹飛去。兩人都哭了，翩翩臉上掛滿了淚，眼淚滴答落下。天色已是黃昏，翩翩的眼淚飄在空中，讓夕陽照得發亮，像極了寶石。

「別哭！別哭……我去殺了順德，拿他的血來治好妳身上綠毒……妳一定會好、一定會好！再也不用裹著臉……」

阿關嚷嚷著，忽然清醒，坐起身來，不禁愣住了。

他發現自己抓著林珊的手，連忙放開。這裡是間小房間，他坐在一張床上，低頭看看自己雙手，上面裹著厚厚的紗布，但已經一點也不疼了。

房間裡除了阿關、林珊之外，一旁還站著若雨，嘻嘻笑著。

「呃……這裡是？」阿關見這小房間十分陌生，並不是據點三的套房。

「這裡是郊區裡一處廢棄住宅。」林珊微微笑著，神情有些落寞。

「這裡是據點一。」若雨補充。

阿關愣了愣，他這才想到，從一開始知道了有處被稱作據點二的文新醫院和據點三的套房，卻從來不知道哪裡是據點一，好幾次想問，卻又都忘了。

林珊微笑解釋：「這是天界在北部廢棄了好久的據點，那時太歲鼎尚未崩壞，天界在北部一處郊區，挑中了這裡作爲據點。大夥兒各自出勤一段時間，便會上這兒討論，再分派新任務。太歲鼎崩壞後，爲了掌握整體局勢，正神將據點從原來的郊區搬到了市區裡，也就是據點二的文新醫院。」

林珊繼續說：「那晚你受了重傷，胸口肋骨裂了好幾根，爲了安全起見，我們轉移陣地，搬到了據點一。你已經昏睡一個星期了。」

原來阿關那晚在醫官的治療下，沉沉睡去。正神們忙著收拾殘局，一方面也不斷發出急令往主營報去，將魔界妖魔出現於人間，且成爲千壽公盟友這件事，往上通報。

今天是阿關沉睡後的第七天，文新醫院關門大吉，病人都被轉到了其他醫院。新聞報得極大——「變態殺人魔入侵醫院，十數名醫生護士遇害」。

阿關站了起來，像是有許多事情迫不及待想要知道。

「我知道你現在一定急著想知道很多事，別急，我慢慢告訴你。」林珊收拾了一下身邊東西，將一旁的紗布、藥材都拿了出去。

若雨嘻嘻笑著說：「阿關大人，咱們怕你一直昏睡太過無聊，所以在你夢裡說故事給你聽。」

「咦？」阿關不解地問：「在夢裡？」

「那是我和翩翩姊小時候，商量好了要去偷顆鳳凰蛋來玩。那鳳凰蛋有火焰守護，我和翩翩姊向夢湖裡一個鯉魚精阿姨求了好久，要來了一只歲月燭。歲月燭上燃著千年不滅的冰火，專剋尋常火焰。」若雨說著：「我倆找了好久，大家都不願意和我們一起去。我們只好自個兒摸上了鳳凰谷，卻讓那大鳳凰給逮著，送上樹神奶奶那兒。樹神奶奶見我被火燒得淒慘，也不忍責罰我們。只是叫翩翩姊用『千年不滅』治好了我的灼傷。」

若雨說到這裡，指著阿關的手，又說：「本來你手上那火焰十分厲害，我曾聽聞過魔界有許多異術，有種叫作『地獄炎』的火焰，燒肉、燒骨，燒著了就停不下來，直到燒成灰燼爲止。要不是翩翩姊用了『千年不滅』來治你，你這雙手可要燒沒了。」

「原來如此……」阿關想起那晚讓這地獄炎燒到痛徹心扉，仍心有餘悸，他又問：「其他人呢？」

「大夥兒要到晚上才回來。」若雨陪著阿關走出房間。

房間外頭是客廳，外觀看來像是建到一半，牆上都還沒上漆，也沒鋪設地板。空蕩蕩的什麼也沒有。

客廳還連著幾間房間，有一間裡頭有床，原來是林珊的睡房。另一間擺滿了藥材，是醫官的睡房，醫官必須隨時注意阿關的病情。

走到了陽台，只見外頭一片樹林。這住宅坐落山腰上頭，附近還有許多同樣的住宅，卻都已經荒廢。聽說本來這處山區算得上風景秀麗，有發展成度假景點的潛力，商人投資了許多錢，搶著在這兒蓋房子。

不料後來發展不如預期，這一片地方還沒開始就結束了，十來棟五、六層的住宅全成了廢墟。

阿關下到四樓，老爺爺們正在打包東西，這層是讓老爺爺們住的。

「唉呀，阿關醒來了！」

「手有沒有好點？很疼吧。」

「本來你的手都焦掉囉，嚇死人了！」老爺爺們圍了上來，拉著阿關說話。

「咦？爺爺們也都住在這兒？」阿關問。

王爺爺拍了拍阿關肩膀說：「在這兒住幾天了，現在又要搬啦，以後見不著你，自個兒多保重呀！」

「咦？」阿關有些驚訝地問：「為什麼，你們要走了嗎？」

梁院長解釋：「本來咱們這些老骨頭跟在你們身邊，也只是拖油瓶而已，一點忙也幫不上。但是神仙們說，咱們跟著仙兵仙將一段時日，早已沾了一身仙氣，在外頭沒有依靠，必定會成為鬼怪的目標。」

陳伯也說：「那個叫啥千壽公的夭壽鬼，一定會拿咱當作目標，咱這些老灰仔，到時一定會連累到你們的。」

李爺爺跟著說：「所以神仙們安排我們去南部，就去雯雯那家育幼院做義工，一來我們也算是自食其力，二來也可以照顧雯雯，三來安全。」

黃爺爺不捨地說：「阿關啊，不是我們這些爺爺不講義氣，但我們一身老骨頭啦，實在沒辦法跟你們年輕人一起打打殺殺、對抗妖魔了。」

阿關連連應著話，雖有不捨，但也放下了心中大石。這些日子以來，老爺爺儘管在天神的護衛下過得挺安穩，但隨著千壽公步步逼近，也總是替他們擔心，這下他們去了南部，周邊有更多神仙，又可以就近照顧雯雯，怎麼說也是好的。

聊了一陣，阿關送爺爺們下樓，外頭一輛遊覽車早已等著，有兩名新的天將同在車上。阿關目送遊覽車離開，在一旁還有六婆和阿泰。

六婆雖然平時愛取笑那些老頭，但此時也十分不捨。

有六婆在一旁，阿泰不敢抽菸，他手上拿著小筆記本。這幾天他總是想些古怪新奇的道具武器，希望能派上用場；六婆也教了他更多東西，自然是希望這寶貝孫子，可不要在一場場日漸激烈的戰役中輸給了鬼怪，命喪黃泉。

六婆十分虔誠，總認為阿泰長得平安健壯，都是神明保佑，此時人間遭逢大難，希望不論是自己還是阿泰，也都能替人間盡些心力。

此時除了若雨和林珊，其他神仙都外出了。

阿關正準備回樓上，突然想到了什麼，問：「我的石火輪呢？」

林珊怕阿關冷，拿了件外套出來，若雨也跟在後頭，說：「說了你可別生氣，石火輪早被千壽邪神給帶走了。」

「什麼！竟然偷我的車……」阿關愕然，半晌說不出話。

原來那晚醫院一戰，石火輪落到千壽公陣營手裡，被一隻邪神扛在肩上，千壽公撤退時，自然也將那石火輪給扛走了。

「阿關……」林珊拉了拉阿關的手，說：「天冷了，回來吧，要開始和你講這些天來的情勢變化了。」

回到樓房裡，一樓客廳裡擺了幾張桌子，上頭攤開幾張圖，還有數百張照片。大部分的照片主景都是鬧市裡的一棟大樓，從各個不同角度拍去，那大樓看來十分高聳，超過三十層。

「就在前兩天，在主營派來的幫手大哥的協助下，我們查出了千壽邪神的新據點。」林珊指了指那照片，說：「千壽邪神十分狡猾，表面上將據點分布在郊外山區，實際上卻早已滲入市區。從順德邪神受伏後不久，他就暗中將勢力擴展到市區了，只是他相當低調，掩飾得非常好，我們才一無所知。」

林珊拿起幾張照片，都是空中鳥瞰圖，照片裡是都市一角，那是這座城市最繁華熱鬧的地區，從白天到黑夜，都有許許多多年輕人聚集在此。

「這本來都是順德邪神的勢力範圍，現在附近一些小邪神都成了千壽邪神的盟友。」林珊說著：「千壽邪神和順德不同。順德掠取勢力，都是來硬的，走到哪打到哪，因此風聲消息傳得極快。千壽邪神卻都暗中聯繫各路邪神，且給予各邪神相當大的空間，並不要求他們一定要臣服自己。」

「這千壽邪神油嘴滑舌，盡可能壓低自己、抬高別人。一些小邪神見這勢力龐大的千壽都對自己禮遇有加，大哥長、大哥短的，都願意與之同盟。我們先前的策反行動大都在郊外山區裡進行，有精怪替我們喉舌，在都市裡，策反耳語反而傳不開。」林珊這麼說。

阿關連連點頭，對這千壽公也不禁佩服，現在想想，先前那三路突襲，著實大大重挫了千壽公，但他卻也能立時應變、迅速反擊，只差一點就能將正神擊潰，手段的確比那橫衝直撞的順德要高明太多。

阿關想到這裡，突然說：「要不是辰星來攪局，我可能已經讓千壽公給抓了……」

「沒錯。」林珊點點頭，又說：「但千壽邪神想抓備位太歲做人質，即便他抓了你，短期內也不至於危害到你的性命，我們終究會將你救出。但我不否認，當晚辰星的確幫了我們一個大忙。」

「那晚也多虧鉞鎔和文㐭哥啦。」若雨插嘴說：「要不是他們先在結界外頭下了點工夫，開了個小洞，我們可能還得多花一、兩個鐘頭，才找得著出口，出來救你，那樣你可要多被燒上一、兩個鐘頭，會痛到發瘋吧。」

鉞鎔便是戰甲青年，文㐭哥則是那黑漢子──「文回」。鉞鎔和文回都是辰星手下大將。

「說到這辰星，真不知道他到底在想什麼……」林珊苦笑著搖了搖頭。

阿泰想起了突擊順德大帝那戰時，阿姑領著官將首，差點就要抓到他們，半路卻殺出城隍和家將團替他們解圍，便說：「說不定這什麼辰星，也和黑臉城隍一樣，只邪化一半，叫阿關去把他們的惡念都吸出來，這樣我們又多了一支生力軍了！」

若雨白了阿泰一眼，說：「你說得輕鬆，哪那麼容易呀！」

「辰星可不比城隍，他起初反叛時，主營派了鎮星、太白星，分別率領手下大將，連同七路大軍日夜追擊，都抓不到他。後來才知道他躲到北部，還成了什麼北部三大邪神。」林珊苦笑著說：「這五星之一的辰星，要不是他無心發展勢力，否則什麼順德、什麼千壽，哪裡會是他的對手。」

阿關歪著頭，喃喃說著：「成了三大邪神，卻又來救我，真莫名其妙……」

「可能性實在太多了，幾天以來，我們討論了無數次，也想不出原因。」林珊說：「辰星本來就孤高氣傲，或者他只是純粹想找千壽邪神的碴，至於有沒有備位太歲做人質，他並不介意。這只是可能性之一。」

「而可能性之二，則是他想對正神示好，經過這次事件，咱們的確將矛頭完全轉移至千壽邪神身上，誓言要一舉殲滅這千壽邪神。至於辰星，短期內便無遭受攻打之虞了。辰星帳下不乏智將，要做出這種策略也並不稀奇。」林珊繼續說著：「至於辰星未完全邪化，突然良心發現，也是可能性之一。總之從那晚一戰後，咱們也沒了他的消息，現在情形究竟怎樣，暫時也無從得知了。」

到了晚上，神仙們陸續回到據點一。阿關在房裡吃著飯菜，都是青蜂兒做的小菜，阿關狼吞虎嚥，差點連碗也吃了。

吃過飯後，阿關必須換藥。

林珊替他揭下手臂上的紗布，阿關想起那晚痛苦恐怖的情景，不禁打了個寒顫。燒焦的皮肉雖又長了出來，但仍有些發燙，表面也有些發紅，此時已像是尋常燙傷了。

「備位太歲大人，召出你的歲月燭吧。」翩翩推門進來，她每天都在這時候進來替阿關療傷。

阿關連連點頭，知道手上灼傷需要歲月燭的火來治，暗唸了咒，召出歲月燭。

「這燭火神妙，你的傷已經幾乎好了，再過兩天，就要痊癒了。」林珊坐在一旁說。

翩翩接過歲月燭，撫了撫燭台，手指一捻，捻起了燭火，往阿關手臂上一抹。阿關見到這被稱爲「千年不滅」的火，幻化著五色光芒，在手上流轉，一陣沁涼輕拂著手臂，說有多舒服，就有多舒服。

阿關見那燭火一點也不燙人，也伸手去燭台捻了捻，卻捻不起火來。

「備位太歲大人……」翩翩淡淡一笑說：「這燭火不是你想用就能用的，我把燭台交給你這些時日，你都沒花心思去學，又怎麼捻得起來？」

阿關尷尬嘿嘿笑著，林珊接下了話：「歲月燭是翩翩姊的寶物，『千年不滅』也只有翩翩姊能運用如神，放在阿關身上，似乎無法物盡其用，不如……阿關，你把歲月燭還給翩翩姊好了……」

「也對……這麼好的法寶，給我好像是浪費了……」阿關點點頭。

翩翩沒說什麼，手指輕輕擺動，那千年不滅像流水一樣，在阿關雙手上環繞、流動。林珊則扶著阿關的手臂，一邊身子輕靠著阿關的肩。

「既然給了你，總是希望你能學會，能幫上正神的忙。」翩翩輕聲說：「火能隨著心跑，你多花點時間，遲早能學會的……」

阿關想了想，說：「話是沒錯，但是妳用我用不都是一樣，要是等我學會，也不知道要過多久，這中間要是同伴又讓火燒了，還是得靠妳。歲月燭讓妳帶著，似乎比較好……」

「阿關說的是。」林珊附和地說。

翩翩不語，手指又揮了幾下，收起了火，站起身來，微笑地說：「你的手傷幾乎好了，再治一、兩次，就會痊癒了，即便不用『千年不滅』，也能很快好了。」翩翩說完，唸咒收起歲月燭，頭也不回地走出門外。

阿關突然有些後悔，他想到搬出據點三後，只剩下這歲月燭是和翩翩有關的事物了，這下連歲月燭都還給翩翩，兩人再無瓜葛了。

阿關呆愣半响，只覺得心中有種說不出的難受，他和所有夥伴們的首要目的，便是擊敗所有邪神，再以新太歲鼎將惡念吸納至盡，讓凡間免除浩劫。

在這當下，要說對誰有好感、喜歡誰，似乎是種罪惡，大家都在拚命，怎麼好想這種事？

他與翩翩幾次出生入死，只覺得翩翩又厲害、又漂亮，朝夕相處下來，阿關覺得自己幾乎要喜歡上了翩翩。

隨之而來的順德大廟惡戰，卻將一切都打亂了。翩翩離開他身邊，取而代之與他朝夕相處的換成了林珊。

林珊溫柔聰慧、善解人意，時常伴他身邊、陪他說話，又是他昔日暗戀對象，連夢裡都時常夢見林珊。相對地，翩翩卻變得冷漠許多，和自己的距離，一下子變得好遠、好遠。

阿關閉了閉眼，只覺得有些厭惡現在的一切，包括自己。

「好了，該去下頭討論現在情勢了，鎮星兩名大將應當已經回來了。」林珊領著阿關也走出房間。

阿關從窗外看去，點點星光閃爍，哪顆是歲星？

他呼了口氣，至少現在與她們都沒有什麼糾葛，這樣就好了，盡心完成自己的使命，以後會變得如何，那是以後的事了……

太歲爺不也是隻身一人嗎？

# 25 除夕夜

到了一樓大廳，青蜂兒將數十張放大的照片貼在大廳一面牆上。

眾神仙們或坐或站，都看著那些照片，照片上全是先前阿關看過的那棟大樓。那大樓外觀不特別新穎，也看不出是什麼時候建的，有張照片從對街照去，一樓大廳布置得十分高級，裡頭的燈光都是金黃色的，外頭招牌是「金城商業大樓」。

「以這大樓爲中心，附近大大小小的邪神鬼怪也開始有了動作。鬼怪們三五成群，聚在市區一些無人空房裡。這些空房在整個城市裡星羅棋布，成了密密麻麻的哨站。」

「再過不久，千壽邪神會在這城市建構出完整的勢力基地，成千上萬的孤魂野鬼全都會成爲他的鷹爪，屆時我們的一舉一動，他都能知道。」

「而以往的郊區一帶，則會成爲他的避難所。金城大樓附近幾棟較高的大樓，就像護衛塔一樣，裡頭總有些空房，派一些邪神鬼怪駐守，彼此緊密聯繫，一有風吹草動，馬上即可互相通報、互相照應。」

「金城大樓有三十二層，裡頭有幾十家大小公司，全部員工超過千人，等到千壽邪神布置妥當，這些員工等於成了他的人肉盾牌。」

「這傢伙可眞不簡單，先前順德邪神不可一世時，他甘於沉靜，藏匿在山區，不理會順德百般挑釁，鴨子划水，暗自發展勢力。一旦把他逼急了，倒也幹得有模有樣，他知道此時正神已經將他當成頭號目標，不管再低調，最終不免一戰，在魔界相助之下，索性豁了出去，且手段比順德高明太多。」

林珊、青蜂兒、城隍輪流講述這些天來探知的情報，大都是說給阿關聽的，這幾天只有他是昏睡的。

阿關這時注意到，大廳裡還有兩位神仙是陌生面孔。

其中一個身材瘦長，模樣像是四十來歲的大叔，打扮倒挺時尚，一身深藍色西裝，留了山羊鬍，手裡拿了本書，臉上還戴了副藍色墨鏡。他看到阿關正看著自己，便對阿關點了點頭。

另一個神仙也是大叔模樣，一身黑袍，臉上滿是鬍碴。

林珊向阿關介紹這兩位神仙：「這兩位就是鎮星藏睦爺帳下兩位將軍，他們對魔界的研究相當深入，是主營特別派來助戰的。」

「備位太歲大人，我叫黃江。」那藍西裝大叔嘿嘿笑了兩聲，對阿關比了個手勢，眉毛不停動來動去，一副調皮模樣。

「我是長河。」另一個黑衣漢子只是簡單點了點頭。

黃江走到大廳中間，開始說著：「我們查了清楚，和千壽結盟的魔王叫作『弒天』，在魔界中也算得上是鼎足一方的大角色了，手下有十數名魔將，成千上萬的魔兵。這弒天極度憎恨正神，會和千壽邪神結盟，八成也是為了和正神大戰一場，殺個痛快。至於私底下，自然也有其他的利益交換了，這部分我們目前並無消息。」

黃江繼續說：「一個邪神和一個魔王，這兩個傢伙交換了各自珍藏的邪法，還一起研究新的法術。連日探查下，我們感到這大樓每天都蓋上新的邪氣，像是裹上一層層的盔甲。再過不久，這商業大樓便會成爲固若金湯的城堡，即便正神率領大軍來攻，一時也難以攻下這堡壘。」

接著，黃江解釋起那些神祕結界：「你們這些日子碰上的奇異結界，在魔界，是一種被稱爲『天障』的法術。這是魔界群魔針對天神專門研究出來的法術，是一種奇妙的空間結界，中了這法術的神仙，便會被困在天障裡，和外頭失去大部分的聯絡。」

黃江補充：「先前你們遇上的，恐怕都是不怎麼樣的天障，天障要是運用得高明，不花個三、五天，恐怕是出不來。」

「當然，你們這些年輕小神，自然是沒見過眞正厲害的天障了。」黃江用誇張的聲調說著，邊說邊走來走去，走到了飛蜓身邊，手一指，指著飛蜓鼻子，說：「有沒有害怕啊？」

飛蜓哼了一聲，揮手撥開黃江的手指。

黃江哈哈笑著，轉身往後走，又突然回頭說：「不過不用擔心。我在鎭星爺帳下，專門研究魔界各種奇異法術，也常潛入魔界蒐查情報，對這天障熟悉得不能再熟，早有應對辦法了。」

「再過五天，便是凡人的除夕夜，屆時那商業大樓裡的員工們會有幾天假期，大樓空蕩蕩的，千壽邪神失了人肉盾牌，即是我們反攻的時機。」林珊這麼說。

「要是千壽公在除夕夜之前，就躲回山林裡，那該怎麼辦？」阿關問。

「那更好，比起已經施下層層防護結界的金城大樓，若是他躲回山林，咱們更好逮他，至少可以盯著他，讓他以後都回不了他的城堡。」林珊答。

「如果他沒跑，咱們便在金城大樓外頭布下結界，以牙還牙，讓群魔嘗嘗咱們正神結界的厲害。」黃江哈哈大笑。

原來這千壽公將勢力範圍滲入都市本來是神不知鬼不覺，但鎮星藏睦星君本來就專司處理魔界事務，手下諸將都對魔界有深刻研究。

黃江在天、魔兩界穿梭、偵察，已有兩百年，一上北部，立時就感應到那鬧區中的天障。幾天下來，帶著土地公悄悄偵察，拍下數百張照片。

黃江仗著自己對魔界極熟，在隱身法術的保護下，甚至潛入大樓裡，將金城大樓的結構約略摸了個三分熟。

「光是大樓外頭，就有三層天障，我好不容易潛入裡頭。大約有一半的樓層都已經布下了天障，我雖用法術隱住靈氣，但仍不敢貿然往裡頭闖，怕有個閃失，出不來囉。」黃江特別補充：「比較麻煩的是，裡頭有些天障，結合了千壽的邪術，變得難以捉摸。」

大夥兒又討論了一會兒，此時老黃豆才回來，另外三位土地神仍然潛伏在金城大樓附近，監視著千壽公有沒有偷溜出來，同行的還有福生和家將團裡的四季神。

此時已經入夜，青蜂兒和飛蜓準備前去接班，繼續監視千壽公。

大廳的討論結束後，眾神也各自回房休息。阿關在方才的討論時，直偷看翩翩，看有沒有機會和她講上幾句話，翩翩只是專注地聽著，看也沒看阿關一眼。

翌日，風清雲朗，是個大好天氣，正神大都出去巡察了，六婆正捏著阿泰的耳朵，盯著他寫符。

阿泰寫的不是白焰符，而是捆仙符，自從伏擊順德大帝後，阿關便再也沒用過白焰符了，這時林珊教了阿泰練習這道符，要阿泰多寫些，好讓阿關多一樣武器能用。

阿關一進白石寶塔，精怪們都上前去迎接，癩蝦蟆呱呱跳著：「呱呱！大人來、大人來！」

阿關跟著癩蝦蟆，往上走去，寶塔二樓被改成牢房，裡頭關著的都是前些日子在山林被抓來的精怪，由於體內還帶著惡念，所以正神們一直關著他們，直到阿關驅除他們身上的惡念為止，以免出去又禍害人間。

「啊呀，我都忘了他們了。」阿關捲起袖子，心想剛好利用這幾天，替他們驅惡念，對精怪義勇軍也算是不無小補。

癩蝦蟆搖搖頭說：「不是、不是，在後頭，大人，在後頭呱呱！」

阿關咦了一聲，跟著癩蝦蟆往裡頭走。走著走著，經過一監牢房，牢門是開著的，醫官正在替一隻邪化的精怪治療手上傷口，一旁也有幾隻邪化精怪正等著醫官替他們換藥。

「門開著，不怕他們跑出來？」阿關正覺得奇怪，仔細一看，那些精怪都讓一條黃金繩子給捆在地上，醫官手裡還拿了兩條金繩子。那是那晚邪神用來封住白石寶塔、伏靈布袋的神奇祕寶。

攻防戰結束後，林珊收了這金繩子，一共有五條，醫官爲了替精怪治療，便借來使用。

醫官見阿關來，點了點頭，揚了揚手上金繩說：「這寶物眞好用，上次治這傢伙，動員大批精怪壓著他，他死命掙扎，朝其他精怪吐口水，讓大夥兒打了一頓，舊傷沒治好，身上反而多了不少新傷。」

「現在輕鬆多了。」醫官站了起來，說：「大人，要給你看的是別的。」

出了這間牢房，由醫官帶頭繼續往後頭走，一會兒，癩蝦蟆指著前頭一扇門：「就是那兒！就是那兒！」

一旁的綠眼狐狸嗯了一聲，似乎做好防備。

門一推開，阿關哇了一聲，裡頭綁了兩隻黑色大虎，正是那晚兩隻黑邪虎爺。

「他們還活著啊！」阿關驚訝叫著。

綠眼狐狸點點頭說：「是啊，那晚他們讓那白衣女仙給凍在地上，動彈不得，後來咱們發現了，就把這兩隻邪化了的下壇將軍一併抓了進來，看大人有沒有辦法收服他們。」

阿關連連點頭，看那兩隻黑邪虎爺被五花大綁，本來身上受的傷都好了。原來兩隻黑邪虎爺受伏後，綠眼狐狸帶著幾隻狐精，合力迷倒了他們，再讓醫官替他們敷藥，將身上的傷養好，等著阿關來收他們。

那兩隻邪虎爺一見阿關進來，就齜牙咧嘴吼了起來。

門外又是一陣虎吼，原來其他虎爺都讓黑邪虎爺的叫聲給引了過來。牙仔跳在前頭，露出凶狠模樣，虎視眈眈地盯著兩隻邪虎爺。

黑邪虎爺大吼一聲，將牙仔嚇得往後一滾，阿關也嚇了一跳。

阿火撲上來，回敬更大一聲吼，這才鎮住了那兩隻黑邪虎爺。

「沒事、沒事！」阿關連忙安撫阿火，生怕阿火按捺不住，又要打架。

醫官將虎爺們都趕了出去，小牙仔還不甘心，在門口鬼叫。二黑則將頭擠在門口不肯出去，那晚醫院一戰，他讓祿將軍砍去了尾巴，現在還生著氣，想找這兩隻邪虎爺算帳。

此時見到兩隻邪虎爺也讓金繩子五花大綁，阿關可放心了，伸手拍了拍大黑邪虎爺的頭，果然感到一股惡念。

大黑邪虎爺正要吼叫，阿關召出了鬼哭劍，架在他脖子上，大黑邪虎爺才不敢亂動。

一旁另一隻邪虎爺，卻發出低吼，像是在恐嚇阿關一般。

外頭的虎爺們聽了，又生氣了，全都要擠進來。

綠眼狐狸擋著門：「吵死了，大人在忙，你們閃一邊涼快去！」

小牙仔嘎嘎怪叫著，一點也不理綠眼狐狸。

阿關閉上眼睛，伸手在大黑邪虎爺的腦門上不停摸著，接著往後拉出一團軟黏的惡念，有紅、有黑，都給鬼哭劍吃了。

又抓了幾次，這才將大黑邪虎爺身上的惡念全都抓出。大黑邪虎爺突然一愣，看著四周，眼睛轉來轉去，盯了阿關半晌，感應到阿關身上的靈氣，伸出了舌頭，舔了舔阿關的手。

另一旁的黑邪虎爺仍然虎吼連連，大黑邪虎爺轉過頭，對著黑邪虎爺用力吼了一聲。只見那黑邪虎爺瞪大眼睛，一臉不可思議，不解本來一個鼻孔出氣的夥伴竟然會反過來吼他。

阿關沒讓這隻黑邪虎爺驚訝太久，馬上也收去了他身上的惡念。

醫官伸手指了指金繩，唸了咒語，金繩一下子鬆開來，落在地上，都讓醫官收了。

外頭的虎爺正騷動著，大黃、二黃扒著門，在門上抓出一道道痕。

門開了，綠眼狐狸走了出來，雙手攤著：「笨老虎，全都往後退，別撲上來，你們有新朋友了。」

阿關走在後頭，也嚴肅地吩咐：「不准打架，絕對不准打架！」

兩隻大黑虎爺剛給驅了惡念，身子十分疲軟，竟有些走不動，在醫官催促下，才搖著尾巴走出牢房，跟在阿關後頭，和眼前一群虎爺大眼瞪小眼。

其他虎爺們聽阿關嚴厲吩咐，都退開老遠，卻仍不時對兩隻黑虎爺發出低吼，二黑跟在後頭跑來跑去。

回到塔內第一層的庭園，阿關要虎爺們站成一排，說：「以後你們就是好兄弟了，知道嗎？」

「這是阿火，以後是你們的老大。」阿關摸摸阿火的頭，讓兩隻黑虎爺瞧。

阿火挺直了身子，雙眼瞪著兩隻黑虎爺。

惡念被驅盡的黑虎爺，此時竟像兩個害羞的轉學生在班上介紹自己一樣，嗅了嗅阿火的爪子，像是在拜碼頭。

癩蝦蟆把六婆和阿泰也叫了進來。

六婆一看多了兩隻大虎爺，樂得呵呵笑，一邊又有點傷腦筋，拍著頭說：「唉呀，這兩隻老虎眞漂亮，又大又黑喲！」

阿泰看著一邊趴在地上生悶氣的二黑，想起了什麼，哈哈大笑說：「糟糕，以後二黑要叫『四黑』了。」

二黑聽阿泰這麼說，眼睛瞪大，耳朵豎起，在地上打起了滾，連連吼叫，像是在抗議一樣。

另一邊也有隻黑色虎爺低聲怪叫，是胖胖的大黑，他不特別厲害，也比較安靜，此時卻也發出了嚴正抗議。

原來，若依照六婆的命名法則，新來的兩隻虎爺是黑色的，體型又原本的大黑、二黑大上許多，那原本的大黑、二黑就要往後退，成了三黑、四黑了。

六婆抓抓頭說：「不改名不改名，你們別慌……那……新來的叫大邪、二邪好了，好不好啊？」

六婆雖然不是正神，但似乎天生有馴服虎爺的本領，大邪、二邪一聽六婆替他們取名字，也不管好不好聽，都湊了上去，在六婆身上蹭著。

一旁的其他虎爺見了礙眼，但也無可奈何，只好全擠了上來，蹭來蹭去，像爭寵一樣。

□

接連幾天，阿關平時趁著正神出外偵察，自個兒便在白石寶塔裡替精怪驅惡念，只花了三天，便將牢房裡的精怪體內惡念全數驅盡了。

這些精怪其中三分之二留了下來，成了精怪義勇軍的一分子，另外三分之一則選擇回到山林。

白石寶塔裡的精怪義勇軍，增加到了一百二十六隻精怪。

醫官特地每日以精緻藥材搭配豐盛食物，在青蜂兒指導下，燉煮大量藥膳補品，犒賞這些久經戰事的精怪們。

每天晚上，阿關則躲在房間裡，召出鬼哭劍來練習。他試著讓鬼哭劍像那夜文新醫院大戰時一樣飛起，第一晚試了許久，鬼哭劍一動也不動。

第二晚，鬼哭劍開始有些反應。到了第四晚，阿關已能隨心所欲地讓鬼哭劍在空中飛梭、來去自如。他心裡得意，又不好意思聲張。

到了第五天，阿關百般無聊，下樓見正神都出外行動了，阿泰仍然努力寫著符，一張臭臉對著阿關擠眉弄眼。

他才剛大步走向阿泰，六婆馬上走來，將阿關推走，直說阿泰今天一定要寫完規定的符量，才能開口說話。

阿關來到二樓，一間房裡還有聲音，那是翩翩的房間。阿關敲了敲門，翩翩推門出來，一見是阿關，淡淡地問：「備位太歲大人，有事嗎？」

阿關知道翩翩仍然在意自己將歲月燭還給她的事，正想找機會道歉，卻又不知該如何開口。

「妳能陪我練劍嗎？」阿關抓抓頭。

「你怎麼不找其他人陪你？」翩翩說。

「其他人都出去了……妳以前只教我一些踢打擒拿，就是沒有陪我練過劍啊！」阿關說。

「你平常怎麼不找秋草妹子陪你練呢？她是你的保姆呀。」翩翩微笑說。

「因爲……之前我從來沒有想過要鍛鍊劍術，鬼哭劍實在太短了，不過我最近有了一些心得，想試試看派不派得上用場……」阿關摸摸鼻子說，又補充說：「妳不要害怕，我會手下留情，點到爲止，不會砍傷妳的……」

「……」翩翩聽阿關這麼說，拉下臉來，哼哼地說：「好，我陪你練，你不要後悔。」

兩人一前一後，上了樓頂，這廢樓還沒完全建成，就已荒廢了。由於廢樓靠山近，此時樓頂有些樹枝，堆滿落葉，阿關脫下外套，覺得有些冷。

「來吧。」翩翩隨手撿起一枝樹枝。

「妳不是都用雙刀嗎？幹嘛用樹枝。」阿關召出鬼哭劍，見了翩翩卻拿著一條樹枝，便問。

「我怕打死你。」翩翩淡淡道。

「……」阿關沒說什麼，召出鬼哭劍就殺了上去。

阿關一來曉得翩翩身手，二來曉得鬼哭劍對正神和凡人的殺傷力遠小於對邪魔鬼怪，因此動手之間，並不擔心會眞的傷到翩翩。他心裡暗暗偷笑，自己還有祕密絕招。

兩人過了幾招，阿關鬼哭劍左右亂劈，都讓翩翩閃開，還揮動樹枝，一下下打在阿關手上、身上、屁股上。翩翩下手頗重，每一下都痛得阿關頭皮發麻，但他也不吭聲，笑嘻嘻地繼續過招。

啪吱一下，那樹枝給打斷了，翩翩沒說什麼，隨手又撿了枝樹枝，指著阿關說：「仔細看著我的動作，在我打到你之前，試著閃開。」

阿關見那新的樹枝，比先前那枝粗了不少，臉上笑容有些僵硬，卻仍嘴硬地說：「妳也要小心，不要被我砍傷了……」阿關這麼說時，還反手揉著被抽打了十幾下的屁股。

「很好。」翩翩點點頭，突然縱身竄來，阿關哇了一聲，讓翩翩接連打了好幾下，總算回砍兩劍，卻連翩翩的衣角都碰不著。

「哇呀！」阿關怪叫一聲，故意把手舉高，露了個破綻讓翩翩打來。翩翩二話不說，接連三記抽打，分別打在阿關腋下、腰脅，最後一記打在阿關手背上，將鬼哭劍打飛脫手。

阿關按著腰向一旁倒開，同時集中心念，鬼哭劍凌空轉向，直刺翩翩左腰。

翩翩吃了一驚，揮動樹枝格擋鬼哭劍，樹枝打在劍刃上，斷成兩截。她反應極快，左手擋在胸前現出靛月小刀，正對著鬼哭劍刺來的方位。

但鬼哭劍並未刺來，而是停在空中，左搖右擺。

「這招厲不厲害？我偷偷練的。」阿關跳了起來，得意笑著說。

「你懂得讓它飛？」翩翩見那鬼哭劍還停在空中，伸出手去碰碰那鬼哭劍。鬼哭劍左右搖晃，不讓翩翩碰，這動作自然是阿關故意使出炫耀的。

「我還沒看太歲爺這樣用過。」翩翩有些讚賞地說：「你爲什麼不早點使出這招，我知道你努力練習，下手也會輕點……」

翩翩沒說完，見到阿關一邊揉著身上打痕，臉上還嘻嘻笑著，隨即會意，原來阿關是來賠罪的。

「妳……」阿關正想開口說些什麼，卻見到翩翩又撿了一根更粗的樹枝，說：「繼續。」

「呃……」阿關愣然，不知該講什麼。

翩翩卻忍不住笑了，扔下了樹枝，說：「算了，今天練到這兒吧。」

兩人挑了個沒風的地方坐下，翩翩手輕搖，搖出一團白光，點了點阿關手臂上那些傷痕，苦笑地說：「要是讓秋草妹子見了你身上這些傷痕，可要怪我欺負你了。」

「妳身上的綠毒有沒有好一點？」阿關尷尬笑著。

「和以前一樣，沒啥變化。」翩翩淡淡一笑，看著遠方。

阿關正要講什麼，頭頂已傳來了蒼老的聲音：「小子嬌生慣養，讓樹枝打個兩下就受不了！」

兩人聽這聲音，都驚訝地跳了起來。

太歲爺從天而降，落在兩人面前。

「太歲爺……您也來了？」翩翩有些驚訝，沒聽說太歲爺也會來。

阿關更是支支吾吾地不知該說些什麼。

「本來在南部和那西王母臭婆娘戰得天昏地暗，聽了這兒發生的事情，特地趕來，我是爲了啓垣而來的。」太歲這麼說：「嘿，你們可別跟別人說老夫前來的事情。本來南部戰況吃緊，我託太白星德標替我照應幾天，私自北上，就是爲了會會啓垣那傢伙。」

原來太歲得知辰星替據點二解圍一事，心想，說不定能讓辰星像城隍一樣轉邪爲正，便主動報上中部主營，想北上來看看情形。但由於南部戰況激烈，主營回絕了太歲的提議，太歲竟自個兒偷偷上來了。

「咦，太歲爺你想像收伏城隍一樣收伏辰星嗎？」阿關驚喜地問。

「辰星那傢伙和老夫平起平坐，老夫可不敢用『收伏』這種字眼，我只是來看看情況，看能不能找個好辦法。」太歲沒好氣地說。

「起。」太歲轉頭看看地上的鬼哭劍，哼了一聲。

那鬼哭劍立時飛竄起來，在空中轉著，越轉越急，像暴風一般，看得阿關目瞪口呆。終於，鬼哭劍在阿關面前停了下來，劍柄朝上。阿關接回鬼哭劍。

「小子。」太歲這麼說：「本來我不認爲你能這麼快學會用心意操縱鬼哭，也就沒和你說這其中奧妙，既然你已會了，我就多教你幾招。」

「你們兩個，一起打我。」太歲看看翩翩。

翩翩有些驚訝，阿關也退了兩步。「咦咦？」

太歲手一揚，黑色大戟伴著閃電現出，氣勢十足。

翩翩愣了愣，但仍召出了雙月。她看看阿關，阿關也看看翩翩。

「我叫你們打，還愣什麼？」太歲舉起了大戟，那戟上還不時有閃電打出，十分駭人。

「我這戟也是太歲鼎的材料打造成的，會放閃電，鬼哭也能。」太歲這麼說。

「會放電啊！」阿關不可置信地看著手上的鬼哭劍，一旁翩翩已經殺了上去，倏地刺了好多刀。

「好！」太歲呵呵笑著，單手將大戟舞得密不透風，和翩翩對著刀。翩翩這時卻和剛剛的阿關一樣了，知道自己不是太歲爺的對手，也就盡力去打，雙月晃出光刀，轟隆隆地砍向太歲身上各處，太歲也一一接下。

「哇……」阿關看得讚歎不已，翩翩身影在太歲爺四周飛竄，炫光閃電此起彼落，讓他眼花撩亂。

轟隆一記閃電炸在阿關腳邊，嚇得他跳了起來。

「混帳小子還不上來！老夫是教你劍術，不是要猴戲給你看！」太歲怒斥，還劈了兩記雷來。

「是……是！」阿關腦中一片空白，嚇得衝了上去，還沒殺到太歲面前，竟將鬼哭劍朝太歲扔去。

「什麼狗屁？提劍上來對招！」太歲大戟一揮，將鬼哭劍又打了回來。阿關哇了一聲，讓那鬼哭劍柄打在肩上，痛得說不出話，硬著頭皮拿著鬼哭劍殺向太歲，左劈右砍。

太歲用戟來接，阿關哇哇大叫。戟上有閃電，鬼哭劍打在戟上，那戟上的閃電如蛇爬一般，爬上鬼哭劍，電得阿關哇哇怪叫，阿關只覺得手都要被電熟了。

「小子別閃，繼續對劍！」太歲哈哈大笑。

阿關將劍換在左手上，繼續砍著。太歲偶爾也虛刺幾下，阿關勉強接下，只覺得雙手被電得越來越疼。

又打了一會兒，阿關覺得雙手疼痛依舊，劍戟交會時，撞擊出來的閃電更猛烈了，仔細一看，有些閃電卻是從鬼哭劍上發出來的。

「咦？」阿關正覺得奇怪，太歲一戟壓下，碰在鬼哭劍上，一道電光順著大戟灌來，一下子將阿關整個人電得僵在空中，手黏著劍，劍黏著戟，分不開來。

「哇哇哇！」阿關被電得鬼吼鬼叫，太歲怕電死了他，這才停下戟上雷電。

阿關跌落在地，今早才拆下紗布的雙手，此時又變得焦黑一片，還滲出血水來。

「小子天分已算高了……」太歲嘆了口氣說：「但畢竟是凡人肉體，老夫也不再苛求。記住，鬼哭劍不但能飛竄，也能放電，用你的心去操控，將小短劍當成你身子的一部分，你便能使得靈活自如。」

阿關咬著牙，聽得頻頻點頭。

翩翩則連忙召出歲月燭，一邊替阿關治手，一邊將這些天發生的事大致上說了一遍。阿關也不時補充那晚醫院一戰時，啓垣星君的言行種種。

太歲看著天上，半晌不語，好一會兒才開口：「七曜裡，太陽、太陰在太歲鼎崩壞時便首當其衝，當天即入了魔。五星落入人間，又走了個辰星啓垣，七曜裡便少了三曜，不知下個輪到誰？」

太歲默然半晌，開口問：「你們何時出戰？」

「明日是除夕夜，我們夜裡出戰。」翩翩答。

「好。」太歲望著兩人說：「你們明日出戰，老夫今晚便動身去找那啓垣，一晚上若找不著，明天便回來助你們一臂之力。」

「本來老夫倒是有空光明正大與你們一同去征討那千壽毛頭，奈何主營派了兩個鎮星大將來，我瞞著主營私自北上，讓其他神仙知道總是不好……」太歲摸摸頸子，神情有些疲憊，看了看翩翩，哈哈笑說：「你們都來保護傻小子了，老夫手下無兵無將，在南部可讓那西王母整慘了……」

還沒說完，太歲已縱身一跳，化成一道光飛走了，走前還不忘叮嚀：「人多口雜，你們可別說出老夫北上的事！」

翩翩和阿關應了一聲，太歲早已不見蹤影。

這晚，屋子裡瀰漫著喜慶與不安的氣氛，喜的是明天就是除夕，不安的是連日來的偵察沒有進展，金城大樓外頭的天障更加嚴密，黃江已無法像先前那樣輕而易舉地侵入裡頭了。

入夜，林珊還待在一樓客廳，與眾神們討論著明晚的攻擊行動。

阿關則在自個兒房裡躺著，輕撫著雙手。太歲終究是手下留情許多了，那雷電雖猛烈，但也只讓阿關受了尋常的灼傷，在樓頂上就讓翩翩給治好了。

他望著窗外，並不像其他人那樣擔心，太歲爺說明日的行動會來助戰，有太歲助戰，這場仗似乎好打多了。

□

一晚上過去了，這天是除夕。

由於夜裡大夥兒便要出戰金城大樓，大家都比平日晚了一、兩個小時才起床，睡了個飽。

阿泰放下毛筆，檢視著桌上那幾十張寫著「春」和「福」的正方紅紙。

阿關嘴裡含了顆糖走來，拍拍阿泰肩頭說：「寫得不錯！」

「那當然。」阿泰伸了個懶腰：「這玩意兒比符好寫多了，幹！」

阿關和阿泰將幾十張寫了「福」、「春」的斗方，倒反著貼在據點一每間房間的房門上，倒著的「春」和「福」，象徵著「春到了」、「福到了」的意思。

一邊貼，阿泰還一邊抱怨：「我眞搞不懂，像這些『福』呀『春』的，一個字多好寫。白焰符寫個『白』不就好了，幹嘛拉拉雜雜、囉哩吧唆一大串，到底是誰發明的？」

阿關攤攤手，隨口回答：「我怎麼知道，你去問神仙吧，總之不是我發明的。」

到了下午，白石寶塔裡已經烘烘鬧鬧，精怪三五成群，各自找了個角落，拿著碗公和骰子，以糖果作籌碼，殺氣騰騰地對賭起來。

大多數精怪們沒有吃過凡人糖果，這兩天六婆有時出去辦些年貨，順便買了些糖果回來，精怪們吃得無法自拔。阿關和阿泰便專程出門大量採購，光吃還不過癮，阿泰乾脆買了一堆骰子和碗，提議大家邊吃邊賭，大夥兒也玩得痛快。

十幾個小賭攤裡就屬阿泰那攤位最大，聚了四十幾隻精怪群聚廝殺，只見大莊家阿泰拍了拍身旁鐵桶，裡頭裝著各式口味的糖果。

阿泰盤腿坐著，前頭鋪著一大張紙，上頭寫了各種數字組合，口裡還嚼著糖果，嚷嚷著：「來喔、來喔，下好離手！賭大小一賠二、對子一賠五、豹子一賠五十喔！」

阿泰說完，精怪們紛紛下注，大多押大小，也有的押對子，豹子機率太小，沒有精怪下注。

阿關也隨手押了六點對子。

「好了好了，下好離手喔！」阿泰老練說著。

癩蝦蟆呱呱嚷著：「等等等等，我還沒押呱！」

精怪們不耐催促：「要嘛押大、要嘛押小，哪來的『呱』給你押！」

「臭蝦蟆，最慢就是你！」

「每次都想那麼久！」

「快啦——」

「呱呱。」癩蝦蟆考慮許久，才從手上五顆糖果挑了顆最小的，押了「小」。

「好囉，下好離手囉！」阿泰手裡拿了個杯子，將三顆骰子放進杯裡，搖起了杯子，動作有如電影賭博片一般，好不嚇人。

「開——」阿泰將杯子扣在地上，緩緩打開：「四、六、六，十六點大，六點對子——」

一時間，精怪們有的歡呼、有的跺腳，阿泰也依照下注一一賠給贏得糖果的精怪。阿關押了六點對子，加上下注那顆，一共拿回六顆糖果。

癩蝦蟆嘴裡嘟嘟囔囔，看看手上，只剩四顆糖了。

阿關笑嘻嘻地走向其他攤子湊熱鬧，小猴兒也擺了一攤，和兔兒精、鼴鼠精等正輪流在碗公裡擲骰子，互比大小，殺得天昏地暗。阿關也樂得陪他們殺了兩局。

他又四處看看，只見到塔上一棵小樹下，紫霧飛揚。阿關好奇上前一看，竟然是綠眼狐狸精擺的賭攤，和阿泰一樣是供精怪下注，這攤位大都是狐狸精，也有幾隻其他精怪。

阿關湊了上去，好奇地問：「你們這邊賭什麼？」

綠眼狐狸精遞了張紙片給阿關：「大人，寫下十個你要押的數字。」

「十個？」阿關訝異地笑了笑，卻見到綠眼狐狸手裡果然拿著十顆骰子，不免覺得好笑說：「這怎麼可能押得中？」

阿關雖笑，還是陪大家玩，隨手寫了十個數字，再簽了名，放進投注區裡。

大夥兒下定了注，只見綠眼狐狸精將十顆骰子在攤子上擺成了一橫排，又分別在每一顆骰子上蓋上一只木杯，十個骰子上覆著十只木杯。

接著，綠眼狐狸神祕地笑了笑，開口說：「十……」

阿關正覺得奇怪，怎麼這種賭法。

但見到身旁幾隻狐狸精全瞪大眼睛，有些嘴裡冒出紫氣，有些眼中泛著青光，那十只木杯雖然不動，但裡頭卻出現了骰子撞擊杯子的聲音。

「九……八……七……六……五……」綠眼狐狸倒數著，朝阿關眨了眨眼睛。

「哈哈，這樣賭也很有趣！」阿關哈哈大笑，原來綠眼狐狸這攤是讓每隻精怪各憑本事，施展法術去比拚骰子點數。

「三……二……一！」狐狸精喊，同時手一張，紫霧瀰漫，籠罩住十只木杯，木杯裡的骰子撞擊聲嘎然停止。狐狸精又喊：「開——」那十只木杯同時向後一翻，露出底下骰子。

「一、二、三、四、五、六、五、四、三、二。」綠眼狐狸依序唸起了骰子數字，一旁一個小跟班拿著大夥兒下注的紙片，將落敗的精怪一一淘汰。

「阿關大人押中！」那小跟班將紙片公布，果然是阿關押中。

「咦？」阿關十分驚訝，其他狐狸精已經抗議起來：「綠眼是你動了手腳對不對！」

「莊家怎麼可以插手？」

「不公平啦！」

「好了好了，我的糖果分你們！」阿關哈哈笑著，這才明白是綠眼狐狸施法掀開木杯時，也偷偷改變了點數，故意讓自己贏。

阿關將身上的糖分給了大夥兒，也算是皆大歡喜。

又逛了幾個賭攤，精怪們各有各的賭法。有的只擲一個骰子，讓大家押點數；也有一次擲五、六顆骰子比誰點數小的。

阿關四處逛著，卻見到癩蝦蟆死氣沉沉地倚在一棵樹邊嘆氣，走過去一問，才知道癩蝦蟆糖果全輸了個精光，向其他精怪要也要不著，心裡難過。

阿關看了不忍，便又向六婆要了些糖果，分給癩蝦蟆，癩蝦蟆這才開心地呱呱笑著拍起了手。

大夥兒熱熱鬧鬧玩了好一會兒，沒興趣賭的便幫忙青蜂兒做菜。

「別玩了、別玩了，來吃東西吧！」六婆上樓吆喝著。

阿泰也玩得累了，撐膝站起，將一旁兩大桶糖果全拋上了天，大喊著：「大家吃啊，提前慶祝晚上凱旋而歸！」

「凱旋而歸——」

「說得好啊！」

精怪們歡呼起來，都伸手去接那落下來的糖果。

白石寶塔第二層的食堂桌上已經堆滿大盤大盤菜餚，食材都是早已準備好了的，以六婆為首，大夥兒一齊幫忙，在青蜂兒指導下下，做出一道道美味菜餚，全擺上了桌。

神仙、精怪、虎爺全往食堂聚集，各自就位坐下，虎爺也圍在六婆分配好的小空地上，嚼著大塊大塊的雞肉、鴨肉。

「讓我敬各位一杯！」黃江高舉起杯中美酒，向長桌大夥兒敬了大口酒，大夥兒也舉著杯子，將杯裡葡萄美酒喝得一乾二淨。

阿關、阿泰、六婆由於是凡人肉身，為了顧及夜裡出戰，便以熱茶、汽水代酒。

精怪們也大口吃著美味菜餚，有些精怪開始後悔剛才吃太多糖，此時面對大盤、大盤菜餚，肚子卻有些撐。

「各位神仙大人、精怪戰士啊，我老太婆沒辦法和你們一同在前線斬妖除魔，做幾道菜還是行的，大夥兒盡量吃啊，吃飽這年夜飯，今晚去替天行道！」六婆舉起熱茶，也敬了大夥兒一杯。

「說得好！」

「外表看來妳最老，但論內心妳最年輕啊！」精怪們大力拍手，大夥兒吃得熱烈，從下午開始，這頓年夜飯足足吃了兩、三個小時。

吃飽喝足的大夥兒，三五成群地聊天休息，開始準備即將展開的大戰。

阿泰將一大箱符咒全搬進了寶塔，以便隨時供應阿關足夠彈藥。

阿關從阿泰手上接下了幾疊符咒，注意到阿泰那一身行頭打扮，比之前更誇張了。

「我知道我打不過鬼怪，但是我有我的辦法！」阿泰哼了哼，將身上黑色大衣一掀，將紅線雙截棍放入內側特製口袋，又將十個一疊的符鏢一一放進口袋。

「這次不帶雷火雞蛋？」阿關問

「雞蛋太麻煩了，又佔空間，一壓就破，弄得全身黏乎乎的，符鏢比較好用。」阿泰搖搖頭，又從箱子裡拿出一把筷子。

「這是什麼？」阿關問。

阿泰嘿嘿笑著，拿起一根筷子，筷子材質是不鏽鋼，上頭還裹著一層符。阿泰比劃了幾下，朝著遠處牆壁擲去，筷子飛得又快又直，打在牆壁上還反彈好遠。他解釋：「鐵筷子比紙符鏢飛得更遠、速度更快，是我的新武器。」

「你點子眞多！」阿關笑著說。

大夥兒有說有笑地休息著，直到夕陽落下，黑夜來臨。

寶塔裡，大夥兒也已從年節的喜慶氣氛，轉變成了即將出戰的興奮和不安，沒人有心思去收拾吃得杯盤狼籍的食堂，和塔頂那些亂七八糟的骰子攤了。

阿關和神仙們出了寶塔下樓，外頭山郊靜悄悄的，黃江和林珊正在溝通出戰時的細節。

「等等、等等……賞你們個紅包。」六婆匆忙地從塔裡跳出，手上拿了一大疊紅包，裡頭都裝了紙鈔和一張幸運符，發給阿關和每一個神仙。

六婆呵呵笑著，許多天相處下來，除了城隍和家將外，翩翩等年輕神仙畢竟都是少年、少女模樣，言行舉止也與一般凡人孩子無異，六婆也將這干神仙當作了孩子，都發了紅包。

翩翩等自然知道這是凡人習俗，也都笑嘻嘻地接下，待會兒便要出戰了，討個好彩頭也好。

「婆婆，待會兒勞煩妳在裡頭後勤，和醫官一塊替虎爺、精怪們治傷了。」林珊接下六婆的紅包，道了謝。

「仙子別這麼說，這是老太婆應該做的！」六婆呵呵笑著回應。

林珊招了招手，駐守在四周的天將飛身下來，還在樓上準備的醫官也帶著數箱藥材和急救工具趕下樓。林珊將天將、六婆與醫官一同招進了寶塔，同時將阿關和阿泰也招進了寶塔。

林珊左右看看，見大夥兒都已經齊聚，也都準備好了，便揮了揮手：「按照計畫，走吧。」

「走喲——」黃江吆喝著，帶頭飛天。

神仙們一個個飛起，飛上夜空，朝著金城大樓方向飛去。

《太歲　卷二》完

## 番外 漆黑的煉鬼夜

「有人進來過！」老降頭師在密室中嗅出了不尋常的氣味。

他在昏暗密室中呆立半晌，出了一身冷汗，抹了抹額頭，蹲下身檢視那用來遮擋門口的粗麻布，似乎有被掀動過的痕跡。

回頭看看，木桌上的符咒同樣也有讓人動過的痕跡，擺放的位置不一樣了。

「是誰？」老降頭師大駭，只見到那石筍還安穩放在櫃上，連忙上前拿來檢查一番，沒有異狀；低頭看看，人皮鼓也好端端的安然無恙。

老降頭師鬆了口氣，雙手按在桌上，眼睛露出怨毒殺氣：「是誰進來過？是誰？」

出了密室，出了玩具城，老降頭師還有很多事要做。

他騎著三輪機車四處開，將車停在一處公墓外頭，往山上走。這些天來，他夜夜在各個墓區找著，找那些剛下葬的屍骸。

他要煉鬼。

這墓區山路崎嶇，十分荒涼，他見有個人掛在樹上，愣愣看著他；又見一個女人染了渾身血，跪倒路旁；還見到幾名孩童，踏著草玩耍。

那都不是人，而是野鬼。

老降頭師從背上包袱取出幾個瓶子，唸動了咒語，指著那掛在樹上的野鬼。

野鬼像是中了迷魂術一般，昏昏沉沉飄下樹來，自個兒鑽進了青瓶子中。

老降頭師又看向那血衣女鬼，似乎是枉死的，怨氣較重，老降頭師嘴角微揚，他就要這種的。

血衣女鬼怒瞪著老降頭師，露出怨毒表情，只見老降頭師步步逼近，女鬼狂嘯一聲飛撲上來，一把抓向老降頭師。

老降頭師避也不避，只是口裡咒語一唸，身上便發出了紅光，阻下了那血衣女鬼。

女鬼大嚎，神情更是凶狠可怖，才要動身，竟發現腳邊不知什麼時候多了個小女孩。

小女孩才四、五歲大，雙手抓著女鬼小腿搖著，像是玩耍一般，血衣女鬼愣了愣，伸手要去推弄小鬼。

手才剛伸去，就讓小鬼一口咬住。

小鬼眼神變得銳利嚇人，緊咬著女鬼手臂不放，還奸笑起來，臉上發出駭人青光，一點也不像方才那可愛小孩。

「管妳再凶，也比不上我古曼童的厲害！」老降頭師哈哈笑著。血衣女鬼發出尖聲大吼，古曼童已經攀上了她的身，咬住了她的頸子，濃黑污血濺了漫天。

老降頭師搖了搖青瓶子，施法收了這女鬼。

一聲令下，十幾隻古曼童一齊出動，往周邊林子竄去，一會兒便抓來一隻隻野鬼，全給老降頭師收進個個大小不一的瓶子裡。

整理了一下，老降頭師繼續往山上走，在墓區中尋了好久，這才發現一處墳頭，上頭的土都是剛填上去，還撒了紙錢，顯然是新埋不久。

老降頭師呼了口氣，拭了拭額頭上的汗，手一招，古曼童們擁了上去，在那墳土上掘了起來，不一會兒，掘出了一具腐爛屍骸。

老降頭師忍著難聞氣味，上前看了幾眼，摸了屍骸幾下，點了點頭：「上等貨，用來煉棺材鬼最適合不過……」

古曼童們一聽，便將這屍骸摺疊起來，像摺棉被那樣，摺成了一個方形。

屍骸肉已腐爛，內臟也爛光了，摺疊之後體積竟十分小。

老降頭師解下了背上揹著的一只木箱子，古曼童們七手八腳，將這疊成方塊的屍骸放入木箱子中，蓋上了蓋子。

老降頭師拿出黑線，一圈圈捆綁著木箱子，捆得十分紮實。

他又唸了咒，對著木箱子比劃了咒語。

木箱子裡傳出了嗚咽聲，老降頭師滿意地笑了笑。

之後十來天，這被困在木箱中的「人」，每一日、每一日，都會受到符術煎熬；每一日、每一日，猶如身處酷刑地獄。

許多天之後，便煉出了棺材鬼，打開箱子刹那，棺材鬼會以爲是老降頭師將他救出了地獄，便從此忠心耿耿，供其驅使。

「好了、好了……」老降頭師拍了拍手，將那木箱子揹上了背，驅使著古曼童繼續前進。

「幫我找找其他屍體，我要很多、很多，很多、很多……」

「時間不多了……小強就快不行了……大王催得緊……我得快點才行……快點才行……」

老降頭師揹著沉重木箱子，口裡喃喃唸著。他十分疲累，已有許多、許多天沒有闔眼，每天二十四小時沒有歇息。

他搖搖晃晃，從身子掏出一只小黑瓶，拔開了瓶口蓋，對口灌了下去。

老降頭師喝得急，瓶子裡的藥漏出了口外，流下了脖子，顏色紅紅褐褐。老降頭師倚在一處墓碑上喘了幾口氣，重新站了起來，似乎沒那麼疲累了，眼睛還發出閃亮的異光來……

「大王，我不會令你失望的。小強啊，我一定要治好你……一定要治好你……」老降頭師喃喃唸著，繼續往山上走，一邊走一邊唸：「但是究竟是誰進了那房間……是誰？是誰？」

老降頭師想著想著，突然感到背上一陣震動，揹著的木箱子抖了起來。

「這麼快便化作厲鬼了？」老降頭師有些驚訝，拍打著背後木箱，他只記得按照以往經驗，尋常屍骸給抓進木箱後，經過數天才會從遊魂化作厲鬼，再從厲鬼化成其他更凶狠的魔物。

然而近來總有例外，有時會遇上出乎意料之外的厲害鬼物，卻不知是受了什麼影響。

老降頭師自然不知道惡念這玩意兒。

啪吱一聲，木箱子發出了碎裂的聲音，緊接著的是上頭纏得死緊的黑線，也發出了斷裂聲音。

「喝！」老降頭師大驚，才想解下箱子，木箱已經爆裂，一隻凶鬼從中竄出，這鬼本來在墓地中受了惡念影響，已經十分凶惡，在老降頭師的邪術激化之下，很快成了凶狠的厲鬼。

老降頭師啊呀一聲，滾到了山道一旁，撞在一棵樹上，疼得站不起來。

他摸摸後背，有一大道口子，是讓那惡鬼蹦出木箱時抓出來的。

他背後的衣服給惡鬼撕爛了，露出了結滿了黑色痂皮、十分恐怖駭人的後背。他背上的皮，是他為了要做人皮鼓，自己動手撕去的。

此時結滿了痂皮的後背，又給抓出一道大口子，黑血冒了出來，老降頭師低吼著，顯然十分疼痛。

那蹦出來的惡鬼渾身墨黑色，和方才出土時的慘屍模樣截然不同，惡鬼在地上伏著，像是蜘蛛一樣，瞪視著老降頭師。他知道是老降頭師抓了自己，對著老降頭師發出了尖銳笑聲，露出了尖利牙齒。

老降頭師才站起身，惡鬼就飛撲上來，咬上了老降頭師的手，將他甩上了天，摔落在地上。

「咳咳！」老降頭師給摔得咳出了血，他的降頭術雖然能讓自己不感到疲累，但身子本來還是與凡人無異，施法驅鬼容易，但此時讓這凶惡大鬼佔了先機，受了重傷，要像年輕人那樣蹦蹦跳跳打鬥，卻是不行了的。

老降頭師又咳了幾口血，唸了咒語發出幾道紅光，阻下了惡鬼攻勢。

老降頭師看看四周，古曼童們都還在遠處替他掘屍，遠水救不了近火。

一個閃神，大鬼又撲了上來，老降頭師狼狽閃過，掏出幾道黑色符咒，一把往大鬼臉上扔出，唸了咒語，黑色符咒化作幾股黑煙，將大鬼身子劃出一道道血痕，大鬼讓黑煙打上了天，落下地來，慘嚎好大一聲，卻仍死命掙起，又撲向老降頭師。

老降頭師難以置信，這大鬼竟如此頑強。他只能往後退，眼看大鬼就要一把摘去他的腦袋。

一陣青風，降頭師懷中一只瓷瓶爆開，一隻古曼童飛竄而出，撲倒了大鬼，與大鬼扭打起來。

「是妳？」老降頭師有些錯愕，只見那古曼童十分瘦弱，讓大鬼壓在地上打。老降頭師趕緊掏出更多符咒，唸咒施法，幾道各色煙霧向大鬼捲去，打得大鬼哀號連連，終於，其他古曼童發現了這裡竟打了起來，紛紛趕來救援，這才合力打死了大鬼。

老降頭師摀著身上傷處，盯著那瘦弱古曼童問著：「妳……妳怎麼沒與其他小鬼一同掘屍？妳……妳敢不聽我的號令？」

瘦弱古曼童跪了下來，唯唯諾諾地說：「爺爺……爺爺……我見爺爺身子虛弱，怕您出了意外，一直守在您身邊……我絕不敢不聽爺爺號令……」

老降頭師五味雜陳，雖然古曼童抗命是嚴重大事，但剛才要不是這古曼童捨命去阻住大鬼，自己早已死了。

「算了、算了！」老降頭師揮了揮手，這才注意到古曼童身上異樣。「妳怎麼如此衰弱，甚至比不上其他妹妹？妳跟了我許多年，道行理應最高才是！」

「我不知道……」瘦弱的古曼童只是一味搖頭。「我不知道……」

遠處又傳來了幾隻古曼童叫聲：「爺爺、爺爺！看我們找著了什麼！」老降頭師朝聲音看去，只見到幾隻古曼童嘻嘻笑著，又搬來了幾具慘屍。

「好好！乖孩子……乖孩子……」老降頭師喘了幾口氣，又開了一瓶黑藥水喝下，神情又興奮了起來，似乎忘了方才那慘烈大戰。

「這是極品……極品……」老降頭師檢視著這幾具慘屍：「這隻可以煉金屍鬼！這隻就拿來煉百面鬼！哈哈……哈哈……大王……你等著……」

「乖孫啊，我一定會救你……大王他會治好你！他會治好你！」

瘦弱的古曼童還跪著，看著老降頭師瘋狂樣子，哀怨嘆了口氣，看看夜空漫天濃雲、無星無月，這漫長可怖日子，何時能夠結束？

〈番外　漆黑的煉鬼夜〉完

國家圖書館出版品預行編目資料

太歲 卷二 / 星子 著.——二版.——
台北市：蓋亞文化，2020.12
冊；公分.——（星子故事書房；TS021）
ISBN 978-986-319-510-8(卷2：平裝)

863.57　　109015639

星子故事書房 TS021

# 太歲 卷二（新裝版）

作　　者　星子（teensy）
封面插畫　葉明軒
封面裝幀　莊謹銘
責任編輯　盧琬萱
主　　編　黃致雲
總 編 輯　沈育如
發 行 人　陳常智
出 版 社　蓋亞文化有限公司
地址：台北市103大同區承德路二段75巷35號
電話：02-2558-5438　傳眞：02-2558-5439
電子信箱：gaea@gaeabooks.com.tw
投稿信箱：editor@gaeabooks.com.tw
郵撥帳號 19769541　戶名：蓋亞文化有限公司
法律顧問　宇達經貿法律事務所
總 經 銷　聯合發行股份有限公司
地址：新北市新店區寶橋路二三五巷六弄六號二樓
電話：02-2917-8022　傳眞：02-2915-6275
港澳地區　一代匯集
地址：九龍旺角塘尾道64號龍駒企業大廈10樓B&D室
電話：+852-2783-8102　傳眞：+852-2396-0050
二版一刷　2020年12月
定　　價　新台幣299元
Published and printed in Taiwan

GAEA
ISBN / 978-986-319-510-8

GAEA

Gaea